我最后悔的事情是去了军体街

天呐获得了什么 都都感不幸

林

木三观

著

FULL GLASS
OF WATER

长江出版社
CHANGJIANG PRESS

图书在版编目（CIP）数据

覆水满杯 / 木三观著. — 武汉：长江出版社，
2024.1
ISBN 978-7-5492-9275-2

Ⅰ．①覆… Ⅱ．①木… Ⅲ．①长篇小说—中国—当代
Ⅳ．① I247.5

中国国家版本馆 CIP 数据核字（2023）第 254578 号

覆水满杯　木三观　著
FUSHUIMANBEI

出　　版	长江出版社
	（武汉市解放大道 1863 号）
选题策划	小　鱼
市场发行	长江出版社发行部
网　　址	http://www.cjpress.cn
责任编辑	陈　辉
封面设计	莫意闲
印　　刷	长沙鸿发印务实业有限公司
版　　次	2024 年 1 月第 1 版
印　　次	2024 年 1 月第 1 次印刷
开　　本	880mm×1230mm　1/32
印　　张	9.5
字　　数	280 千字
书　　号	ISBN 978-7-5492-9275-2
定　　价	54.80 元

目录

FULL GLASS OF WATER

目录

// CHAPTER //

第一章　捡到宝了

　　"你也是留学生？"凯文问辛千玉，"哪个大学？"

　　辛千玉说了一个校名，这名字到哪儿说出去，基本上都会收获"哇，学霸"这样的称赞，而凯文嗤笑一声："哦，那个啊。"

　　"那个啊"这句话很短，而且并未包含任何粗鄙之语，却像一巴掌似的往人脸上扇。

　　辛千玉的窘迫，宿衷并没有发现，尽管宿衷就坐在辛千玉身旁最近的位置。

　　宿衷今天穿着西装三件套，和往常一样，一丝不苟，和他梳起的背头一样。他的脸极其俊朗，气质上佳，又懂打扮，每一根头发丝都沾染着精英气息，让其他人自惭形秽——包括辛千玉。

　　辛千玉一直觉得，自己能和宿衷成为至交，是捡到宝了。

　　这是幸事。

　　不幸的是，这样觉得的人并不止辛千玉一个，几乎所有人都这么觉得，辛千玉能和宿衷做朋友，是辛千玉捡到宝了。

　　坐在餐桌旁的，除了辛千玉、宿衷，其他几个都是宿衷的同行，也就是说，他们都是大众意义上的金融精英。从这一点看，他们确实有资格俯视大部分打工仔。

　　凯文属于那种高傲型的，这种俯视便很明显。

　　也有含蓄的、比较讲礼貌的，这名叫蕊蕾的女士便替辛千玉圆场："嗯，那么说，小玉的学校也是常春藤联盟呀！"

　　常春藤联盟，是美国一流名校，也是美国产生最多罗德学者的高校联盟。国人比较习惯叫它"常春藤"。

总之，蕊蕾能这样说，是为了给辛千玉圆圆面子。

凯文却不打算就这样放过辛千玉，只是笑："蕊蕾，你忘性太大了吧。除了哈佛大学、耶鲁大学、普林斯顿大学和哥伦比亚大学，其他都算不得'常春藤'。"

宿衷他们几个人供职的机构基本上只收目标院校的人，这就造成了他们挤电梯、上厕所打照面的都是全球 TOP100 名校高才生。然而，这样的环境并没有让他们产生惺惺相惜之意，反倒催生了一条无比怪诞的学历鄙视链。比如美国留学的看不起英国留学的，英国留学的看不起去香港念书的……而美国留学的里面还分为常春藤与非常春藤，常春藤里再划分是不是哈佛、耶鲁的……凡此种种，壁垒分明。

宿衷工作的时候非常专注，所以没怎么察觉到这种从不摆在明面说的壁垒。当然，这也和宿衷处于鄙视链顶端有关。没有人鄙视他，他也不鄙视其他人，所以他没感觉到鄙视链的存在。

见辛千玉尴尬，一名叫琼斯的男士也帮着岔开话题："那小玉刚回国？现在干哪行？"

辛千玉慢吞吞地回答："我在教英语。"

琼斯有些尴尬，不为别的，大概 20 分钟前，他曾开玩笑说："留学混子回来都教英语了。"

这么一说，不是等于打了辛千玉的脸吗？

琼斯现在很后悔在 20 分钟前说了那句话，他只好讪笑说："哦，那挺好，那挺好。"

凯文怎么舍得松口，便拉着琼斯说："你刚刚可不是这么说的。"

琼斯指着餐盘上的和牛刺身，对凯文道："这么好的和牛都塞不住你这张臭嘴？"

说着，琼斯朝辛千玉抱歉地一笑。

辛千玉也点头笑笑，他知道琼斯其实没什么恶意，真正刻薄的是凯文。

然而，辛千玉还是感觉挺憋屈的。

他的憋屈不是来自凯文说的话，而是来自宿衷不说话。

从刚刚到现在，凯文不知出言暗讽了辛千玉多少回，连初次见面的蕊蕾和琼斯都知道帮辛千玉说两句，宿衷身为辛千玉的好友却始终一言不发。

辛千玉忍不住扭头看了看宿衷，便见香槟色的灯光从水晶吊灯上倾泻到宿衷那无情无欲般的脸上，他薄而淡色的嘴唇微微动着，像是默念着什么。这般画面，若宿衷不是穿着西装、梳着背头，倒像是圣僧在默默诵经似的。他似沉浸在自己的世界里，与红尘隔着一道看不见的天堑。

辛千玉算是明白了宿衷为什么一直不说话，因为宿衷根本没听他们在说什么。凯文大概也发现了，才这样肆无忌惮。

熟悉宿衷的人都知道，宿衷现在应该是在计算，至于在计算什么，只有他自己知道。或许是分析今天的交易，复盘今天的决策；或许是想他最近建的模型有什么问题；或许是偶然见到一道数学题，忽然想要靠心算解答它。

人的爱好千奇百怪，有人喜欢跳舞，有人喜欢唱歌，宿衷就喜欢计算。

他对数字十分敏感，又沉迷于数字，一旦开始了脑内的数字游戏，就会玩得不亦乐乎，完全停不下来。

这对于一般人而言是特别奇怪的，但辛千玉觉得这不是奇怪，而是与众不同。

辛千玉还记得自己第一次和宿衷在外吃饭时，宿衷就是这样愣神的样子。辛千玉絮絮说了一些话，都没得到宿衷的回应。如果是别人，辛千玉一定会生气走人，但对方是宿衷，辛千玉就很忐忑，是不是他太无聊了？

辛千玉不安了许久，才小心地问："你怎么不说话？"

宿衷回答："我在粗略估算这家店的营业额。"

"啊？"辛千玉愣住了，"什么意思？"

宿衷看着前台，说："我们在这儿坐了30分钟，有15个人买单，如果按照他们点的都是中午标准套餐来算，那就是2250元。这家餐厅的午餐营业时间是3个小时，那这个数可以乘以6，就是13500元。根据我做过的餐饮行业调查显示，CBD里这类餐厅的午餐一般占全天营业额的30%左右……当然这也不一定准确，我们还要考虑……比如……"宿衷滑动手机，打开天气APP，又说，"天气预报显示今晚可能会下雨，那客流量大概会受到影响……不过关于这个，我之前在做统计的时候顺手做过一个模型……"

数学白痴辛千玉已经开始发晕了。

宿衷平时话很少，只有说起计算的时候才会变得滔滔不绝。然而，这滔滔不绝对辛千玉而言约等于没有说话。

辛千玉这时候是哭笑不得，但又觉得宿衷很有意思。

大概是偶像滤镜。

他们和凯文等人道别后，辛千玉主动开口，又问他："你刚刚吃饭的时候在想什么？一直不说话。"

辛千玉压抑着自己，尽量让自己的语气温和一些，听起来不像是兴师问罪。

宿衷回答："在复盘今天的交易。"

"哦……"辛千玉又忍不住有些失落。

今天是宿衷叫辛千玉来参加聚餐的，但其中有二十分钟，宿衷都在走神。等宿衷回过神来的时候，气氛已经很僵了，宿衷却没什么感觉似的。

辛千玉叹了口气。他其实是个暴脾气的人，要是平时遇到了凯文，他会直接说得凯文怀疑人生。在宿衷面前，辛千玉一直拿的是纯良剧本，人设不可崩。

要说咽下这口气，那是不可能的，所以辛千玉故意说："嗯，那个凯文是不是不喜欢我啊？"

宿衷说："他喜欢你干什么？"

辛千玉："……"

凯文说起来是个年薪百万的"金领"，但到底还是打工仔。他的骄傲只能来自比他收入低的人。他也许不是非要这么讨人厌地鄙视辛千玉，只是鄙视别人是他自我调节的一种方式。

虽然年薪差不多百万，但是一年的房贷就已经快 40 万，更别说养车、装扮这些门面功夫。像他这种金融精英，身上不穿套定制西装都不好意思见人，出入也是好车。凡此种种，花钱就跟烧冥币一样夸张。

现在又多了一个花钱的去处，送孩子上幼儿园。

他既然自诩精英，那孩子肯定就要跟着接受精英教育。所以，他早就看准了本地最负盛名的私立幼儿园。那幼儿园光学费一年就 20 万，还不包括杂七杂八的活动费用。

饶是如此，高薪父母还是削尖脑袋地把孩子往里送，捧着钱求幼儿园收他们的几十万学费。

父母光交得起学费还不行，还得是高学历、有体面工作的人，最好妈妈是全职母亲，可以配合幼儿园的各种稀奇古怪的亲子教学要求。

为了确保家长是合格的，幼儿园面试不但要面试孩子，还要面试家长。

这天，凯文便携着妻儿去幼儿园面试。他一进门就愣住了，坐在面试席上的就是辛千玉。

凯文整个人石化了。

辛千玉淡淡笑了笑，好像不认识他似的："请坐。"

凯文的确没想到自己会在这儿遇上辛千玉，更没想到幼儿园的面试官是他。

凯文脑子里乱糟糟的，又想到辛千玉说他是教英语的，那他是幼儿园的老师也不奇怪。

只是，凯文原本看不起这种留学回来啥都干不成只能教英语的人，他只当那些人都是混子，没想到现在这个混子坐在了面试官的位置上，用一种淡漠疏离的眼神看着自己。

除了辛千玉之外，还有两个面试官。辛千玉是坐在中间的，这种座位的安排就已经暗示了辛千玉是其中最有话语权的人。

凯文有些懊悔自己在前一天晚餐时对辛千玉太不客气了。

此刻，辛千玉用一种不偏不倚的态度对待凯文一家三口，例行公事地进行了面试。凯文表现得也很正常，没有故意套近乎。凯文的考虑是，除了辛千玉之外，还有两个面试官在呢，真是熟人也不能表露出来啊。

凯文也不好在幼儿园里直接和辛千玉搭话，等到回了公司，他才找了宿衷，说要约辛千玉吃饭。

宿衷说，得问辛千玉愿不愿意。

辛千玉也是故意让凯文不痛快，放了他两次鸽子，在第三次约饭时才姗姗来迟。他一脸歉意地说："不好意思啊，学校里有点事，我来晚了。"

凯文疑心辛千玉是故意摆谱，事实也的确如此，但凯文没有办法。

他挺憋屈的，他堂堂金融精英，却被一个不起眼的臭教书的摆弄。

考虑到孩子的学位，凯文还是得放下身段，跟辛千玉赔笑，寒暄几句，又说忧心孩子学业。

辛千玉说："你的孩子很聪明，不用担心他。"

凯文听这话模棱两可的，极为不安，到底这话是"你的孩子很聪明，不用担心，我们幼儿园会收他的"，还是"你的孩子很聪明，不用担心，去别的幼儿园也一样"？

凯文那焦急的样子看得辛千玉挺受用。

只是，辛千玉长着一张欺骗性极强的脸，看着很纯良，丝毫不见眼睛里头的幸灾乐祸。

凯文便拿出准备好的贵重礼品要送辛千玉，辛千玉自然是不肯收的。开玩笑，他要是收了礼物，岂不是将把柄给了人？

辛千玉不做这些留破绽的事。

辛千玉只说："你的孩子挺好的，英语也很流利，应当是你这当爸爸的教得好。"

凯文呵呵笑道："不敢当，就是偶尔给他播播英文卡通片而已，是他自己看得高兴，随便学了两句。"

辛千玉又说："不过，按您说的，咱们幼儿园里的老师就没有几个是常春藤的，怕是不配当他的老师。"

凯文听到这句话，背脊立即就绷紧了，心想：果然！果然！我就知道这个辛千玉不是什么好货色！天啊，这人可真会装样子，一边假装斯文，一边记仇要算计我！

凯文不敢直接骂人，只得嘿嘿笑，将语调放得更软："这是开玩笑的？谁不知道你们幼儿园的师资是一流的……像您的母校，在教育方面是最强的。所谓术业有专攻，做老师啊，好专业出来的才棒，就是哈佛毕业的都没得比。"

这话实在肉麻，听得辛千玉发笑。

辛千玉胡侃了几句，便放过了凯文。

说实话，他和凯文没有深仇大恨，不至于为了一时之气在人家小孩子读书的事情上使绊子。

再说了，如果辛千玉这个时候使绊子，于公，是为了个人恩怨影响工作；于私，更不好。毕竟，凯文的儿子要是进了他家幼儿园，以后凯文少不得对他客气。要是他真的一脚把人踢出幼儿园，反而让凯文更没顾忌，越发折腾了。

凯文对辛千玉前倨后恭，倒是好笑得很。

辛千玉没有为难他，只是故意调侃几句罢了。

辛千玉死活不肯收受凯文的礼物，让凯文忐忑了好几天，直到幼儿园给凯文家孩子发了录取通知，凯文才彻底放下心来。只是，以后对辛千玉，他再不敢冷嘲热讽了。

凯文、蕊蕾和琼斯算是在公司里和宿衷走得比较近的几个同事。蕊蕾和琼斯都是讲礼貌的，现在凯文也得跟着讲礼貌了，所以之后聚餐时他们再见到辛千玉，对辛千玉表面上都挺过得去，但心里仍觉得辛千玉不配和他们为伍。

　　只是，这话不放到明面上说，辛千玉就当不知道，面子上都好好的，这是成年人的社交，有分寸感。

　　然而，世界上有一种社交是没有分寸感的，那就是"他妈的社交"。这不是脏话，就是字面意义上的"他妈的"。

　　这里特指宿衷的妈。

　　那天，辛千玉一个人在房里，这是他和宿衷合租的房子。他听到门铃响，正纳闷是什么人，打开门发现是一个中年妇女。这妇女就是宿衷的妈妈，林春红。

　　她用打量物品的眼光扫视了一下辛千玉，目光里明显带着不悦。

　　宿衷回来，看到林春红，也很意外，说："怎么不说一声就来了？"

　　林春红气哼哼："我见我儿子也得预约吗？"

　　宿衷答："那是最好。"

　　林春红气得要死，偏偏又奈何不了自家的心肝儿子，很是憋屈："巧姨、芳姨去儿子那里，想去就去了，还能拿着钥匙直接开门！"

　　宿衷说："哦。"

　　林春红只觉一拳打在棉花上，半晌又说："她们都抱孙子了……"

　　宿衷不说话，林春红自顾自地说："还是得早点结婚有个孩子才行啊！"

　　辛千玉最看不得别人催婚，要是别人，他直接就说她："那么喜欢孩子怎么不自己生，国家又没不让生二胎，阿姨赶紧去生吧，再过几年绝经了就来不及啦。"

　　在宿衷面前，辛千玉得保持形象，便低着头不说话。

　　宿衷依旧不说话。

　　林春红受不住，继续问："你没想过结婚生个孩子吗？"

宿衷答："没有。"

林春红瞪大眼睛，满心不认同："结婚生孩子多好啊！为什么不生？"

宿衷说："我是男人，你要求我生孩子，未免有些强人所难。"

林春红脸上忽红忽白，一时说不出话来。

在辛千玉眼里宿衷自带偶像光环，闲暇时辛千玉对朱璞说他想和宿衷做一辈子的朋友。

朱璞嗤之以鼻："不可能！"

辛千玉皱眉："为什么？"

朱璞说："你不可能装一辈子啊。"

从一开始，辛千玉在宿衷面前就是装的，装单纯、装天真、装乖巧，还装穷，说租不起房，从而住进了宿衷家。

辛千玉对宿衷撒过的谎还挺多的，比如他不是租不起房的穷鬼，他不是逆来顺受的包子，他甚至不是幼儿园的英语老师。

说起来，辛千玉一开始也不是故意骗宿衷的。

他们是在留学同乡会上认识的，他们来自同一个地方。

宿衷并非出身豪门，但独具一种不食人间烟火的贵气。辛千玉没有见过这种类型的人，自是异常好奇，颇想引为知己。

同乡会结束后，辛千玉以最快的速度冲到宿衷面前，说自己没车，要蹭宿衷的车一起回去，宿衷载了他一程。最后，宿衷还问辛千玉："你学校是哪儿的？"

辛千玉说："嗯……纽约州……"

而宿衷的学校在波士顿。

两地相隔两百多公里，辛千玉居然说顺路？

宿衷一脸认真地问他："你是不是脑子不太好？"

这话听着就是骂人的，辛千玉几乎气得要骂回去，但一看到宿衷那张脸就没了脾气，哼哼唧唧地说："我的方向感不太好……"

为了接近宿衷这朵"高岭之花"，辛千玉一得空就从纽约州跑到波士顿。

每次来这边，辛千玉都能找个由头，比如有一次说教授在波士顿给他找了一份教英语的工作，他兼职完了，就顺道来看看宿衷。

宿衷学业很忙，不愿意花时间理会辛千玉这个闲人。辛千玉只得拼命往宿衷跟前凑。

宿衷对他则是淡淡的，要说完全不理会也不至于，但热情嘛，那是没有的。辛千玉努力了大半个学期，终于找了个机会和宿衷一起从学校离开，他趁机问宿衷："你住哪儿？"

宿衷说："我住外头租的房。"

辛千玉问："那方便让我看看你住的地方吗？"

宿衷说："不方便。"

"……"辛千玉被堵了半晌，又问，"是因为你和别人一起住？"

宿衷说："不是，我一个人住。"

辛千玉最后才搞明白，宿衷是那种边界感比较强的人，他不喜欢别人进他的屋子。因此，他既不和旁人合租，也不欢迎访客。

辛千玉努力了两个学期都没得到"访客许可"，一直被宿衷拒之门外。直到一次，辛千玉披风戴雨地赶去波士顿，身上挂满雨水，皮肤冻得像冰冻虾仁似的，一副可怜模样。

宿衷看着他，一贯冷淡的表情有了一丝动容，他好像产生了恻隐之心。就这样，宿衷带辛千玉进到自己的房子里，还给辛千玉煮了一杯热咖啡。

辛千玉冷得发抖，捧住热咖啡的时候，手心顿时热起来，咖啡腾起的热气让他苍白的脸庞渐渐有了血色。

他轻声道谢，宿衷听他声音末端还有颤音，问："还冷吗？"

辛千玉感受到宿衷语气里的关心，于是他立即摆出一副更可怜的样子："嗯……"

宿衷拿了一块毛毯，递给了辛千玉。

辛千玉大喜过望，忙用毯子裹住自己的身体。

辛千玉总是来找宿衷的行为引起了宿衷同学的注意。宿衷的同学对宿衷说："那个叫辛千玉的是你的好朋友吧？"

宿衷一愣："为什么这么说？"

"不然他为什么隔三岔五从纽约州过来找你？"同学一脸认真。

宿衷脑子里没那么多弯弯绕绕，也不会花时间和精力琢磨这等闲事。他就直接对辛千玉说："我不需要朋友。你好好学习，有精力多钻研专业知识，别在没有意义的事上浪费时间。"

听到宿衷这么说，辛千玉一时又是伤心，又是气恼，半晌说不出话。然而，没过几天，他又屁颠屁颠地出现在宿衷面前。

辛千玉顶着寒风敲宿衷的房门。

辛千玉扮可怜已经出神入化，脸庞白白的，嘴唇更是苍白，哑着嗓子说："我好冷啊，衷哥。"

宿衷动了动嘴唇，沉默了三秒，才说："进来吧。"

宿衷还是像之前那样给了辛千玉一杯热咖啡、一块温暖的毛毯。

辛千玉就这样发现了宿衷的弱点：外冷内热。

宿衷的边界感很强，不喜欢别人和他太亲近。辛千玉每次靠近他，都能感觉到他的排斥，然而，这种情况下装可怜能解决一切。因此，辛千玉就踏上了扮演"柔弱小可怜"的不归路。

他就如一个苦心装病想得到家长关注的孩子一样，老把自己弄得很惨，好让宿衷那淡漠的脸流露出些许关心的神情。

这为了卖惨而扮的"柔弱"就跟一个雪球似的，越滚越大，滚成一个巨大得能压死人的谎言之球，紧紧压在辛千玉的头顶，让辛千玉成了一个生活中的演员。

朱璞忍不住说："你打算演到什么时候呢？你要是演一辈子，那你可是本世纪最伟大的表演艺术家，奥斯卡欠你一座奖杯！"

辛千玉也挺头痛的，他不知道自己怎么落到这个骑虎难下的境地了。

朱璞见辛千玉那么苦恼，便不调侃他了，开始好声好气地安慰他："没事，等宿衷真把你当朋友了，你就自然而然地做回自己了。"

这听起来很有道理。

但辛千玉知道，这个目标很难实现。

辛千玉对宿衷自然是没话说的，绝对是把他当知己，但宿衷呢？

朝九晚五在金融行业是不存在的。

宿衷昨晚加班到凌晨，今天8点半依然需要参加晨会。当然，蕊蕾、凯文、琼斯他们也一样是要准时参加晨会的。凯文回到家还被老婆说了一顿，说幼儿园亲子活动要求父亲也一起参加。凯文一听到"幼儿园"三个字就想起那个辛千玉，这使他烦躁。

原本辛千玉算是凯文的优越感的来源之一，现在凯文在他面前非但没有优越感，还得恭恭敬敬。这口气凯文一直咽不下，顺带地，凯文对宿衷也颇有微词。

仔细审视，并非"凯文因为辛千玉而顺带不满宿衷"，而是"凯文因为宿衷而顺带不满意辛千玉"。

凯文这种人，解压全靠从别人身上获得优越感，靠鄙视别人来满足自我。宿衷刚入行的时候还是凯文带的，现在宿衷已经青出于蓝而胜于蓝了。这让凯文挺窝火，但因为宿衷的业务能力实在太强，凯文表面上还是和他维持着友好关系。凯文很难从宿衷身上获得优越感，因为宿衷这人条件太好了。而且宿衷这人向来独来独往，身边既没有亲人，也没见他有朋友，以至于凯文想奚落宿衷都不知道从何下手。凯文左等右等，终于等到一个奚落宿衷的机会。

这个机会就是辛千玉。

看到宿衷唯一的朋友辛千玉资质如此平平时，凯文心里的一团小火苗就冲天而起，熊熊燃烧了，所以他便对辛千玉全面开火。

他这微妙而扭曲的心态，大概他自己也没有细心探究过，只简单地将这种情绪归为"我就是看他不爽"。

这天开晨会，凯文照例和琼斯、蕊蕾、宿衷坐在一起。虽然凯文心里看不上其他人，但是表面上还是对他们很友好。毕竟，琼斯和宿衷是他们公司的两大数据"狂魔"，在分析、建模方面很强。

蕊蕾则是公司第一美女，和琼斯、宿衷关系不错，凯文便跟着三人一起混业绩。

辛千玉回来的时候惊讶地发现了一个显著的变化——宿衷的发型变了。

很多人以为宿衷是一个爱打扮的人，其实不然。宿衷只是单纯长得帅、气质好，所以咋穿都时髦，咋整都帅气。以前念书的时候，宿衷直接推个平头，方便打理。待入职了，为了符合公司的着装要求，宿衷把头发留长了一些，每天起床直接全部往后梳，露出光洁的额头，因为这样最简单，比什么发型都容易做。

现在宿衷的发型看起来是很率性的，事实上却充满玄机。充满空气感的蓬松发顶，乱中有序的上卷发梢，怎么看都是专业人士精心打理后才能有的效果。辛千玉凑近看，还发现宿衷白皙的皮肤上了一层薄薄的裸妆，眉毛也被精心修理过，本来就英俊的脸庞比从前更添几分魅力。

辛千玉既感叹宿衷的超凡外貌，又有几分好奇，便笑着说："你今天看起来和平时不太一样。"

宿衷是不会绕圈子的，很直接地回答："大卫让我去一档财经节目做常驻嘉宾，今天去定妆了。"

大卫是宿衷的大老板，他安排的工作，宿衷一般都会接。

辛千玉愣了："你要上节目？"

"是的。"宿衷点头，"其实我不想去。"

上节目出风头这种事情，宿衷不感兴趣，他只喜欢关起门来研究数据。

大多数公司都喜欢推几个明星基金经理、明星分析师出来上节目，一来可以为公司做宣传，二来也可以利用这些"明星"来影响市场。这对"明星"本人而言也有不少实际的好处。

这次，大卫选中了入行不久的宿衷做这个"明星"，这令很多人眼红。凯文自然也挺妒忌，他以宿衷老友的口吻说："宿衷这性子，不太适合吧！"

这话挺中肯的。

大卫点点头，说："宿衷的个性确实不适合搞社交。"

凯文心中暗喜，以为能改变大卫的主意。

谁知大卫又说："但是他长得帅啊！"

"啊？"凯文怔住了。

大卫说："长得帅的人不需要很多社交技巧。"

大卫见凯文还是愣愣的，拍了拍凯文的肩膀，说："你这种长得比较寒碜的可能体会不到吧。"

凯文几乎吐血，他自问长得也算平头正脸的，怎么就"比较寒碜"了？但大卫毕竟是他的大老板，他只得笑着点头："啊，对，老板太有智慧了。"

大卫确实挺有智慧，他这个举动确实为公司赢得了一波关注。宿衷往镜头前一坐，不用说什么，就已经获得了一波关注，直接上了热搜，标题是"＃最帅基金经理＃"。网友们点进去一看，发现这个经理真的很帅，于是公司和宿衷本人很快就挣了一波热度——

网友 A：有什么办法可以直接指名让宿经理服务吗？

网友 B 回复：宿经理不操两亿以下的盘。

网友 A：原来是我不配……

网友 C：我现在就去买彩票，希望我能中两个亿。

网友 D：我也去。

……

因为宿衷的明星效应让公司获得了更好的收益，大卫非常满意，放口风说打算在年底给宿衷升职，让他担任公司的投资总监。

凯文更加眼热了，妒火攻心令他把心一横，在网上匿名发帖，爆料宿衷私下里情商低，为人冷漠。

帖子发出去后，引起了很多网友的关注。

凯文开始挺高兴的，但很快就高兴不起来了，因为大部分网民对于宿衷这样的性格没那么排斥，且这也算不得丑闻。

投资者的想法就更简单了，只要宿衷操盘操得好，管他是冷漠还是热情。

然而，网上对他还是有一些非议的，毕竟人红是非多。

所幸，宿衷是一个对外界评价不那么敏感的人。不过，他也烦上节目，对他而言这是无意义的加班。宿衷趁着这股非议的热潮，跟大卫提出不想继续上节目的打算。

大卫只好同意，便将节目嘉宾换成了蕊蕾。

凯文气得吐血，怎么换个女人？怎么轮都应该轮到他吧？

他忍不住问大卫："怎么让蕊蕾去？"

大卫笑笑，说："蕊蕾长得漂亮啊！"

凯文无语了，这个领导不行啊，怎么光看脸，不看内在呢？

这一次次的打击把凯文都搞魔怔了，他非要出一口气不可。然而，大卫是大老板，有财有势，凯文面对他是敢怒而不敢言。宿衷这人又是不动如山的，凯文也不是愚公，移不了这山。

他想跟宿衷有关的人，就数辛千玉是软柿子，可以捏一把。他盘算大半天，计上心头：要把辛千玉的私生活曝光，让他做不成幼儿园老师。

凯文平常不带孩子，也没有进家长群，这事他还得跟老婆商量。凯文回到了家里，就跟老婆说起这事。

谁知他老婆一听就皱眉，说："其实我搞不懂你，非要和人家过不去干吗？幼儿园里有个我们的熟人不挺好的吗？"

凯文没想到连自己的老婆都和自己对着干，他气得眼睛都红了，大骂道："你这个家庭主妇懂什么？你知道我在公司有多大压力吗？你知道宿衷那小子抢了我多少业绩吗？你什么都不知道，就知道逛街、美容、买包！现在还教训起我来了？"

凯文的妻子没有收入，靠老公养活，被骂了也只得闭口不言，忍气吞声。他看着老婆被自己骂得抬不起头，一脸羞愤却不敢反驳的憋屈样子，心中的愤懑顿时消散了大半。他心情好了一些，点了根烟自顾自地抽了起来。

凯文的老婆也挺憋屈的，便找闺密倾诉。

她的闺密在证券公司上班，这闺密转头又跟同事说了。同事的同事刚好和琼斯有业务上的往来，琼斯便跟宿衷说了："凯文好像想害辛千玉失业。"

宿衷听了，也没说什么，琼斯却莫名地感到宿衷身上的寒意。

其实，辛千玉最近也没闲着。他找人去查到底是谁抹黑宿衷，很容易就把凯文查了出来。

辛千玉得知敌人就是凯文，便为宿衷的处境感到担忧。他忙对宿衷说："你知道是谁在网上曝光你的吗？"

宿衷淡淡说："应该是凯文吧。"

见宿衷一猜就中，辛千玉特别惊讶："你……你怎么知道是他？"

宿衷说："猜的。"

辛千玉震惊了，一时不知道说什么。

对比辛千玉的激动，宿衷这个当事人看起来淡定得多。

辛千玉可不是这样淡定的人，他脸上的不忿之色没有因为宿衷的冷静而减淡。辛千玉恨恨地说："他这样不仁，也别怪我不义了，一定要让他吃个教训才行！"

宿衷还是那副无动于衷的样子："你打算怎么不义？"

辛千玉愣了愣，摇摇头："还没想好。"

说着，辛千玉又露出苦恼的样子，仿佛在思考大清十大酷刑哪一种和凯文更般配。

"你别为了他劳神劳心了，"宿衷道，"他不值得。"

辛千玉气笑了："你真是好脾气，我可忍不了。"

说完这话，辛千玉意识到自己的语气有些狠，有点儿不符合他的"纯良"人设，便立即放缓了声调："衷哥，他现在是铆足了劲要对付你，你现在对他容情，他以后可未必会对你容情。"

"谁说我要对他容情了？"宿衷觉得很奇怪，"我只是说，你不用为他费心。"

辛千玉这时候还没搞清楚宿衷的意思。

宿衷所说的"你不用为他费心"，辛千玉的理解是"你不要为他费心，放过他一次吧"，然而宿衷真正的意思是"你不用为他费心，我自有打算"。

宿衷所说的"你不要为他行不义之事"，辛千玉的理解是"你不要为他行不义之事，不要伤害他"，然而宿衷真正的意思是"你不要为他行不义之事，我要大义灭亲"。

没过两天，宿衷实名举报凯文利用内幕消息建老鼠仓，于是凯文被抓了。虽然说凯文大概率不会坐牢，就算被判了刑也是缓刑，但重点是他不但要把违法所得吐出来，还会被禁止从事本行业工作。

也就是说，凯文不但丢了工作，还彻底断送了前程。

其实，宿衷很早就察觉到了凯文的不正常。凯文这个人虚荣心很重，自己开好车、穿高级货，不时出入高档会所，住的豪宅里养着一妻一子。他的妻子虽是全职太太，没有收入，但依旧穿名牌，孩子穿的都是名牌，读着市里最好的私立幼儿园。单凭凯文的收入根本不可能支撑这样的生活。

不过，宿衷不是那种热衷观察他人生活的人，所以对凯文的不寻常没有太在意。

凯文暗中给宿衷使绊子的行为尚在其次，最让宿衷难以忍受的事是凯文居然想陷害辛千玉。

这算是触碰到了宿衷的底线。

宿衷这人脾气确实不错，但脾气好的人一旦动了怒，那才叫真怒。

辛千玉看到凯文被抓的新闻时还挺蒙的，一时间也没想到是宿衷做的。毕竟，在他心里，宿衷是那种与世无争的安静美男子。他实在没想到宿衷会反手一个举报，将凯文直接踩死。

辛千玉忍不住问他："你真的就这样直接搞死他？"

宿衷说："不是我搞死他，是他自己作死。"

令辛千玉感到意外的是宿衷平常淡然得跟个和尚似的，一旦动手却是手起刀落、又快又狠，令人惊诧。

辛千玉顿了顿，说："我以为你会顾念和他有多年交情，不会把事情做绝。"

宿衷答："我就是这么绝。"

宿衷的语气还是淡淡的，和平常一样，却带着一股令人难以忽视的压迫感。

凯文建老鼠仓这件事很快上了新闻，业内议论纷纷，对公司的形象也有一定影响。老板大卫得知是宿衷举报的，也挺意外，据他所知，宿衷是一个与世无争的人，不可能无缘无故抓同事的把柄。

大卫便叫了宿衷进办公室，微笑着问他："听说是你把凯文举报了？"

宿衷点头，一本正经地回答："是的。我为公司除了害群之马，不用谢。"

"……"大卫此刻只能咬牙微笑，"嗯，我谢谢您哪！"

"不客气。"宿衷利落地回答。

大卫一口气堵住了。

宿衷问："还有什么事吗？"

大卫心想：我纵横江湖十几年，还是第一次遇到这样的员工，他到底知不知道是谁在给他发工资？

大卫已经当了超过二十年的大区总裁了，所以他现在很难像一开始那样跟打工仔共情。对他而言，最紧要的就是管理，影响他管理的重大因素就是员工的不听话。

不过，宿衷这种程度的不听话完全可以被原谅。第一个原因是，大部分时间，宿衷都是听话的，就是有时候表现得情商低而已。让他办事，他一般都会办好——这就是第二个原因，也是最重要的原因。大卫让宿衷办的事，宿衷都能办好，没有比这更重要的了。

因为宿衷的工作能力非常强，所以大卫对他非常宽容。

大卫就是笑笑，没有继续追究宿衷"同门相残"影响公司声誉

的事情。他知道，和宿衷这种技术流的人讲这些是没用的。如果宿
衷真的有心搞这些，以他的业务能力，一早就当上总监了，绝不会
止步于经理的位置。

老板都挺喜欢这种能力很强但情商不高的人，因为这样的人有
能力而没野心，适合当"工具人"。

大卫笑着跟宿衷谈了几句，又跟他说："蕊蕾接替了你的工作，
现在是明星经理了，业绩提升了很多，说不定很快就会赶上你。"

大卫的话听起来有点挑拨的意味，一般正常的员工听后都会产
生危机感，但宿衷不是正常员工。他无动于衷道："那恭喜她啊。"

大卫原本担心宿衷会因此和蕊蕾不睦，现在看来，宿衷还真是
一块木头，没什么妒忌心。

蕊蕾接替了宿衷的位置，上财经节目露脸，凭美貌和好口才获
得了知名度，业绩确实是嘭嘭上涨。

与此同时，她也忙了起来。另外，现在办公室来了个名叫安苏
的新助理，让本就忙碌的蕊蕾工作压力倍增。

安苏："蕊蕾老师，这个预算 7000 万的项目的预算是多少啊？"

蕊蕾："7000 万……"

安苏："蕊蕾老师，陈氏集团的董事长姓什么啊？"

蕊蕾："姓陈……"

安苏："蕊蕾老师，那……"

蕊蕾的耐心到了一个临界点，却不得不忍着脾气——安苏是大
卫的儿子。她可不敢对大卫的儿子发火，她只能温柔地一笑，说：
"我有点倦了，你能帮我泡杯咖啡吗？"

"好的，没问题。"安苏答应着去了茶水间，蕊蕾才获得片刻
的安宁。

然而，安苏很快就捧着咖啡回来了。

蕊蕾默默地看着黑漆漆的咖啡，说："糖和奶呢？"

安苏惊讶地说："我以为像蕊蕾老师这么讲究生活品质的精致
女人只喝不添加任何糖和奶的浓缩咖啡，是不会喝那种不纯粹、不

正统的花式咖啡的……"

蕊蕾听得拳头都硬了。

然而，蕊蕾再硬也得软，因为安苏是大卫的儿子，而且还是独生子。

想到这个，蕊蕾不禁对大卫表示同情，这么精明干练的金融精英，唯一的继承人居然是个大傻子。

蕊蕾实在受不了安苏了，便将他踢到了宿衷那儿。宿衷看着冰冷，其实挺好说话的，蕊蕾提出把自己带的助理和宿衷的交换，宿衷没有反对。

对宿衷而言，哪个助理都差不多。

事实上，蕊蕾这么做还有几分私心。之前宿衷当了"明星"，大卫放口风说让宿衷当总监。现在，"明星"换成了自己，而且干得也不错，那是不是她也有望当上总监呢？

如果宿衷惹了大卫不快，那总监之位应该就是蕊蕾的了。

蕊蕾暗想：宿衷这人情商低，估计和安苏处不来。他要是把大卫的宝贝独子得罪了，我当上总监的机会不就更大了？

蕊蕾让新助理给自己泡了一杯花式咖啡，喝着加了糖和奶的咖啡，蕊蕾心情愉悦。

她喝着拿铁，端看安苏怎么在宿衷那儿碰钉子。

办公室的其他人也存了看好戏的心思，想知道这个地主家的傻儿子给"情商盆地"宿衷当助理会惹出什么风波来。

然而，出乎大家的意料，一点风波都没有。

原来，安苏最让人厌烦的地方是他经常不厌其烦地问一些弱智问题，而宿衷面对弱智问题是不会生气的，在这方面，宿衷就像程序一样，你问啥，他都能用平静得近乎机械的语调告诉你一个最客观的答案。

没有感情，不会生气，也不会厌烦。

此外，宿衷喝浓缩咖啡。

大卫见安苏成了宿衷的助理，也关心地问了一下情况，宿衷客观评价："令公子的智商不是很高，学习能力也比较低下，不是很适合这一行。"

听到对方这么评价自家的宝贝儿子，饶是大卫再大度也得生气，他恼中带笑道："他的智商不高？是不是和你的情商差不多高啊？"

宿衷说："可能还要低一点。"

大卫的拳头也硬了。

从某种程度上说，蕊蕾"利用安苏让大卫反感宿衷"的方案也算取得初步成效了。

然而，出乎蕊蕾意料的是，安苏居然崇拜上了宿衷。

蕊蕾、琼斯和宿衷是关系比较好的同事，经常一起吃午饭，安苏也跟着一起来蹭饭，看宿衷的时候，眼里全是仰慕。此外，安苏只替宿衷一个人倒茶、递纸巾，完全无视饭桌上蕊蕾和琼斯两位前辈。琼斯和蕊蕾对视一眼，心照不宣。

然而，宿衷还是像无事人一样，该干吗干吗。

蕊蕾私下对琼斯说："我看老宿不该叫'宿衷'，该叫'于衷'。"

琼斯不解："为什么？"

蕊蕾捂嘴笑道："因为'无动于衷'。"

琼斯"噗"一声笑了，摆摆手说："你也会说这种冷笑话。"

蕊蕾道："你说，大卫知道这事吗？"

琼斯听到这话，咂了咂嘴，说："这事和咱们没关系，你就甭操心了吧。"

按照琼斯的想法，宿衷是他们的老友，也是职场上的同盟，而安苏是老板的独子。无论发生什么矛盾，他们都不好做人，不如不掺和。

蕊蕾则是另一种想法，和安于现状、觉得当个基金经理也不错的琼斯不同，蕊蕾剑指投资总监之位，她已经默默将宿衷当作竞争对手了，自然希望宿衷惹上不好解决的大麻烦。

安苏显然就是一个特别不好解决的大麻烦。

第二章 真面目

辛千玉不知道这段小插曲，他即将从幼儿园离职。

这几年，宿衷从分析师混成了明星基金经理。辛千玉也没闲着，他已经在集团旗下的中学、小学以及幼儿园都轮过岗了，老妈说他够资格回总部干管理了。

从幼儿园离职后，他准备回家休整几天，然后以"太子爷"的身份回总部大展拳脚。辛千玉正收拾着材料，就见手机屏幕一闪，是朱璞发来的消息："你一时去中学任职，一时去幼儿园任职，现在直接当老总，宿衷会不会觉得奇怪？"

辛千玉撇撇嘴，回了一条："这有什么可奇怪的。"

事实上，宿衷压根不知道辛千玉这几年换过几次岗位。宿衷只知道辛千玉是教英语的，其他什么都不知道，他从来不问。

辛千玉叹了口气，将手机收起来，这时候，门铃响了。

"这个时候会是谁？"辛千玉觉得有些奇怪，但还是走到玄关处开了门。站在门外的是一个细皮嫩肉的小年轻，他以一种探询的目光打量着辛千玉，这让辛千玉十分不舒服。

辛千玉问："你是谁？"

小年轻答："我叫安苏……"

辛千玉皱了皱眉："谁？"

辛千玉不记得自己认识叫安苏的人。

安苏是从蕊蕾那儿知道辛千玉的，得知辛千玉一个一事无成的混子竟一直借住在他的偶像宿衷租的房子里，他很为宿衷不平，想替偶像处理这个"麻烦"。

念及此,安苏心下对辛千玉的鄙夷更浓了几分,不觉拔高了声音,气势凌人地说:"你不用知道,请你让开!"

辛千玉的脸色顿时冷了下来,他说:"保安怎么会放你这种闲杂人进来?你快滚,不然我就让物业保安撵你走。"

安苏笑了笑,拿出了一张门卡:"是宿衷叫我来的。"

辛千玉脸色微变,劈手将门卡夺了过来,门卡上有宿衷的签名,所以辛千玉一眼认出这张门卡确实是宿衷的。

安苏见辛千玉脸色不好,心情瞬间就好了,便说:"我说,宿衷这么优秀,怎么会跟你这样的人成为朋友?我看是你死赖在这里蹭住吧,真不要脸!也不知道什么样的妈生出你这样的……"

辛千玉听安苏这么说,总算明白过来了,世界真奇妙,还有人赶着跑到他面前讨打啊?

辛千玉抬手就是一个耳光,随着"啪"的一声,安苏半张脸肿了起来。安苏没想到辛千玉二话不说就开打,一时间蒙了,待他反应过来,就看到眼前的门"嘭"的一声关上了。别说是还手,就是辛千玉的衣角他也摸不着了。

安苏是土豪大卫的独子,什么时候受过这等气?他急得眼睛都红了,气得直拍门。只是拍门的手是肉做的,被拍的门是木头做的,只有拍疼了的手,没有被拍开的门。没拍多久,就被前来的物业保安拉走了。

物业保安当然是辛千玉叫来的,辛千玉只说有人上门滋事。安苏不是业主,所以很快就被撵走了。辛千玉还是很恼火,正想给宿衷打个电话,抬起头却对上了挂在墙上的镜子。镜子里映着辛千玉的满面怒容,他蓦地一惊,他这样生气,和宿衷说话会不会口不择言?会不会惹宿衷不痛快?

心念数转,辛千玉静待镜子里的自己平静下来。

都这个时候了,辛千玉还怕自己的人设崩了。

辛千玉自嘲地一笑,将门卡放在茶几上,深吸了几口气,待脑子清醒了一些，才重新拿起手机拨通宿衷的号码。

宿衷没有接。

辛千玉眉头拧起，又打了几遍，宿衷都没有接。

这让辛千玉心里的暗火又转为明火了，脑顶热得跟炙石似的。

他一腔愤懑无处诉说，只能打电话给朱璞。朱璞一听，也是义愤填膺，问他："那你打算怎么办？"

辛千玉说："先问问衷哥吧，只是衷哥一直不接电话，不知是不是有什么事……"

朱璞说："他不是做基金经理吗？听说有些公司不让基金经理上班时间用手机，怕他搞老鼠仓。你等下班时间再打过去看看吧。"

辛千玉心下豁然："哦，是啊，一定是这样。衷哥绝不是故意不接我电话的。"

这次朱璞说的确实是对的，自从出了凯文的丑闻后，大卫便加强了管理，包括宿衷在内的大部分员工在交易时段都不能用手机。

待交易时间结束了，辛千玉正要打给宿衷，没想到宿衷先打过来了。

宿衷问："有什么事？"

辛千玉一时哑然，竟然不知该从何说起。过了一会儿，辛千玉才缓缓说："这个……有个叫安苏的人拿着你的门卡来过。"

"是。"宿衷说，"是我让他去的。"

想到安苏说的那些话，辛千玉心里"咯噔"一下，声音也似弓弦般绷紧："为什么？"

宿衷道："我没带钢笔，让他去拿。他中途摔了跤，现在去医院了。"

辛千玉立即明白了几分，安苏哪里是中途摔了跤，明明是被甩了耳光，脸被打肿了，不好意思去上班才编的谎话。

辛千玉只说："是吗？他到底是什么人啊？他讲话很没有礼貌！"

"他是新来的助理。"宿衷答。

辛千玉更觉得奇怪了，一个助理怎么会这么嚣张？

辛千玉便问："他家很有钱吗？"

宿衷说："他是大卫的儿子。"

"哦，我明白了。"辛千玉点头。

如果安苏只是一个普通人，辛千玉大可以直接开杠，让安苏知道你大爷就是你大爷。然而安苏是宿衷老板的儿子，那辛千玉就应投鼠忌器了。

辛千玉有些懊恼也来不及了，因为他那大力金刚掌的掌印还留在安苏的脸庞上呢。

安苏顶着巴掌印不敢去上班，请了假回家。大卫虽然风流，但是只有安苏一个儿子，所以对安苏如珠似宝。他见安苏被打了耳光，又心疼又生气，忙问安苏怎么回事。安苏原本还想撒谎掩饰，但他智商很低，要骗大卫这种老江湖是不可能的，大卫略套几句就把真话给套出来了。

得知安苏被自己下属的室友扇了一个耳光，大卫气得高血压都要犯了。只是，大卫一时竟不知该生谁的气。

是气自己没教好儿子，还是气儿子太蠢？好像都不对，大家是一家人，没必要搞内讧，得一致对外。

大卫很快找到了怒气的宣泄点："那个辛千玉太没教养了，居然敢打人！"

安苏听到老爸骂辛千玉，更觉得自己有理。安苏便气愤地说："是啊！他太过分了！爸，你一定要帮我出这口气！"

大卫到底是疼儿子的，便说："行，你放心好了。"

安苏立即两眼放光。

没过两天，宿衷就告诉辛千玉，自己要出差了。

辛千玉细问两句，得知安苏要和宿衷一起去出差。

辛千玉想了想，说："我刚好要调职，中间可以休假，这期间我去你出差的城市玩玩吧？"

宿衷没有反对，也没有问他为什么调职，全然不关心一样。

宿裹要出差一个月，而辛千玉的休假时间其实只有一周。因此，辛千玉不得不申请延期上岗。辛千玉并不担心申请不通过。

　　集团主管人事的是朱璞，朱璞闭着眼睛就批准了辛千玉的申请。

　　然而，事情却没那么简单。

　　因为辛慕问起了辛千玉没到岗的事。

　　辛慕是辛千玉的亲妈，也是朱璞的姨妈。

　　辛慕这些年沉迷享受，实际上已经不大管事了，来上班也是三天打鱼两天晒网。她是算准了这一天辛千玉到岗，才准时来上班的，结果发现儿子没来，便抓了朱璞来问。

　　朱璞支支吾吾的，只说辛千玉去旅游了。

　　辛慕听到这个回答，火冒三丈："他才多大，有什么资格学我快退休的人去玩？"

　　朱璞在一番轰炸下，只好道出实情。

　　辛慕刚刚是火冒三丈，现在是火冒三十丈。

　　辛千玉小时候读寄宿幼儿园，长大了读寄宿学校，再大一点就出国读书了，因此在家的时间不多。同理，辛慕年轻的时候忙工作，年纪稍长忙着恋爱结婚，在家的时间也不多。所以母子之间不是特别亲近，辛慕自然也不知道辛千玉具体在做什么。

　　她只隐约听说辛千玉在外跟人合租。

　　原本辛慕觉得年轻人的生活随心就好，但现在自己儿子为了玩乐而不想上班？

　　辛慕皱眉，说："怎么回事？你快跟我说清楚！"

　　在辛慕的威逼之下，朱璞便将他所知道的事情吐了个一干二净。

　　辛慕冷笑："我倒是想看看，那个宿裹是有几个脑袋、几只手臂？"

　　朱璞便打开了一档财经节目，就是之前宿裹参加过的那一个节目，他给辛慕播放了宿裹当嘉宾的一期。

　　辛慕看完了节目，只说："看来，我得亲自去瞧瞧……"

　　辛慕是个行动派，直接飞去了辛千玉与宿裹所在的城市。

辛慕远远地看了宿衷一眼，见宿衷身边还跟着一个小年轻助理，她没有上前打招呼，而是径直去了酒店——辛千玉目前住着的酒店。

此刻，宿衷去工作了，辛千玉也没闲着，他在酒店里翻看着集团的资料。

他一边看着资料，一边喝着咖啡。

正在此时，他听到门铃响了。

"是什么人？"辛千玉感到很奇怪，但还是前去开了门。

门一打开，他就见一名穿着香奈儿针织套装的美妇站在门口。

辛千玉一哆嗦："妈……"

辛慕"咴"一声笑了，径自迈进了套房。她的目光掠过放在案头的集团资料，心中的火气稍降，她只说："我还以为你忘了自己的工作呢！"

"怎么会？"辛千玉说，"我只是……"

"不用说了。"辛慕摆摆手，"我都知道了。"

辛千玉脸上一白，心中打鼓，只说："朱璞说的？"

"他不说，你就不打算告诉我了，是吗？"辛慕倚在桌边，姿态优雅得很，如一株水仙，神态略带冷傲，"你现在真丢我的脸。"

这话算是戳中了辛千玉的痛处。辛千玉从小到大都是要强的人，头一次示弱大概就给了宿衷。自从认识了宿衷，他俨然成了宿衷的小跟班，但他内心仍是骄傲的。

辛千玉只肯对宿衷示弱，旁人都不行，亲妈也不行。因此，辛千玉昂着头，硬气地反驳母亲的话："我乐意和他做朋友。"

"喊，你倒是乐意，就是不知那位宿先生心里如何看你。"辛慕微微昂了昂下巴，奚落道。

辛千玉一时竟被堵得说不出话来。

"做事要有分寸。"说着，辛慕没等辛千玉反应过来就倾身往前，拍了拍他的肩膀，"给你一天时间休息，记得后天来上班。"她的声音忽然有了温度，真像一个温柔的妈妈，"你可是我的宝贝儿子啊，全天下所有人加起来都不如你的一根头发。"说完，辛慕扭腰就走了。

宿衷上班是很忙的，总是如此。现在，他身边添了个弱智助理，就是忙上加忙了。

　　安苏也发现自己好像有点拖后腿了，十分愧疚地说："对不起，我不会再犯错了。"

　　"嗯，为了避免你再犯错，"宿衷说，"你现在下班吧。"

　　"……"安苏一惊，"我……我可以帮忙的！"

　　宿衷说："你不参与就是帮忙了。"

　　虽然听起来像骂人，但是宿衷的口吻总是很平和，就像陈述一个简单的事实一样。

　　安苏满脸通红，羞得无地自容。

　　得益于安苏的"配合"，宿衷很快处理完了剩下的工作，赶在晚上十二点前回到了酒店的套房。

　　辛千玉的房间里开着一盏落地灯，橘黄色的光映着他侧脸。

　　宿衷看他一副忧愁的样子，问："哪儿不舒服吗？"

　　"唉！"辛千玉无奈一叹，这次的叹息不是装样子，而是真的，"领导让我后天就回去报到。"

　　这倒不是假话，辛慕确实是辛千玉的领导。

　　宿衷想了想，问："我帮你订机票？"

　　辛千玉胸口一堵，这厮可真……

　　事实上，宿衷只是以为辛千玉一脸担忧是因为赶不及订机票。

　　宿衷直接拿起手机，找了一个做机票代理的熟人，问他能不能订到票。

　　辛千玉沉默着去睡觉了。

　　过了一会儿，宿衷主动扯开了辛千玉蒙头的被子。原本蒙在被子里很是气闷，被子被扯开了，新鲜的空气涌进来，辛千玉也清醒不少。他眨眨眼，看着宿衷："嗯？"

　　宿衷开口就说："回去的机票给你订好了，明天下午两点的飞机。"

辛千玉因为心里有事，所以第二天起得早。他醒来的时候，宿衷已洗漱完毕。辛千玉收拾好思绪，从床上坐起来，对宿衷说："那个安苏不是每天都给你送早餐吗，能不能让他多买一份给我？"

宿衷同意了，给安苏发了信息。

安苏正等着新鲜早餐出笼，口袋里的手机一振。他拿出来一看，见是偶像发来的信息，喜上眉梢，然而点开信息内容，他立即怒发冲冠："那个辛千玉算什么东西？竟然叫我给他买早餐？"

安苏立即拒绝了。

宿衷对于助理的拒绝也不以为忤，毕竟给辛千玉买早餐不是安苏分内的事。

宿衷看看腕表，见时间尚早，便对辛千玉说："你想吃什么？我给你买。"

辛千玉随口说："那就 X 咖啡厅的可颂吧。"

宿衷便下楼去买可颂。

没过多久，门铃响了，辛千玉推开门，见站在门外的是安苏，他便冷冷一笑："送餐的？"

安苏被奚落，仍忍着气说："宿经理呢？"

辛千玉"哧"的一声笑了，答道："你不是不愿意给我买早餐吗？我只好让他去了。"

自己那么辛苦起大早给宿衷买早餐，宿衷却那么辛苦起大早给辛千玉买早餐？辛千玉凭什么这样使唤他偶像啊？

安苏越想越气，咬牙说："我看你就是块狗皮膏药，如果不是他，你住得起这家五星级酒店的豪华套房吗？"

辛千玉听到安苏这么说，几乎要笑出声来，眼角余光扫过走廊，装作委屈地说："你为什么要这么说？难道就因为你有钱，就可以这样羞辱我吗？"

说着，辛千玉揉了揉眼睛，试图挤出几滴泪来。然而，他的演技还是不太行，只能干巴巴地揉眼睛，疯狂地将眼睛揉红，才多了几分可怜相。

安苏见辛千玉在这儿逗他，更愤怒了，但还没来得及说什么，就听到背后传来了急促的脚步声。安苏扭头一看，发现宿衷提着早餐袋快步走了过来，眼神冰冷地瞥了自己一眼。这一记冷眼让安苏的心都被揪紧了，他怯怯地说："宿经理……"

"你走，"宿衷冷冷道，"这儿不欢迎你。"

安苏心里一紧，眼睛都红了："我……"

宿衷并不理他，径直走进了房间，在安苏面前将门关上，彻底隔绝安苏的言语。

辛千玉仍在装可怜，对宿衷说："原来你的助理也看不起我……"

"这件事我会处理的。"宿衷将买来的早餐放在桌子上，"早餐趁热吃。"

辛千玉听了宿衷这句话才算放心。

宿衷既然说会处理的，那自然是会处理好的。

虽然宿衷的直肠子有时候很可恨，但同时也是一把利器。

辛千玉一脸纠结地看着宿衷："安苏是大卫的儿子，你对他能狠心吗？"

宿衷说："这两者有什么关系？"

辛千玉笑笑，也不知该说什么。

宿衷回头就跟大卫打电话申请，让安苏不再担任自己的助理。

大卫大概猜到发生了什么事，所以没有问宿衷因由，只说："哦，好，那就换一个助理。"大卫顿了顿，继续道，"不过现在你在出差，算特殊时期，很难给你换。等你出差回来了再换，怎样？"

"我不希望再和他一起工作。"宿衷说，"无法派新助理来也无所谓，出差这段日子，我自己一个人工作也可以。"

大卫没想到宿衷这么不留情面，但也不好多说什么，便答应了。

安苏得知宿衷要换掉自己，被刺激到了。他一闭眼就想到辛千玉给自己的那一记耳光，那耳光仿佛还打在他的脸庞上，他痛得很！

他实在难以接受自己的尊严被这样践踏，所以他开始缠着宿衷。

出差的这段日子，宿衷除了要工作，还得面对安苏的死缠烂打。

宿衷和辛千玉不一样，他不会恶言相向，更不会出手伤人。

宿衷只是向总部举报了安苏。

总部对这个问题非常重视，尤其举报者是他们的明星员工。总部收到举报并给宿衷打电话了解情况后，立即派人越洋飞来实地调查。

对于安苏的骚扰行为，宿衷都保留了证据，调查员还注意到，安苏是大区总裁大卫的儿子，安苏也在言语中强调"我爸爸是总裁"。这一点让大卫非常尴尬。

总部很重视这件事，大卫只得道歉赔不是，并将安苏辞退了。

亲手辞退自己儿子的滋味并不好受，但谁叫自家儿子犯错被抓个正着呢？

大卫虽然恼安苏无脑冲动闯祸，但是他其实更恼恨宿衷再三挑战自己的权威。

平时，宿衷对大卫不太恭敬也就罢了，最近还越发不听说了。前一阵子，他越过大卫向监管部门举报了凯文，导致公司的声誉受损，引得总部过问。现在，他又越过大卫向总部举报大卫亲儿子，这简直就是将大卫的脸面往地上踩。这让大卫怎么忍？

大卫心想，投资总监的职位是断断不能给宿衷了。他当个基金经理都这么牛了，要是他当了总监，那还不翻了天了？

大卫又想，蕊蕾现在当明星经理当得挺好的，业绩也不错，平时又听话，不如提拔蕊蕾算了。

对一个管理者而言，当然是工作能力尚可且特别听话的员工优于工作能力很强但很不听话的员工。

事实上，当看到大卫被迫道歉并辞退安苏的时候，蕊蕾的内心是快活的，宿衷已经把大卫得罪透了。

"业务能力再强又有什么用？不会做人的话，职业生涯是无法顺遂的。"蕊蕾自认为比宿衷更懂职场。

然而，蕊蕾在大卫眼中可能也是宿衷的同盟。因此，蕊蕾故意使手段抢了宿衷的一个客户。她倒不是稀罕这个客户，而是向大卫表明自己的立场。

大卫也趁机借题发挥，批评宿衷丢了一个大客户，没有做好客户管理。大卫还意有所指地说："做我们这行的，不仅仅是和数字打交道，还要和人打交道。你关起门来做研究，闭门造车，是不行的，还是得多和人交流，处理好人际关系。"

　　大卫这番话是在例会上当着众人的面讲的，也就是说，他是当着所有人的面奚落宿衷。

　　宿衷作为业绩之星，还是头一次受这种闲气。

　　在场的人要说惊讶，也没有特别惊讶的。大卫给宿衷下马威既是意料之外，也是情理之中。毕竟宿衷把大卫的儿子逼走了，这等于打大卫的脸了，大卫对宿衷有意见实属正常。

　　有些人挺感慨，宿衷明明前途光明，怎么因为这种事得罪领导呢？

　　也有人幸灾乐祸，早看不惯宿衷那副高贵冷俊的样子了，明明是个打工仔，气派搞得跟王子似的！他以前能摆谱，不就是因为老板惜才嘛！现在老板不给面子，他就什么都不是了！

　　任何有一定资历的员工被老板这样当众批评都是坐不住的。一般像宿衷这种级别的人，就算是挨批也是在私人办公室里关起门说，不会这样当众被奚落。这分明是大卫要整他，也算是宿衷要倒霉的一个信号。

　　换作谁遇到这样的事都会感到难堪，但宿衷不会。

　　宿衷用冷静的语调说："陈董一直是我的客户，为什么突然变成了蕊蕾的客户？我记得，公司严禁内部恶性竞争，私下抢客户的行为是不被允许的。"

　　听到宿衷这么一板一眼地提公司规定，蕊蕾丝毫不慌，因为她很清楚，宿衷越是这样，越会触怒大卫。

　　大卫果然被激怒了，冷笑着说："是的，公司是禁止内部恶性竞争。如果你和客户关系不错，别人是不能抢你的。现在是陈董不满意你，要和我们公司结束合作，是蕊蕾力挽狂澜，将陈董留了下来。你懂吗？不是蕊蕾抢你的客户，是蕊蕾为你犯的错做弥补！你还有脸说她？你应该感谢她才对！"

032

大卫这番言辞显然是颠倒黑白，硬是把"抢食"的蕊蕾说成救星。

大卫是老板，确实有话语权。

宿衷并不打算辩驳，还是很冷静的样子，用那双黑黝黝的眼睛看着大卫："那您的意思是什么？"

大卫笑笑，说："你的业绩一向还可以，我是不会因为这种偶尔的犯错就苛责你的，只是希望你可以反省一下，争取更大的进步。"

宿衷微微颔首。

宿衷这副不生气的样子反而让大卫很生气。

大卫决定火上浇油，就不信宿衷还能保持淡定。大卫说："哦，对了，今天我还要向大家宣布一个好消息。最近蕊蕾干得不错，她将是我们公司新任投资总监。"

蕊蕾听到投资总监的职位落到自己头上，不禁喜上眉梢。

宿衷听到大卫这么说，微微有些错愕。

看到宿衷的表情终于有了一丝变化，大卫总算满意了。他朝宿衷露出胜利者的微笑，说："以后好好干。"

宿衷却道："如果我没记错的话，您承诺了年底给我提职。"

听到宿衷这么说，大卫几乎想发笑，心想：这是什么幼稚的发言啊？我是老板，让你提职就提职，不让你提就不提，很奇怪吗？我要是不高兴的话，还能给你降职呢！

大卫只说："我原本也这么考虑过，但因为最近你的表现不太符合我的预期，而蕊蕾的表现让人惊喜，所以我觉得她比你更适合这个位置。"

"您说她的表现比我更好，请问是从哪个方面得出的结论呢？"宿衷反问。

这话让大卫下不来台，他更恼宿衷不识抬举。当众问这种问题，丢脸的还不是他自己？

大卫打哈哈一笑，说："这个是综合评价的，不仅仅看业绩一个指标。这样吧，你有什么疑问的话，可以等散会之后到办公室来，我们私下探讨，就不要因为私人的事情而占用大家的时间了，好吧？"

宿衷闻言点头，没有多说什么。

大卫见宿衷没有多做纠缠，得意地笑了笑，说到底还不是要听他的？

这场会议其实开到这儿就差不多了，与会人士都不是蠢人，很快明白过来公司发生了巨大的人事变动。蕊蕾不但抢了宿衷的客户，还抢了宿衷的职位。这都是大卫的意思。

从此以后，宿衷算是"失宠"了，而蕊蕾则是"新贵"。

大家有吃瓜看戏的，也有幸灾乐祸的。像宿衷这种人，一旦从高处跌下来，底下的人都是幸灾乐祸的。

唯一一个比较尴尬的是琼斯。

琼斯本以为自己与凯文、蕊蕾、宿衷是老交情，能在公司里互帮互助，没想到现在局面变成了这样，他可不尴尬吗？

琼斯愣在座位上，抬头望了望大卫的办公室，见宿衷已往办公室走去，也不知宿衷这个直肠子会和大卫说什么。

大卫也很期待这场对话。关起门来，他就更不用顾忌宿衷的脸面和自己的风度了。

宿衷走进办公室，神色仿佛跟积雪一样冰冷。

大卫正打算用狠辣的言语来突破这层坚冰，却不料宿衷拿出一个信封，说："这是辞呈。"

大卫蒙了，正要昂起的下巴顿住了："什么？"

"这是辞呈。"宿衷不带感情地重复了一遍，并将信封放到了桌子上，"电子版的邮件我也按照程序发给了您和人事部的同事。没什么问题的话，我就先出去了。"

看见宿衷干脆利落地转身，大卫像受了刺激似的霍然起身："慢着！"

宿衷缓慢地转过身来："还有什么事吗？"

大卫一时拿不准宿衷是真的要辞职，还是故作姿态。

宿衷看起来对升职没有太大执念，从来没有主动要求过什么总监职位，看起来是个挺无欲无求，只喜欢做研究的人。因此，大卫完全没料到宿衷竟然会直接辞职。

"为什么突然辞职呢？是因为总监职位的事情吗？还是因为蕊蕾抢你客户的事情？有什么不满，我们可以坐下来慢慢谈嘛，总是有解决的办法。"大卫脸上的倨傲没有了，看起来客客气气的，真像一个和蔼的老板，"贸然提辞职，对你本人也没有什么好处啊！"

宿衷回答："要说辞职原因的话，是我想换个工作环境。"说完，宿衷就离开了办公室，没有理会大卫的挽留。

大卫是彻底蒙了。

他是想打压宿衷的气焰，但没想到宿衷气性那么大，直接就辞职了。

在他看来，宿衷不是那种一点就燃的类型，不可能前脚刚说他两句，后脚他就提辞职。宿衷挺理性的，他就算真的要辞职，也会等找到下家才行动吧？

想到这儿，大卫心中一跳，找到下家才行动……难不成……

大卫想：自己也不是今天才开始看宿衷不顺眼的，那宿衷呢？宿衷会不会也在今天之前就想辞职了？宿衷会不会在今天之前就已经找到了下家，只是借着今天这件事提了辞职？

大卫越想越觉得就是这么回事，心里暗觉输了一头。不行，不能就这样被一个毛头小子给反将一军。金融街就这么大，能请得起宿衷，或者说宿衷看得上的企业就那么几家，大卫只要稍稍打听，就能知道宿衷会跳槽到哪一家。

大卫当管理者，习惯了唯我独尊。他只想着，宿衷如此不给自己面子，多番顶撞后还能混得风生水起，他的威信将不复存在。

所以对他而言，什么公司名声受损、什么儿子被开除都是其次。宿衷一定要灰溜溜地离开，或是低声下气地服软，才能成全他的尊严。

于是大卫便开始盘算如何对付宿衷。

与此同时，在玉琢集团的总部，辛千玉正在加紧熟悉集团的运作。他正在办公室里处理公务时，朱璞的电话就来了。电话里朱璞的语气很急："你妈……你妈……"

辛千玉没好气地说："好端端的为什么骂人呢？"

朱璞喘了两口气，说："谁骂你了？真是你妈！"

辛千玉听到这话，意识到了什么："我妈咋了？"

朱璞说："你妈把宿衷叫到办公室了！"

辛千玉的脑子像齿轮碰到了卡壳，嘎吱嘎吱地响，就是动不了。

听不到辛千玉的回应，朱璞以为是他没听明白，便更详细地说："我的秘书说你妈来上班了。我一听就觉得这有事啊，你妈没事怎么会来上班？我赶紧让人盯着，结果看到你妈的秘书把宿衷领进来了，直接送进你妈的办公室了！"

辛千玉总算反应过来了，急得猛地从老板椅上跳了起来："糟了！我妈一定是看不得我装穷，要撕掉我那穷鬼的伪装，告诉宿衷我其实是一个满身铜臭的富二代！"

朱璞听到这话有些哭笑不得："一般人知道自己的穷鬼朋友其实是富二代不都很高兴吗？"

辛千玉说："你看宿衷是一般人吗？"

辛千玉不愧是辛慕亲生的，猜辛慕的心思是一猜一个准。辛慕确实是看不得自家儿子那衰样，所以叫人把宿衷约来了。

宿衷到了辛慕办公室后，正襟危坐。

辛慕打量着宿衷，撩了撩额头旁的黑发大波浪，说："你知道我为什么要找你吗？"

宿衷说："您的秘书说您是想找我咨询投资方面的事情。"

辛慕笑了，跷起二郎腿："他说的是假的，我找你来是有别的事。"

宿衷怔了怔，说："伯母……"

听到"伯母"二字，辛慕脸色僵硬："你喊我什么？"

"伯母，"宿衷说，"您是小玉的母亲，对吧？"

玉琢集团多年来深耕国际教育领域，创办了多所国际学校，从幼儿园、中学到大学预科课程应有尽有，凭借先行者的优势，在这个领域里奠定了龙头大哥的地位。

这两年，玉琢集团有上市的打算，于是管理层找了几个业内知

名的顾问来咨询，其中一位顾问了解玉琢的情况后便十分犹豫。他
发现，玉琢集团是成立了二十多年的企业，内部已经非常家族化了，
高层沾亲带故，权责混乱，如果真的想上市就得改制。一旦改制，
就会触及很多人的利益，董事长兼创始人未必有这个魄力，那就很
难办了。

这位知名顾问怕出问题，因为他爱惜羽毛，要是这个项目失败
了，会砸坏他的金字招牌。

正是犹豫不决的时候，他决定找可靠的老同学问问意见，这位
老同学就是宿衷。

宿衷便以帮老同学掌眼的目的去了解了一下玉琢集团。宿衷这
人吧，要了解一家企业，就会把这家企业查个底朝天。于是乎，宿
衷就不经意地把辛千玉一家查了个底朝天。

宿衷很快就发现了辛千玉与玉琢集团的关系，玉琢集团的董事长
兼创始人是辛千玉的外公，辛千玉从母姓，因此是候选的继承人之一。

辛慕没想到居然是这个缘故，十分意外，但仔细想想，又很合
情合理。

辛慕皱眉，说："你既然早就知道小玉的身份，怎么不告诉他？
看着他委屈装穷，很有意思？"

宿衷答："他并没有委屈装穷。"

辛慕忽然想起那天在外市遇到辛千玉，辛千玉住着五星级酒店，
用着万宝龙钢笔，确实……没委屈自己。

事实上，辛千玉委屈地喊着"我没钱租房啦"的同时在四季酒
店住了一个月，直到宿衷叫他住自己的房子；辛千玉喊着"我工资
好低"的同时消费都刷黑卡；辛千玉喊着"我没车"的同时上下班
都打专车……

宿衷虽然不是特别敏感的人，但是也不至于眼盲到这个程度。

辛慕整理了一下思绪，才发现自己对宿衷的了解仅限于朱璞的
转述，而朱璞的转述想来是不太靠谱的。按照朱璞的说法，宿衷粗
心大意，而且很少留心辛千玉，所以他根本不知道辛千玉是干啥的。

现在看来，事实并不是这样。

辛慕开始重新审视宿衷。

"那你为什么不揭穿他？"辛慕问。

宿衷回答："我想，他这么做应该有自己的理由。"

辛慕越发意外了。

自打宿衷进入办公室以来，他说的每句话都超出了辛慕的预判。这对辛慕而言是很新鲜的事情。毕竟，在她眼里，男人都一样。

她感叹宿衷的确与众不同。

辛慕的红指甲不自在地摸了一下黑色椅子的把手，眼皮微垂，说："你从不好奇他这样撒谎是因为什么吗？"

宿衷答："有点好奇，但我相信他会在合适的时候告诉我。"

"呵呵。"辛慕冷笑道，"你没读过经济学？难道不知道我们不能把世界上所有人都当成理性人吗？如果小玉是一个聪明又理性的人，你当然可以这么认为，但小玉不是。"

宿衷怔了怔，没有说话，只是看着辛慕，像个虚心听讲的学生。

辛慕看到宿衷有点犯蒙的表情，又找回了那种熟悉的控场的感觉。在他这种浑身散发着冷静明智气质的人脸上出现这样懵懂的表情，在辛慕看来是非常有意思的。

"小玉其实很爱钻牛角尖……"辛慕跷着长腿，撩了撩头发，"对了，你认为小玉是一个怎样的人？"

宿衷抬眼望向辛慕："千玉是一个很认真、很善良的人。"

辛慕听到这话，忍不住笑了："你也太傻了吧！他从小到大都是顽劣不堪、让人头疼的捣蛋鬼。只有你这样的傻子，才会相信他的鬼话。"

得知辛慕将宿衷叫到了办公室，辛千玉立即放下手头的工作，风风火火地赶了过去。辛慕的秘书自然不敢拦着这位少爷，辛千玉便径直推门进了辛慕的办公室，办公室里除了辛慕，却并没有其他人。

辛千玉那一股气顿时泄了，口气也变得讪讪的："妈，你怎么……"

"我怎么了？"辛慕问。

辛千玉顿了顿，道："你……你怎么来上班了？"

这问题问得有点妙，辛慕听了也想笑："对啊，你说是为什么？"

辛千玉把办公室的门合上，犹豫半晌，还是提起勇气来问："你是不是找宿衷了？"

"是啊。"辛慕回答得坦荡荡，"我想看看我的儿子交了什么朋友，怎么变得这么不着四六，很奇怪吗？"

辛千玉知道辛慕对他延迟到岗的事意见很大，便说："其实也还好……我也没不着四六。"

"你没有不着四六，那你可以告诉我，你为什么要在宿衷面前扮弱？"辛慕敲了敲桌面，"我就是见不得你这样，装的也不行！"

"行，那我不扮弱了！"辛千玉挺起胸膛，腰板直直的，"我现在就很硬气地告诉你，你别管我的事了行不？以前我读书的时候被人欺负咋不见你来管呢？那个时候你不护犊子，现在倒来装慈母了！"

"你被欺负？是谁把同班同学的头摁进马桶里的啊？"辛慕拔高音调，"我不护犊子？要不是我护犊子，那个马桶仔不搞死你呀！"

辛千玉和辛慕都忘了那个头被辛千玉摁进马桶的人叫啥名字了，每次聊起来都以"马桶仔"来指代。

当时有个同学看不惯转学生辛千玉，一开始只是联合同学阴阳怪气地冷嘲热讽，后来暴力升级，将辛千玉反锁进洗手间的隔间，并往里头浇水。辛千玉一脚将隔间的门踹开，然后扯着那个同学，将他的头摁进马桶里，路过的小伙伴都惊呆了。

那个同学在校内敢欺负人，也算是有点头面的，现在他的头面都泡马桶里了。他十分不忿，打算找高年级的学长来教训辛千玉。虽然辛千玉挺能打的，但是双拳难敌四手，要是在角落里被高年级的大个子给围堵了，也很难办。幸好，辛慕知道辛千玉在学校得罪人的事，所以她暗中出手化解了这个危机。

辛千玉并不买账，他觉得，要不是辛慕图省心，将他丢进寄宿学校，也不会出这样的事情。更重要的是，辛千玉一转学就被人欺负，辛慕却半点反应没有，甚至没有慰问过他一句。

辛慕确实没慰问辛千玉，她有这个时间都拿来"慰问"被辛千玉殴打的同学了。辛千玉这样猖狂跋扈，隔三岔五就闹事，她没说过他一句不好，还出钱出力帮他善后，已经算绝世好妈妈了。

这对母子一唠起这个就不困了，简直是棋逢对手，没完没了了。

辛千玉痛陈自己如何不被母亲关注，如何靠自己解决成长中的困难与烦恼。辛慕则表示自己工作忙碌，当然没时间管他，有限的时间都用来收拾他的烂摊子了，这还不算吗？

言谈间，辛慕有意无意地抖落出辛千玉的"光辉事迹"，辛千玉"撕过"的人简直三天三夜也数不完。

辛千玉对母亲也挺刚硬，说："你以为我愿意撕吗？力的作用是相互的，打人家的脸，我的手也疼啊！"

辛千玉理直气壮地做出强硬发言时，并不知道宿衷就在一墙之隔的休息室内，把他们母子吵架的内容听得一清二楚。

这当然是辛慕的计划。

她跟宿衷说，辛千玉是一个恶劣的家伙，宿衷是无法相信的。所以她要让宿衷亲耳听到辛千玉吵架，露出那任性又跋扈的真面目，才算真正在宿衷面前撕掉了辛千玉的伪装。

大概吵得差不多了，辛千玉那点陈谷子烂芝麻的混账事也都倒得差不多了，辛慕才干咳两声，微微一笑，说："行了，我不跟你吵了。你是我儿子，我做母亲的还是得多包容。"辛慕打开休息室的门，对里头的宿衷说，"你出来吧。"

宿衷便从休息室里走了出来。

看到宿衷时，辛千玉整个人都蒙了，像是被天雷劈中，头皮到脚指甲盖都麻了。

辛慕笑道："你现在算是借住在宿衷家是吧？那你们一道回去吧，我就不送了。"

第三章　你有意见?

辛千玉不知道自己是怎么回家的。

他一路都跟飘着似的，思绪也很混乱，一直在回顾自己到底跟辛慕说了些啥，好像该说的、不该说的都说了……完了完了，他的形象是彻底毁了，并暴露出他一直在欺骗宿衷的事实……

辛千玉很害怕，他也不知道自己在害怕什么，手伸出去想抓住点什么，却只虚虚地握住空气，因为他自己都不知道自己想抓住什么。

宿衷仍跟平常一样沉静，然而，这沉静让辛千玉有些害怕。

辛千玉鼓起勇气，慢吞吞地说："衷哥，我不是故意骗你的。"

"骗人很难不是故意的。"宿衷语气平稳。

"……"辛千玉噎住了，确实，骗人这种事情怎么可能不是故意的啊!

宿衷的眸子平静无波。

辛千玉更害怕了，急忙说："你……你别生气。"

"我没有生气。"宿衷拍了拍辛千玉的手背，像安抚一只受惊的小兽。

辛千玉的眼睛变得湿润了："真的吗?"

"当然。"宿衷说，"说到底，你并没有做出什么十恶不赦的事情。不过，我有些好奇你为什么要这样做。"

辛千玉的表情有些讪讪，他沉默了半晌，才支支吾吾含混地说："因为……只有这样才能和你成为朋友。"

这是一句很真的真话。当真话到了这种程度，说出来就很难为情了，是以辛千玉的脸涨得通红。

宿衷认真地想了想，说："你是想通过示弱来博取我的同情吗？"

辛千玉僵硬地点头："嗯，大概是这样的。"

"我明白了。"宿衷想通了之后很快接受了这个现实，"你辛苦了，其实没必要。"

辛千玉的心似一块大石头"咚咚"地滚进了深井。

他想过很多次真相暴露后的恶果，宿衷怒不可遏？宿衷彻底失望？宿衷疑神疑鬼？宿衷……

总之，他就没想过宿衷会淡定地说："你辛苦了，其实没必要。"

辛千玉的心好像空了一块。

大概他内心深处更希望宿衷恼怒、失控、质疑，而不是这样平静又冰冷。

这场"辛千玉其实是个演员"的风波好像很快就过去了，就像一颗石子丢到生活的深潭里，激起的涟漪荡了不过半分钟，就重归平静，一切又和以前一样了。

辛千玉还是那个纯良怯懦的辛千玉，宿衷也还是那个诸事不问的宿衷。

辛千玉原本以为，辛慕导演的那场揭掉他假面具的大戏会给自己和宿衷的生活造成很大波澜，结果没有。

生活就是生活本身。

这天晚上，辛千玉与宿衷迎来了一位不速之客。

正是蕊蕾。

蕊蕾穿着一身职业套装，身上还带着一丝酒气，应该是应酬刚结束就来了。辛千玉开门见到是她，还挺讶异的："蕊蕾？你怎么来了？"

听到门外的响动，宿衷也从书房里走出来。

他穿着蓝色的居家服，头发没有像在公司那样梳起来，发端顺

042

柔地垂着,看起来随和了不少。蕊蕾看到这样的宿衷,不觉愣了半秒,这男人也太好看了。

不过,蕊蕾很快抽回思绪,露出职业化的笑容:"你的电话一直打不通,我只好到这里来找你了。"

辛千玉闻言觉得有些奇怪:"衷哥一直在家啊,电话怎么会打不通?"

宿衷说:"因为我把她拉黑了。"

"……"辛千玉和蕊蕾齐齐陷入了沉默。

蕊蕾无奈地耸耸肩,说:"我能进去说两句话吗?"

辛千玉后退一步,他心里是有些困惑的,蕊蕾和衷哥不是关系不错的同事吗?衷哥为什么会把她拉黑?

此时,距离宿衷提离职已经过去好几天了,而辛千玉仍不知道宿衷的状况。

没等到回答,蕊蕾率先一步踏进了屋里。

"别进来。"宿衷开口了。

宿衷是一个领地意识很强的人,不喜欢外人踏足他的住宅。

看到宿衷脸上不加掩饰的排斥,蕊蕾无奈苦笑,退后一步,回到了门外,一脸歉意地说:"对不起,我知道在你看来是我抢了你的客户和职位,害你辞职。其实,我个人对你一点敌意都没有……"

"什么?"辛千玉的声音陡然拔高,"你抢了衷哥的客户和职位,还害他辞职?"

蕊蕾吃了一惊:"啊,你不知道?"

这下轮到辛千玉尴尬了,宿衷身上发生了这样的大变故,他作为朋友竟一点不知情。

宿衷没兴趣和蕊蕾探讨这个问题,便说:"你这次来找我的目的是什么?"

蕊蕾更尴尬了,只说:"我只是来给你提个醒,大卫现在把气撒在你身上,说要全金融街封杀你,在老板的圈子里散播谣言,说你用肮脏手段排挤同事,凯文出事也是你陷害导致的……他要用这样的阴损招数让你无法在金融街立足。"

听到这话，辛千玉拳头都硬了。

面对蕊蕾看起来颇为"善意"的提醒，宿衷并没有领情。他反而疑惑起来："你跟我说这个的目的是什么？"

蕊蕾叹了口气，说："我们朋友一场，我不想看到你遭此境遇……其实，大卫和你没有深仇大恨，他只是觉得被你驳了面子，下不了台，才对你穷追猛打。你虽然很有能力，但是没有势力，他真要封杀你，你是很难招架的。依我所见，你不如回去跟他认个错，彼此给个台阶，他还是会继续让你留在公司当基金经理的。"

宿衷听完这话，默不作声，仿佛在评估什么。

辛千玉听了个云里雾里，但也明白了几分，眼珠一转，冷笑着拉宿衷的手臂，说："衷哥，你别听她的，我看她就是大卫派来的吧！"

"你说什么？"蕊蕾瞪大眼睛看着辛千玉。

辛千玉道："一定是你们做了什么腌臜事，惹得我衷哥待不下去要辞职了。大卫舍不得衷哥这个能力强的人，面子上又过不去，就找你来当说客，装个劳什子好人，一个红脸一个白脸，就为了哄衷哥回去。不但要衷哥回去，还要衷哥听话地回去，给大卫低头认错之余还得继续'搬砖'！"

听到辛千玉这番分析，蕊蕾脸上有点挂不住了，因为辛千玉说的是真相。

蕊蕾没想到这个平时不声不响的辛千玉，说起话来竟这么犀利，怪不得能巴着宿衷这"绩优股"呢。蕊蕾清清嗓子，稍微缓解尴尬，又看向宿衷，只说："你仔细打听去，就知道我刚刚说的话不是唬你的，现在圈子里都在传你陷害凯文的事。"

辛千玉听到蕊蕾这么说，更气得脸红脖子粗。遗憾的是辛千玉不想打女人，只得捏紧拳头、瞪着眼，在脑内模拟套大卫麻袋。

宿衷说："我不用打听。已经有人告诉我了。"毕竟，宿衷在圈子里也是有自己人脉的。

蕊蕾听了这话，略松了一口气："那你就知道我没骗你吧。好几个老板都答应了大卫，不会用你的。你现在的路只有一条，就是回去跟大卫认错。"

宿衷的语气很冷淡："我就是知道了这个情况才拉黑你和大卫的。"

蕊蕾愣住了。

"没事的话，你就回去吧。我和你们已经没关系了。"说完，宿衷就当着蕊蕾的面把门关上了。

宿衷关上门后，神色如常，好像蕊蕾的话就是耳边风一样，过了就没了。

辛千玉忧心忡忡地看着宿衷："衷哥，你居然辞职了？我都不知道。"

宿衷说："工作上的事情一般也不需要说太多。说起来，我也不太知道你的工作状况。"

宿衷说的是事实，听在辛千玉的耳朵里却像是指责一般。辛千玉一直隐瞒自己的真实工作状况，又有什么资格质问宿衷？

辛千玉脸上火辣辣的，低着头，一句话也不敢多问了。

辛千玉也不知该怎么面对现在这个难堪的境地，心情很复杂。

策划了辛千玉"画皮掉落"大戏的辛慕对后续发展挺感兴趣。她特意到公司"偶遇"辛千玉，并对辛千玉露出关怀的笑容，辛千玉则当场给老妈摆了个臭脸。

看着儿子的臭脸，辛慕觉得好笑："你拉着个脸给谁看呢？"

"谁看了就是给谁看的。"辛千玉回了一句。

辛慕被自己儿子顶撞惯了，一点不生气，只说："你对亲妈倒是挺大脾气，不知对宿衷是什么样子？"

辛千玉的脸更臭了。

"你们回去之后吵架了吗？"辛慕问。

"没有。"辛千玉干脆地回答，"我们从来不吵架，不劳您费心！"

辛慕闻言，有些可惜似的叹了口气。

这悠悠一叹如火上浇油一般，烧得辛千玉更加气呼呼："怎么？我们不吵架，您很失望啊？"

"是啊！"辛慕直言不讳，"住一个屋檐下，哪有不吵架的。"

辛千玉再次被堵住了。

辛慕见儿子这样失意，一点也开心不起来，道："我看不惯你以伪装去交友，故意戳破了你。你心里是明白的，应该不会怪我才是啊。"

辛千玉不说话，只"哼"了一声。

辛慕自顾自地说下去："我想，正常的结局是他对你大失所望或和你大吵一架，现在看来，他居然一点反应都没有，那么说来……"

辛慕分析得很透彻，也正好戳中了辛千玉的心。辛千玉忍不住竖起耳朵，带着几分警惕地问："那么说来……您有什么高见？"

"那么说来，他就是那个样子吧。"辛慕说。

"什么样子？"辛千玉忍不住追问。

辛慕道："就是那副对什么事都不太关心的样子。"

辛千玉怔住了。

"包括对你。"辛慕拍了拍辛千玉的肩头。

辛慕这一拍就像是拍了一个光头佬的大光头似的，把人给拍怒了。辛千玉恼羞成怒地甩开她："你知道个屁！"

辛慕轻蔑地笑笑："你急什么？我又不是说他不把你当朋友。"

"他……"辛千玉瞬间平复下来，对他而言，没什么比"宿衷把你当真朋友"更能安抚他的心神。

辛慕又说："只是，他无法像你对他那样对你而已。"

辛千玉脸一白。

当妈的看着儿子受伤的表情，也挺心疼。辛慕摇摇头，叹气说："你太像年轻时候的我了……你懂吗，就是那种不管做什么事情都要轰轰烈烈的大傻子。宿衷这个人挺好的，但是他不是傻子。"

说完这一大堆，辛慕露出了哲学诗人似的表情："你明白我的意思吗？"

"明白。"辛千玉心里很脆弱，但态度很刚硬，"你说我是傻子。"

辛慕还是那句："就是个普通朋友，别把他太当回事，好吗？"

辛千玉的脸还是僵的，他没有任何反应，也不知有没有听进去母亲的话。

看着辛千玉的脸色，辛慕摇摇头，说："别说那么多了，开会去吧。"

辛慕之所以今天肯上班，是因为要开会，一个重要的会，一个老爷子亲自主持的会。

老爷子是玉琢集团的创始人兼董事长，一大把年纪了，仍没有退休。他的三个儿女都没法独挑大梁，孙辈中能进他法眼的就两个，一个是外孙辛千玉，一个是孙女辛斯穆。

辛斯穆比辛千玉大好几岁，也就比辛千玉早进集团好几年。她现在已经是集团的常务董事了。

现在很多事情，老爷子都会听辛斯穆的意见。会议上，老爷子说："小玉从国外回来，在基层干了好几年，现在也该派些事给他做了，你说呢，小穆？"

参与会议的虽说是公司高层，但基本上都是自家亲戚，所以说话和举止都挺随意。亲戚们的目光都射向了辛斯穆，似乎想知道她愿不愿意把好不容易抓牢的权力分出去。

辛斯穆淡淡一笑，说："嗯，我知道表弟在国外是高才生，还是学教育的，回来后又轮过一遍教学岗，教研部正适合他。不知爷爷怎么看呢？"

她说完，大家都有些诧异。

教研部可不像朱璞待的人事部，教研部在教育集团是核心部门，而且确实是辛千玉擅长的领域，更容易让辛千玉发光。大家都没想到辛斯穆会这么爽快地让出这个大蛋糕。

辛千玉也挺意外的。

老爷子很满意地点点头："嗯，这样也好。你是当姐姐的，就好好提点弟弟吧。"

辛斯穆点头："当然，都是一家人。"

散会之后，辛慕将辛千玉拉到一边，说："你不觉得辛斯穆那丫头太好说话了吗？"

"什么意思？"辛千玉皱眉。

辛慕说："我这几年虽然不太管事，但是也在冷眼观察，这丫头不是好相与的。别说是让出大权，就是要她让出一分钱，她都能撕了你！"

辛千玉皱了皱眉，心里也犯嘀咕："我回来这几年，她从来没对我下过手啊。"

辛慕冷笑："你之前都在基层当'马仔'，她急哄哄对你下手，岂不是丢分了？落到老爷子眼里成什么样？别说老爷子了，就是亲戚们戳她脊梁也够她受的。现在可不一样，你提防着点。"

虽然他们母子经常掐架，但是辛千玉心里明白亲妈一定是向着自己的，便点头称是。

通常来说，一家大公司的董事之间说话都是比较和善讲礼的，但玉琢集团不太一样。他们董事会姑表娘舅一桌，人多是沾老爷子重感情、重血缘的光当上董事的，所以办公室行政能力不是很强，说三道四、评头论足的功夫倒是很到家——这也是多家咨询公司落荒而逃，不愿和玉琢集团合作的一个重要原因。

不过，老爷子能白手起家建立这么大一家公司，也不是一个眼瞎心盲的人。他知道亲戚不可用，自己亲生的三个儿女也都挑不起大梁，所以他将希望寄托在两个聪明伶俐的海归高才生孙辈身上。这也造成了一个问题，既然辛斯穆和辛千玉是唯二的候选人，那么就可能出现一山不容二虎的局面。

老爷子这人看重亲缘胜过一切，所以亲戚们在集团里做蛀虫，他也睁只眼闭只眼。他觉得辛斯穆和辛千玉既然是亲人，应该能和平竞争，毕竟打断骨头连着筋啊。

亲戚们爱看热闹，便私下找辛斯穆挑拨，说："小玉到底是男孙，你是女孩子，始终是要嫁出去的……"

辛斯穆微微一笑，说："这是哪儿的话？姑妈不也是女子吗？她生下来的玉儿一样姓辛，都是咱们辛家的人。"

有人说："啧，小穆，原本老爷子只疼你一个，小玉回来之后就不一样啦……"

"你这是什么话？爷爷从小就很疼我和玉儿。"辛斯穆柔声说，"玉儿是我表弟，我也疼他。"

亲戚们见辛斯穆永远保持微笑、风度和温柔，就很少到辛斯穆面前说闲话了，只是在背后议论："看她还能神气多久，毕竟是个女的……"

有人见辛斯穆这边没动静，就跑去找辛千玉。辛千玉从不保持微笑、风度和温柔，他上来就咧嘴一笑："你这话好有道理啊，我会转告老爷子的。"

大家赶紧闭嘴跑了。

辛千玉回到了集团，最亲近的人就是朱璞和朱珠这对兄妹了。

朱璞、朱珠和辛千玉比较熟，都希望他能够胜过辛斯穆。私底下吃饭的时候，朱璞还说："你进教研部之后有什么感觉？没有人为难你吧？你知道的，教研部好多都是穆姐的人。"

辛千玉笑了："这公司本来就没有我的人啊！"

朱珠长得嫩，看起来比实际年龄小很多，圆圆的脸盘子、圆圆的眼睛，吃起东西来像仓鼠一样。她动了动腮帮，说："谁说的？我和哥就是你的人！我们的人也是你的人！"

辛千玉笑了，笑着道谢。

朱璞又问："你没被为难吧？"

辛千玉说："我是什么人？谁敢为难我？"

朱璞听了很高兴。

朱珠听了却眉眼耷拉："这就更麻烦了。"

"为啥啊？"朱璞好奇地望着妹妹。

"明枪易挡，暗箭难防啊！"朱珠重重叹了口气，婴儿肥的脸蛋上露出忧虑的表情，像一个为赋新词强说愁的文人。

朱璞也跟着忧虑起来："是啊……"

"别被害妄想了。"辛千玉说，"人家还没动一动手指头呢，你就自己慌起来了。"

"你怎么知道人家还没动一动手指头呢？"朱璞紧张地说，"这又不是演电视剧，难道打你之前还得朝天空大喊招式名？"

辛千玉说："教研部最近没有新项目，都是在做之前做的事情。目前还是萧规曹随的状态，我还没机会出手，她也一样。"

听到这话，朱璞和朱珠才稍微放心了些。

辛千玉到了教研部，还在熟悉工作，并没有什么发挥的空间，日常也挺清闲，甚至有点被"投闲置散"了的感觉。

这份闲散并没有让辛千玉感到舒适，反而让他有了更多的时间胡思乱想，想的都是宿衷的事。他一会儿想，宿衷能找到新工作吗？他一会儿又想，大卫真要封杀宿衷的话，宿衷在金融街好像真的很难找到下家。他一会儿又想，大卫这个烂人什么时候倒霉啊？

其实，宿衷的能力挺强的，原本确实不愁找下家。然而，宿衷为报私仇设计凯文这件事经过大卫添油加醋的传播后，确实让很多老板有了顾忌。说实话，这年头谁的屁股都不太干净，谁都怕公司里来一枚定时炸弹。

也不知算不算塞翁失马，宿衷难得闲了下来，恰好辛千玉调去教研部这些天也挺闲的，可以准时上下班。

两人就难得地每天都能一起吃早餐和晚饭。

他们同住一个屋檐下多年，一起吃早餐或是晚饭的次数却屈指可数。这在旁人看来是挺不可思议的，但只要辛千玉说一句"室友是金融从业者"，大家都会露出理解的表情。

有人还说："那算不错了。你室友平时出差多不多？"

辛千玉仔细回想，宿衷刚入行的时候，出差是很频繁的，频繁得辛千玉以为宿衷实际是个空少。那时候的宿衷到处飞，里程加起来可以绕地球三圈，就像一只没脚的雀鸟。而现在，宿衷能有时间和他一起用餐，简直令他难以置信。

辛千玉订了一家叫锦鲤池的餐厅，挺精致的一家日式料理，中国人开的，没有故弄玄虚地取个不伦不类的汉语夹杂着日语的店名。东西很好吃，装修很精美，来的人很多，基本上都要提前预订。

辛千玉早就想来了，但和宿衷预约吃饭实在太难了，一方面要预订人气餐厅，另一方面要预订宿衷的晚饭时间，简直是难上加难。

辛千玉过去不敢挑战这个难度，现在碰上宿衷赋闲在家，辛千玉终于得偿所愿地和宿衷来一趟锦鲤池。

辛千玉和宿衷进店的时候，心情还是挺好的，然而，这份愉悦很快就没了——在他看见大卫和蕊蕾的时候就没了。

大卫、蕊蕾和几个辛千玉不认识的人坐在一桌，神态轻松自在，好像在谈论什么好事。

看到他们高兴，辛千玉就不高兴。

人类对充满敌意的目光总是很敏感的，辛千玉才扫了两眼，大卫和蕊蕾就下意识地回望过来，大家的目光交接，气氛一瞬间变得有些尴尬。

大卫和蕊蕾都是很懂得控制表情的人，他们笑了，说："这不是宿衷和辛千玉吗，这么巧？"

辛千玉冷冷淡淡地说："是挺巧的。早知道你们来，我们就不来了。"

辛千玉以前给他们脸面，装得挺温和的，现在没这个必要了。他在宿衷面前都不用装了，还要在他们面前装吗？

蕊蕾听到辛千玉的口吻，觉得有些好笑，摇了摇头。

大卫呵呵一笑，说："你们倒是闲啊，新工作找得怎么样啊？"

新工作找得怎么样？这话说得挺戳人心。

大卫断定宿衷在金融街是没路走了。

大卫那贱兮兮的笑容看得辛千玉一阵恶心，辛千玉恨不得一个左勾拳上去让他见识一下花儿为什么这样红。

宿衷说："不劳关心。"

大卫又说："有难题要跟我说啊，我们公司的大门永远向你敞开。"

大卫这"大度老板"的样子装得挺像那么一回事，说着还举起了手中的酒杯晃了晃，好像要跟宿衷碰杯似的。

辛千玉最烦这套，对宿衷说："快走吧，衷哥，多待一会儿我都要没胃口吃饭了。"

听到辛千玉这蛮横的口气，蕊蕾也挺吃惊的。她印象中的辛千玉是挺温暾的一个人，谁知道他竟这样刻薄。

坐在对面的还有一个家伙，看宿衷挺不顺眼，听到辛千玉这话就更不高兴了，咕哝着说："小朋友，你什么意思啊？我看你别逞一时口舌之快，断送了宿衷的前程啊！咱们大卫哥是跺一跺脚金融街都要地震的人，得罪了他，宿衷还有好果子吃吗？"

辛千玉笑了："大卫哥脚多大码，跺个脚就地震？"

这话说得挺不给大卫面子，但大卫偏偏不能回嘴，因为辛千玉只是个"小朋友"，大卫跟他计较就掉价了，所以他但笑不语。他知道，一定会有人跳出来帮自己维护脸面的。果不其然，蕊蕾就说话了："大卫哥是大区总裁，还是有点地位的。"

"大区总裁不就是个片区经理吗？到底还是给人打工的，不知神气什么？说到底，打工仔何苦为难打工仔？"辛千玉笑了笑，露出大白牙，"我妈妈总是教育我，虽然我一出生就是玉琢集团的大股东，十八岁就开上了法拉利，但是一定不要骄傲。虽然我进了公司没几年就当上了老总，但是一样要放下自己的身段，好好地融入公司，就当自己只是一个平凡的打工仔。这些话我一直铭记在心。我日日告诫自己，就算是董事又怎么样？虽然我手里有股权，董事长是我外公，但是我只是公司的一员。就算住在价值两个亿的豪宅里，我也要保持初心。你们懂我的意思吗？"

辛千玉的话犹如滔滔不绝的江水，将大卫、蕊蕾等人都拍蒙了。他们还没从震惊中回过神来，辛千玉就已经拉着宿衷走开了，留下两道潇洒的帅哥背影，供他们仰视。

桌上沉默了好一阵子，才有一个主要研究教育板块的人犹豫地说："这么一说，我想起来了，玉琢集团是家族企业，董事长就是姓辛……"

"不会这么巧吧？"蕊蕾喃喃道，仿佛想起什么，"对了，辛千玉说过，他是教英语的。"

大家的脸色都有些古怪，他们原本以为宿衷的朋友就是个混吃等死的废物，谁能猜到他竟是个体验生活的"公子爷"？

不过，大卫是输人不输阵，嘴硬地笑道："就算是又怎样？他们全家加起来挣的也不够我们公司的零头。"

这倒是实话，玉琢集团没上市，挣的就是学费，是可以见到底的，和金融行业不一样。

大家点点头，都说辛千玉不算什么，其实，谁心里都明白玉琢集团是姓辛的，而基金公司可不跟大卫姓。

世界上有很多打工仔在大平台干久了，享受了大平台带给他们的很多特权，便会飘飘然地觉得这是他们自己的特权，误将平台的实力当成自己的实力。

这是很难改变的一种心态，许多聪明绝顶的人也未必能看透这一点。

宿衷倒是从头到尾都没有这种心态，他是一个很踏实的人。

他的心绪特别平稳，就算是刚刚大卫他们的嘲讽都没影响他的情绪。

辛千玉没那么好脾气，所以才说了大卫两句。当然，他也知道自己的讽刺对大卫来说不痛不痒，而大卫对宿衷的封杀却是真切确凿的。

辛千玉坐下后，见四下无人，便皱起眉来，问宿衷："衷哥，他们说的是真的吗？你被封杀了？在金融街没路走了？"

宿衷说："嗯，目前是这样的情况。"

辛千玉原本还存着一丝侥幸心理，现在听到宿衷这么说，才算真正看明白了情况。

辛千玉动了动嘴唇，看起来有点呆："那……那你打算怎么办？”

宿衷很平静："我大概会去华尔街。"

辛千玉蒙了一下："华尔街？"

宿衷点点头，说："那边比较适合我。"

辛千玉眨了眨眼，强迫自己回过神来："你说的华尔街是美国的华尔街吗？"

"是的。"宿衷回答。

辛千玉的心骤然收紧了。

华尔街是金融从业者的圣地，能去华尔街肯定比在金融街好得多。再说了，大卫再牛，能在华尔街牛吗？

然而，华尔街在美国啊，隔着半个地球的美国！

辛千玉的脑子有些昏沉："你想好了？"

"我转攻的量化模型，在那边研究起来也比较方便。"宿衷说，"国内这一块还没有起来，华尔街那边则已经成熟了。M-Global 在这一方面特别前沿，他们研究的方向也和我的研究方向一致。"

辛千玉听到宿衷说到这些细节，他忽然像被针刺了一样清醒过来。他睁大眼问道："是不是 M-Global 已经和你联系过了？你已经计划好去那边了？"

宿衷答："嗯，已经联系过了，但有些细节还没敲定。"

辛千玉脑子"嗡"的一声："哦，所以你已经定好了要去美国？"

宿衷道："还没有完全定好。"

"考虑得七七八八了吧？"辛千玉的声音听起来很冷，"你和 M-Global 接触多久了？"

"两个多月。"宿衷说。

辛千玉听了，心猛跳了一下："两个多月了？那就是你向公司提出辞职之前的事情了？"

"是的。"宿衷回答。

大卫当时的猜测其实没错，宿衷不是那种一时冲动就辞职的人。M-Global 和宿衷接触过了，宿衷了解到 M-Global 的环境更适合自己，所以他才借机辞职了。

大卫倒是棋差一招，以为宿衷跳槽只能选金融街的机构，却不知道宿衷已经跳到华尔街了。

他知道也无用，金融街他还勉强玩得动，华尔街谁认识他？

当然，大卫不知道宿衷的去向就算了，辛千玉作为宿衷的室友和唯一的朋友不知道就很打击人了。

辛千玉头痛起来，宿衷干什么他都不知道：宿衷辞职，他不知道；宿衷被挖角，他不知道；宿衷要去美国，他也不知道。

他不知道自己在宿衷心里到底算什么朋友。

辛千玉有些恍惚，看着服务生上了菜，他也没动筷子，直到宿衷问他："为什么不吃？"辛千玉才恍然抬起头："你为什么这样？"

宿衷似乎没有理解那句"为什么不吃"是怎么接上"你为什么这样"的。

宿衷问："什么？"

辛千玉嘴唇发干,他下意识地舔了舔下唇,嘴唇更干了,有些疼："你去美国，为什么不提前告诉我？"

宿衷说："这不算什么大事，我已经和那边说好了，只去一年，一年后就会回来。"

"说好了，都说好了……"辛千玉嘴唇干涩，"和谁说好了？"

宿衷终于察觉到辛千玉好像不太赞同，他问："你有什么意见吗？"

"你有什么意见吗？"这句话听起来简直像挑衅，辛千玉脾气暴躁，简直想掀桌。

然而，他在宿衷面前暴躁不起来，心里那团怒火甫一上来，对上宿衷那双古井无波的眸子，立马就熄灭了。

辛千玉的精气神都萎靡了，他无力地说："你都决定好了，我能有什么意见？"

说完，辛千玉拿起筷子去夹菜。锦鲤池配给顾客的筷子是日式筷子，筷子头很尖，辛千玉手一顿，筷子尖锐的前端就插入了三文鱼柔软的肉里，看着都有点痛。

他们从锦鲤池吃完饭回家，宿衷又问了辛千玉一遍："你是不是对我的决定有意见？"

辛千玉像一个生了闷气的孩子一样，说："不会，我怎么会有意见？"

宿衷说："真的吗？"

"真的！"辛千玉大声说，不知道是为了说服宿衷，还是为了说服自己。

宿衷说："那就好。"

辛千玉觉得自己快心梗了。

翌日，辛千玉上班的时候特别心不在焉，看漏了好几个数字，还是教研部的朱主任提醒了他。朱主任是公司里的老人了，而且和辛家是有亲戚关系的，所以对辛千玉也比较硬气，便端起老前辈的架子说："年轻人做事还是不要太浮躁啊，要用心，教育是要用心才能做好的。"

辛千玉虽然平时气焰很盛，但还是懂得做错就要认的道理，这次确实是他工作出错了，所以朝朱主任点点头，说："这次多亏了您，不然真的会出错。我以后会小心的。"

朱主任有些意外，好像没料到这位向来脾气大的辛公子会那么轻易服软，原本准备的一车子话倒不出来了，他点点头，说："那就好，那就好。"

照例，辛千玉和朱珠、朱璞一起吃午饭。他对二人说了宿衷要去美国的事，朱璞听了便很不高兴："这么大的事，他提都没跟你提一句？这算哪门子朋友啊？"

辛千玉虽然也是这么想的，但就是听不得别人说宿衷的不是。于是，辛千玉争辩道："我在集团里调岗也从来没跟他说过啊。我们本来就是这样的，不太聊工作的事情。"

"哦。"朱璞说，"那你不爽个什么劲啊？"

辛千玉被堵住了，气乎乎的不说话。

朱珠皱起了眉，说："朋友之间还是把话说开比较好吧。如果你真的不开心，就应该跟他说啊。"

"跟他说了有什么用？"辛千玉难堪地说，"他会因为我不开心而不去美国吗？"

朱珠很疑惑："难道你生气的点是他要去美国吗？我以为你生气的点是他没有事先和你说呢。"

辛千玉愣住了。

他好像根本没分析自己的心态，他生气的点到底是什么？

啊，好复杂！

辛千玉觉得自己的心态复杂得很，他自己都搞不明白了。

朱珠认真地看着辛千玉说："小玉啊，原来你这么作啊？"

辛千玉瞬间炸毛了："作？谁作了？我作？我怎么作了？"

朱璞和辛千玉统一战线，也炸毛了，暴躁地说："咱家辛公子是金枝玉叶，就该凡事都顺着他，怎么能叫作呢！"

"我没说小玉不是金枝玉叶啊！"朱珠说，"可是金枝玉叶要找个园艺大师来细心照顾，我看那个宿衷够呛，神经那么粗，养花指望不上，劈柴还差不多吧。"

朱珠这话还真说对了，宿衷观察力强、非常细心，但遇到社交问题却非常粗神经。

辛千玉这天回家，发现宿衷在收拾行李。

辛千玉都蒙了："你……"

宿衷说："我下个月就会去美国。"

辛千玉一口血哽在喉咙。

原来，辛千玉跟宿衷说了"你都决定好了，我能有什么意见"，宿衷就理所当然地认为辛千玉没意见，他可以心无挂碍地飞往华尔街了。

这几天，宿衷的口碑在金融街发生了奇怪的逆转。

原本大卫的封杀大计还是挺顺利的，谁知道这天总部的人打来了电话，劈头盖脸对着大卫一顿训斥，问他："为什么批准了宿衷的辞职？"

大卫很惊讶："什……什么意思？"

总部的人噼里啪啦地说了一通，说得大卫冷汗都冒出来了。

原来，宿衷在美国某权威期刊上发表了一篇关于量化模型的论文，引起了很多投资机构的注意。宿衷的模型具有较高的自学能力、稳定性能和抽象模拟能力，比起一般的模型拥有更快的反应能力，在投资领域十分有前景。

大卫一直不怎么关心下属的工作模式，所以不清楚宿衷在从事深度研究。量化交易在国内还处于起步阶段，再者大卫是比较传统的"老人家"，对量化没什么概念，只当是一个噱头。他觉得投资是人的事，机器怎么学得来？

所以，他觉得宿衷这种很少搞交际、只顾着埋头做研究的人是没什么前景的。

谁知道，华尔街那边有好几家基金都特别重视模型的研究。宿衷的论文投出去之后，还没被刊登，就已经有几位专门研究量化的专家向他抛出橄榄枝。

大卫的公司对这一块没那么敏感，直到这两天论文刊登后引起轰动了，公司总部才猛然发现自家肥水流入了外人田。

大卫确实不太能理解量化能多牛，毕竟国内的机构一般都不太重视量化这一块。他在意的是宿衷直接去 M-Global 的美国总部了。

M-Global 可是千亿级别的庞然大物啊！

大卫的脑子沉沉的："他……他去 M-Global 是什么职位啊？"

对方冷笑一声："M-Global 那边很看重他的研究，直接分他股份，让他当合伙人。"

"合伙人？"大卫惊呆了，"这会不会是搞错了……"

一个基金经理罢了，怎么会直接变成合伙人？

"你不知道吧？ M-Global 很重视数据挖掘、机器学习、神经

058

网络等前沿数学算法在金融领域的应用。他们的量化是走在全球前沿的，他们的智能投顾平台管理规模已达几百亿美元。然而，最近M-Global 却因为全球性的黑天鹅事件受到重创。"电话那头的人耐着性子跟大卫解释，"你没发现宿衷的基金没怎么受黑天鹅的影响吗？那是因为他的模型很先进，对市场反应更快、更敏捷。这一点深深地吸引了 M-Global。唉，你真是抱着金山都不知道啊！"

大卫虽然对这种 AI（人工智能）之类的东西不是很了解，听得也是云里雾里的，但是他充分理解了一件事，那就是宿衷要当M-Global 的合伙人了。

合伙人！

宿衷原本只是大卫手下的一个基金经理，大卫一个不高兴就能决定他的升降。现在，宿衷直接成了 M-Global 的合伙人。

那不是直接踩到大卫的头上了？

啊，不，不是踩到大卫的头上，是踩到大卫的上头的上头的上头的头上！

宿衷这一跳槽，直接跳到了大卫一蹦三尺高都够不着的地方。

不过，大卫到底是职场老人了，很快就调整好了思绪。他知道，在宿衷那里他是讨不了好了，当务之急是怎么跟总部交代。

大卫立即使出了领导的必杀技，挑一个"幸运"的下属背锅。他二话不说就将蕊蕾推了出去，只说是蕊蕾抢宿衷的客户，又造谣抹黑宿衷，才导致宿衷负气出走。

就这样，蕊蕾千辛万苦得来的投资总监之位还没坐热乎，就被一脚踢了下来，年终奖也没了。

得知自己被推出来背锅了，蕊蕾很震惊，她跑到大卫的办公室里，也不敢兴师问罪，只能委婉地表达自己的情绪。

大卫可不管她有什么情绪，大卫只故作和蔼地说："你要有大局观啊！"

蕊蕾极为痛恨这三个字，愤懑不平地说："大卫，宿衷出走真的和我没关系。我可以和总部解释的。"

大卫笑了："宿衷出走不关你的事？关谁的事？难道关我的事？你想和总部怎么说？"虽然大卫是笑着说的，但是这笑容里藏了刀。

宿衷出走的责任必须有一个人扛，不是大卫扛，就是蕊蕾扛。

大卫是老板，哪有挡刀的道理？从来只有下属帮领导挡刀的。

蕊蕾深吸了一口气，其实她心里也明白自己必须得帮大卫背锅。她不知道自己挣扎有什么意义，但躺平认命，她又做不到。

大卫又淡淡地说："对了，总部对你的印象不是很好，觉得你不太适合上财经节目为我们公司做代言。这样吧，年后我会让新人顶替你上节目的。其实，这样也好，你可以不那么辛苦，隔三岔五地跑电视台很累吧？多留点时间做事也不错。"

蕊蕾的脸上血色尽褪，一句话都说不出来，她只能咬着下唇点头，神思恍惚地离开了办公室。

蕊蕾现在算是理解了宿衷曾经尝到的滋味了，原本承诺的升职加薪都被大卫一句话收回。与此同时，她还被大卫诽谤为陷害同事的小人。然而，她和宿衷又不一样。宿衷手握含金量很高的研究成果，拿到了令人欣羡的邀请。而蕊蕾呢？蕊蕾什么都没有。

她站在原地，不知路在何方。

说实话，她开始嫉妒宿衷了，但更多的是恼恨大卫的出尔反尔、随手甩锅。

然而，她没有宿衷那样的本领，可以一飞冲天，她只能忍气吞声。

在蕊蕾一筹莫展的时候，宿衷已经飞往了美国，开始了他的新工作。

留在原地一筹莫展的除了蕊蕾，还有辛千玉。

辛千玉每天过着朝九晚五的生活，像一个普通的上班族一样。如果不是房里还放着宿衷的东西，辛千玉可能会觉得从来就没有合租过。

壁橱里放着宿衷的餐具，衣柜里也放着宿衷的衣服……宿衷去美国的时候没带走什么，只带了几套衣服和笔记本电脑，甚至连常用的水杯都没有带走。

那个褐色的水杯宿衷已经用了好几年了，那是辛千玉送给他的第一份礼物。

水杯是辛千玉在手工坊亲手做的，形状不太完美，看起来相当粗糙。他要送宿衷的时候还怕有些拿不出手，没想到宿衷欣然接受了这份礼物，一用就是那么多年。

辛千玉只是没想到，宿衷没有带走它。

因为远隔重洋，时差也成了问题。辛千玉如果想和宿衷打电话或视频聊天，必须迁就宿衷的工作时间。另一个问题是，宿衷刚加入新公司，空闲的时间并不多。他得空的时候，很可能是辛千玉睡觉的时候。

再者，宿衷不是一个热衷于聊天的人。难得有时间打一通电话，宿衷也是默默无言，辛千玉只得绞尽脑汁地创造话题，然后在三句之内让宿衷把天聊死。

"你在那边怎样？工作还顺利吗？"辛千玉问的时候，没发现自己的语气也变得拘谨，像是和不熟的人聊天似的。

"一切都好。"宿衷答，"你的工作顺利吗？"

"嗯，还挺好的。"辛千玉说，"年尾了，也没什么要做的……"

"嗯。"宿衷答。

……

两人沉默着，电话里忠实地记录着他们平稳的呼吸声。

辛千玉的目光再次落在壁橱上那个孤零零的丑杯子上，他说："你把那个陶杯落下了。"

"嗯，我没带。"宿衷平静地答。

辛千玉一下抓住了语意，宿衷不是把丑水杯落下了，而是没带。也就是说，宿衷是故意不带的。

"怎么不带？"辛千玉说，又怕自己的语气有点咄咄逼人，便软下声调，解释似的补充一句，"我以为你用惯了这个。"

"水杯都一样，没有用不用惯的区别。"宿衷答。

水杯都一样？没有区别吗？

"哦……"辛千玉低低地应了一句，"你买新的了？"

"没买，公司里有送客户的印着公司标识的新杯子，李莉斯给了我一个。"宿衷答。

"李莉斯？"辛千玉敏锐地捕捉到了这个名字。在他们有限的对话里，这已经是宿衷第三次提起这个人了。这是很不寻常的事件。毕竟，宿衷才去了美国一个星期，李莉斯这个人就已经在宿衷的生活里有了不小的存在感。辛千玉拿起手机，点开了宿衷的朋友圈。宿衷很少发动态，最近一次更新是他发的刚到 M-Global 和公司同事的合照。

"是朋友圈那张合照里站在你身边的那个女孩子吗？"辛千玉问。

宿衷的回答是肯定的。

辛千玉第一次看到那张合照的时候就注意到了站在宿衷身边的那个小美女。不是说那个女孩子长得多漂亮，而是她挨着宿衷站，姿态好像很亲密，两人的脸都快贴在一起了，但放大图片仔细看的话，会发现这只是视觉错觉，李莉斯是虚虚地靠着宿衷。

辛千玉问："这张照片是李莉斯让你发的？"

宿衷回忆了一下当时的情形，说："是的。"

宿衷到公司第一天，李莉斯就提议发合照，照片也是李莉斯选的。李莉斯当时让合照上所有人都发这张照片，配文是"很高兴认识新同事"。宿衷虽然个性冷淡，但是也不是完全不合群的人，所以就照做了。

辛千玉越想越觉得这个李莉斯有问题，他说："李莉斯是分析师吗？"

宿衷说："不，她是 HR（人力资源人员）。"

辛千玉眉头紧皱，问了一些宿衷和李莉斯相处的细节。

他越听越觉得古怪，李莉斯和安苏不一样，不是那种死缠烂打要让人报警的傻子。李莉斯将尺度把握得非常好，就跟那张合照一样，看着挺暧昧的，实际上也没干什么。宿衷没有水杯，李莉斯就给他一个印着公司标识的新水杯。宿衷刚来美国，李莉斯作为 HR 亲自带宿衷去公司分配的公寓，帮宿衷添置日常用品也无可厚非，现在宿衷的公寓里很多日常用品都是李莉斯买的。心机这么深的女人，怕是把宿衷吃了，宿衷都不知道。作为宿衷唯一的朋友，辛千玉觉得自己有必要提醒他小心这个心机女，但是无凭无据，该怎么开口呢？

辛千玉问他："哦，那她知道你只在美国待一年吗？"

宿衷说："这个我不清楚，可能不知道。"

辛千玉说："那你得告诉她。"

辛千玉想，像李莉斯这样精明的人，若是知道宿衷只在美国待一年，想必会知难而退。

宿衷很疑惑："为什么？"

辛千玉也不知道该怎么说，沉默了一会儿，道："你就告诉她，不行吗？"

辛千玉很少用这样的语气与宿衷说话，说完这一句，辛千玉还有些后悔，就怕宿衷直接来一句"不行"，没想到宿衷说："行。"

李莉斯听到这个消息后，要说不犹豫是假的，她用了好几天去消化这个消息。不过，李莉斯显然属于那种消化能力比较强的人，很快就接受了这个事实，并认为既然还有一年的时间，有什么理由不努力让宿衷留下来？

李莉斯很相信自己的魅力，而且她还不畏惧挑战。

因此，她并没有放弃宿衷。宿衷身边的同事也看出了一点苗头，还跟宿衷说："李莉斯是不是在追你？"

宿衷是一个不绕圈子的人，听到别人这么说，就认真地问李莉斯："你是不是在追我？"

李莉斯闻言哈哈大笑，拍着宿衷的肩膀说："你讲什么鬼话？我只当你是好朋友啦！"

如果李莉斯表现得不自然，宿衷就会疏远她。由于李莉斯的反应太自然了，宿衷便没起疑心。

　　李莉斯这一波操作实属厉害，搞得远在太平洋彼岸的辛千玉也无可奈何。

　　李莉斯能把这个方寸拿捏得特别精准，每个亲近宿衷的行为都合情合理，所以宿衷一直没觉得有什么不对劲的地方。

第四章　水杯开裂

　　宿衷是下半年入职的，这也就意味着他上岗没多久就遇到圣诞假期，他能休将近半个月的带薪假。

　　李莉斯提议几个走得近的人一起去拉斯维加斯旅游，得知此事的辛千玉有些好奇："你又不喜欢赌博……"

　　宿衷说："我也不讨厌，毕竟也可以计算，比如使用合适的算法去赌场玩 21 点的话，概率会大大提升……"

　　辛千玉明白了，李莉斯带宿衷去拉斯维加斯也是一招好棋。估计李莉斯也是看准了宿衷喜欢计算，才带他去这个地方，去别的地方旅游或许还提不起宿衷的兴趣呢。

　　辛千玉得知宿衷要去拉斯维加斯后，也立即买机票准备去拉斯维加斯。

　　当然，买机票倒是小事，主要是辛千玉得请一个多星期的假。请假理由自然不能是远涉重洋去玩牌，他还上网发帖问了一下请一周假有哪些理由。

　　网友回复："父母生病……回乡探亲……陪父母……"

　　辛千玉看着一堆带着"父母""亲戚"的理由，眉头紧皱，回复："用与父母亲戚有关的理由都不行，我妈是董事，我外公是董事长。"

　　网友回复："那你还烦恼个屁啊！富二代不要来降维炫富！"

　　辛千玉倒不是降维炫富，他是真的很烦恼。

　　一般人能用的什么自己生病、父母生病、爷爷生病的理由，他都用不了。

最后，他决定老老实实地写他想去旅游。

请假申请送到了人事部，朱璞当然会给他批假。时刻关注辛千玉动向的辛慕立即拿着请假条去找辛千玉，认真地问他："是不是又是为了宿衷？"

辛千玉不想撒谎，也不想认错，便一脸不耐烦地说："什么叫'又是'？"

"上回你不就是因为他的事延期到岗吗？"辛慕的记性可好着呢，一双慧眼盯着辛千玉的脸，"现在又请假去拉斯维加斯？你怎么老是围着他转？你是不是忘了，你现在可不是什么无业游民，你是有自己的事业要打拼的！"

"我怎么就是无业游民了？"辛千玉嘟囔着，"我不就请一周假吗，这有什么？我已经好久没休假了，去玩玩怎么了？"

"你去玩玩怎么了？"辛慕拔高声音，尖锐得有些刺耳，"上回你延迟上岗，是我揪你回来的。这次呢？年尾要清点教材和采购新书，你还偷跑出去？"

"我是老总，清点和采购的事情难道还要我跑去厂子、仓库一本本数吗？"辛千玉不以为意地说，"我离开一个星期也不妨事。"

辛慕柳眉倒竖："清点和采购都是小事，确实不劳老总亲自跑腿。可下面的人忙得人仰马翻、大汗淋漓，辛大公子跑去拉斯维加斯，像话吗？"

辛千玉心里也挺虚的，知道自己这样做确实不地道，可他担心宿衷被李莉斯算计，他自知理亏，不敢分辩。

他垂下眼皮，露出了久违的脆弱模样。辛千玉这孩子打小就倔，经常和辛慕对着干。辛慕也是个强硬性子，母子俩闹起来一路火花带闪电。两人又是一样脾性，吃软不吃硬。辛千玉牛脾气，辛慕能比他牛一百倍。只要辛千玉软下来，辛慕的心也就立即跟着软下来。

看着辛千玉难得示弱，辛慕的头更疼了。她重重叹了一口气，说："我让老朱去说，叫他们将采购和清点的事情提前一周进行，你干完这个再去美国吧。"

辛千玉听到辛慕这么说，抬起头惊喜地喊道："妈！"

这句"妈"情绪十分饱满，辛慕都不知多久没听辛千玉这样喊过自己了。她无奈道："我真的奈何不了你……"

辛千玉看到辛慕眼中的无奈与疲惫，又揪心了，唉，自己这样确实挺不像话的。

辛千玉垂下头，一手抵住额头："妈，其实我……"

其实我什么呢？

辛千玉说不下去，也不知该怎么说下去，只握紧了拳头。

辛慕拍了拍辛千玉的肩头，说："我原先以为你只是在宿衷面前装弱势，那时候我还没怎么担心，现在我才真正开始担心。你知道我担心什么吗？"

辛千玉抬起头，看着母亲。

辛慕自顾自地说下去："你装着装着就真的成了弱势的一方，朋友之间也要讲究平等相处，你这么关心他，他呢？"

真的成了……

辛千玉的心里像是有一座钟被敲响，钟声响彻他的颅内，震动了他的心弦。

他之前总觉得自己在宿衷面前是假扮一个没有自我、不会抱怨、听之任之的小弟弟，而事实上呢？真的仅仅是假扮而已吗？

在辛慕导演了"掉马"一事之后，辛千玉其实没有必要继续假装了，但现实是他和宿衷的相处模式并没有任何变化。辛千玉并没有因为"掉马"就做回了自己。

相反，他离真实的自己越来越远。他好像真真正正地融入了角色，从内而外地成了那个没有自我、只懂得依顺宿衷的小弟弟。

虽然他心里隐隐觉得这样很危险，但是惯性又像滚滚的车轮一样带着越来越大的势能往前冲，直接将他的理智碾碎成泥。

采购新教材的工作很快完成了，在仓库里堆好，配合清点，很快就可以送到各个分校。虽然旗下每所学校都可以自己采购教材，但是国际考试的官方教材要从国外找考试协会订，同时沟通授权考点等问题，所以一般都是由总部集中采购并分发到旗下的各个分校。

其实，这件事情很简单，确实不用劳烦辛千玉这个老总亲自去采办，但这算是辛千玉来教研部碰上的第一个项目，所以也得看着，就这样一溜烟跑去美国确实不成样子。

采购清点的直接负责人是陈主任，这个事情他办了好多年，基本上不会出什么问题。陈主任心里大概明白辛千玉是急着完结，便赶着提早好几天处理完，把文件送到辛千玉的办公桌上，并声情并茂地汇报了一番。

辛千玉看着陈主任眼下的大眼袋，其实挺不好意思的，便一边签字一边说："辛苦陈主任了！"

陈主任笑说："不辛苦，都是很零碎的活。"

辛千玉又说："提早了这么多天完成，陈主任的工作做得很好啊！"

陈主任笑说："都是您领导得好！"

看着这个比自己大了三十岁的大叔如此狗腿地拍自己马屁，辛千玉还是有点不太适应，只能故作淡定地笑而不语。

完成这件事后，辛千玉立即发信息给宿衷，跟他确认航班时间。宿衷回复："知道了。"

辛千玉知道宿衷知道了，也知道宿衷说话的口吻就是这样，也挺无奈。

谁知道，宿衷又发了一个颜文字来。

辛千玉看到那个颜文字之后简直震惊了，发生什么事了？衷哥为什么会发颜文字？

辛千玉立即给宿衷拨打越洋电话，确认他的安全。

电话很快接通了，宿衷的声音很平静："有什么事？"

辛千玉震惊了："刚刚发颜文字的人真的是你？"

"是我。"宿衷回答。

辛千玉更恐慌了，天哪，原来衷哥的号没有被黑，那他是被外星人劫持了？

宿衷大概猜出了辛千玉的疑惑，解答道："李莉斯说我的信息风格太过冰冷，建议我多发颜文字。"

又是李莉斯，辛千玉觉得再这样下去，宿衷就要落入这个心机女的魔掌了，他一口血哽在喉头，很想骂脏话，但不敢骂出口，只能压着一口气，缓缓吐出来："她还管这个？你也肯听她的？"

这两句话说出口，辛千玉发现自己的语气都不对了。这还是辛千玉拼命压抑自己才说的话，要是他解放天性的话，就不是这样了。

大概是隔得太远了，宿衷没体味到他语气中的异样，只平铺直叙地回答："是的。"

宿衷在社交方面一直很弱，他自己也是知道的。好人缘的李莉斯以这个作为切入点，和宿衷有了更多的交集，甚至在宿衷的生活上打了烙印，比如这个突如其来的颜文字。

她这样建议宿衷："你这样说话太冷冰冰了，对同事也就算了，如果是很亲密的朋友，还是要软和些比较好呢。"

宿衷听到李莉斯这么说，也留意到辛千玉给自己发信息的时候会发一些表情包和颜文字。宿衷恍然大悟，便听从李莉斯的建议，给辛千玉发颜文字以表示亲切。

李莉斯这样给宿衷建议，是觉得以后宿衷打颜文字的时候都会想起自己，岂不妙哉！

李莉斯觉得自己真是一个机智的女人。

宿衷到了拉斯维加斯之后，隔几个小时就给辛千玉发一张照片。

按照宿衷以往的行事作风，这是不可能的，辛千玉就问："是李莉斯叫你发的？"

"嗯。"宿衷回答，又发了一个颜文字。

辛千玉心里堵得慌："其实我不喜欢颜文字。"

宿衷疑惑："可是你经常发。"

辛千玉："我喜欢自己发，不喜欢别人发。就跟榴梿一样，我自己吃着香，别人吃着我就觉得臭。你明白吗？"

宿衷说："明白，从今以后我不发颜文字、不吃榴梿。"

辛千玉用手指划拉了几张照片，发现宿衷发来的每张照片上都有李莉斯的痕迹。比如，宿衷坐的椅子旁边挂着一件女士风衣，或是放着一只女包。有时候，李莉斯会直接出镜，和宿衷笑着合影。

辛千玉回复他："真棒。告诉李莉斯，我明天要来了，很期待和她见面！"

因为第二天要收拾行李，所以辛千玉特地调好了闹钟。然而，叫醒辛千玉的不是闹钟，而是一通电话。

电话铃声大概是故意设计得让人心烦，犹如尖锐的针刺得好梦如泡沫骤然破裂。辛千玉惊醒后摸索着扰人清梦的音源，勉强睁开眼瞧见来电显示是"妈"，心里更烦了，接通电话便说："什么事？"

电话那头的辛慕清醒得很，声音里还带着几分冰冷："你给我滚来上班。"

辛千玉揉了揉眼睛："到底怎么了？"

辛慕重申一次："你，现在，滚过来。"

说完，辛慕就把电话挂了。

这样的态度，让辛千玉意识到大事不妙。

下一刻，朱璞又打来了，语气急促地说："这次出大事了！工商局来查抄了！"

辛千玉吓得一个激灵："工商局？！查抄？！"

这还真是出大事了！

辛千玉赶紧从床上爬起来，脸也顾不上洗，风驰电掣地赶去玉琢大厦。

原本辛千玉今天是请了假的，但仓库出了问题，他必须回来，因为采购教材的事情是他办的。

工商局的人说："我们接到举报，说你们购买了大量国际考试的盗版教材，所以我们要检查一下。"

"盗版？"辛千玉惊出一身汗，"不可能，我们都是跟考试中心直接订购的，不可能有盗版教材。"

"嗯。"工商局的人不冷不热，"我们就是例行检查一下，如果没有盗版的话，也不会冤枉你们的。"

辛千玉想起来，这个项目他根本没有经手，都是下面的陈主任在做。他连忙环视四周，想找出陈主任的身影，却发现陈主任已经不见了。他脸色一白，低声问朱璞："陈主任呢？"

朱璞煞白着脸回答："老陈前几天请假，好像出国了……会不会是直接跑路了？"

"跑路了？！"辛千玉膝盖一软，差点跪下去。

"嗯……"朱璞低声说，"我看咱们仓库里恐怕真的有盗版教材，不然陈主任跑什么啊？"

"他……他为什么要买盗版？"辛千玉哆嗦着，"是有误会吧？"

"你想想，以育桥课本为例，一套正版教材要一千多，盗版只要一百多……我们每年可是成千上万地订教材啊！一本差价九百，一万本就是九百万了！他把集团采购的真教材倒卖出去，再换上盗版教材放着，可不是挣大钱了吗？"朱璞低声说。

辛千玉白眼一翻，几乎要晕过去。

他是有钱人，不太考虑得到底下人会通过这些歪门邪道来挣钱。再说了，虽然他之前在所有学校都轮过岗，但是轮的都是教学岗，人际关系比较简单。等到了总部，他也没经历什么风浪，众人对他都好。这个采购项目是每年都办的，看起来很机械又很简单，不需要他操心。谁知道平地起惊雷，把他炸个粉身碎骨！

虽然说贪污的不是辛千玉，但是辛千玉是负责人，是陈主任的上司。采购项目是辛千玉上任后负责的第一个项目，出了这样的大纰漏，他绝对会受到牵连。老爷子对他的评价也一定会大打折扣。

一想到可能出现的后果，辛千玉魂都没了。

朱璞给辛千玉倒了杯热茶，安抚地说："其实也没事，就算真的查出了盗版教材，也就是罚点钱……"

"是我的疏忽导致了公司的损失……我怎么能当没事？"辛千玉苦笑。

"不会的，年轻人谁不犯错啊？"朱璞安慰道。

"这种低级错误……"辛千玉很沮丧。

朱璞皱眉道："这事是谁举报的呢？"

辛千玉心里隐隐有个猜测，这次的事情他应该是被人耍了。有人故意针对他，想看他摔倒。然而，他要不是自己不够谨慎，也不会中计。归根究底，是他自己不行，怪不得别人。

辛千玉垂下头，一脸颓丧。

朱璞叹了口气。他本人一直挺顺风顺水的，因为他是亲戚，干的又是闲职，对任何人都没有威胁，所以从没被阴过。这是他第一次摸到了集团内部斗争的边。

朱璞拍了拍辛千玉的肩膀，也不知该怎么安慰他，只说："那你还去美国吗？"

辛千玉有些茫然地看着朱璞。

就在这时，朱珠踩着高跟鞋走过来，说："小玉，你妈找你。"

辛千玉头皮发麻，但还是硬着头皮去了辛慕办公室。他一进办公室，就闻到了一阵浓烈的酒气。如果是平时，他一定会嘲讽"喝酒去夜总会啊，干吗来公司"，但现在的他无比乖巧，低声下气地喊了一声："妈。"

"你就是这样……闯了祸的时候最乖。"辛慕一手拎着威士忌酒瓶，光着脚踩在地毯上，朝辛千玉招招手，"过来。"

辛千玉乖乖地过去了。

辛慕问："知道错在哪儿了吗？"

"知道。"辛千玉平时叛逆，但真出了问题，认错的态度还是很端正的，"我不该轻信下面的人，不该不过问细节，不该疏忽大意……"

"错了。"辛慕打断了辛千玉的话，"你最不该的就是在工作的时候想着别的事！"

辛千玉闭上了嘴，脸上闪现出羞愤之色。

确实，如果不是因为宿衷，辛千玉就不会疏忽。因为满脑子都是去美国，所以他才急急忙忙地想赶快完结这个项目，才那么大意地让陈主任在眼皮底下钻了空子。

辛慕冷声问："你今天还要去美国吗？"

辛千玉回答不上来。他脸上流露出痛苦的神色，他既唾弃自己，又不想爽约，真是矛盾的心情啊！

辛慕盯着儿子："你现在真的很像一条狗，你知道吗？"

辛千玉的嘴唇动了动，说不出话，他该说什么呢？

"宿衷去美国的时候迟疑过吗？"辛慕忽然问。

辛千玉定住了。

辛慕继续说："如果今天站在这儿的是宿衷，他会迟疑吗？"

这句话像冷水兜头浇下来，辛千玉从头到脚一片冰凉。

"这就是我那句话的意思。"辛慕转了转手里的威士忌酒杯，"宿衷跟你不一样，宿衷不是傻子。"

辛慕顿了顿，又说："你也别当傻子了，行不？"

辛千玉摇摇欲坠，不知该说什么。他的心沉了沉，眼眶忽地红了。

辛慕见不得他这个样子，摆摆手，说："你妈我不会让你出事的。有人举报盗版教材的事情，我早收到风声了，仓库里的盗版教材也提前被我清理了。今天工商局不会查到任何不利于集团的东西。"

辛千玉闻言立即抬起头："妈？"

辛慕吐出一口浊气："我故意不先告诉你，就是想给你一个教训，不然，你也太得意了。"

"我没有得意……"辛千玉小声说。

辛慕虽然不上班，但是能在集团站稳脚跟，也是有两把刷子的。她天天泡在娱乐场所，也不全是她的个人爱好，更是社交需要。长袖善舞的她帮集团维护了不少关系，因此她的消息很灵通。当有人想举报玉琢集团购入盗版教材后，辛慕很快就收到风声，并立即采取了行动。

她雷厉风行，首先把陈主任逮住一顿暴揍。陈主任老泪纵横，吐了个干干净净。陈主任虽然贪，但是也没夸张到把所有书都换成盗版，所以清理起来也不麻烦。原本辛慕打算将陈主任处理掉，但怕打草惊蛇，所以就让陈主任请假避风头，并没有立即发难。

说到底，辛慕也不想辛千玉刚管事就出事，只能暂且压着。

辛千玉的胸腔里溢满了复杂的情绪，他看着母亲的双眼，嘴唇微微颤抖，一点不像平时那样骄傲又叛逆。

辛慕最怕看到儿子这模样，她忙闭了闭眼，挥手道："滚吧！"

辛千玉浑浑噩噩地离开了办公室。

他回到家里，抬眼就看到了放在壁橱里的丑杯子。

他原本是打算将这个杯子带去美国给宿衷的。

但是……

辛千玉下意识地摁开了手机，下意识地点开了宿衷的手机号码。

他不知道自己为什么这样做，大概……大概是因为他很想听听宿衷的意见吧。

宿衷接起了电话，但没有说话。他不爱说话，所以每次通话都是辛千玉先开的头。

辛千玉很疲惫，语气有些懒："嗯，我工作上出了点事，你觉得我该去美国吗？"

"那你不应该来，先完成工作。"宿衷的回答总是很简洁。

辛千玉脑子里又掠过母亲的话，确实啊，是个正常人都会这么说吧，只有傻子才会不顾一切地飞去美国啊。

辛千玉自嘲地笑了笑："嗯，那你在那边玩得开心点。"

"嗯。"宿衷答。

辛千玉没有说话。

平时打电话的时候，辛千玉总是喋喋不休的，因为他知道，如果自己不说话，宿衷也不会说话，那两人就只能沉默着，听电话的白噪音了。

　　这种交流方式让辛千玉很疲惫，没话找话其实很困难。

　　辛千玉下意识地拿起了丑水杯，忽然问道："为什么不把丑水杯带去美国？"

　　宿衷说："水杯开裂了。"

　　"啊？"辛千玉有些意外，仔细看才发现，粗糙的陶瓷水杯上果然有几条细小的裂纹。他一手拿着手机，一手转着杯子观察，一个不小心手滑了，水杯立即"哐当"坠地，碎了。

　　陶瓷水杯崩裂在大理石地板上，发出了极为响亮的声音，听得辛千玉心一惊。

　　辛千玉愣了愣，说："你听到了吗？"

　　"什么？"宿衷问，"这里音乐很吵。"

　　隔着电话，他也能听到宿衷那边的喧嚣热闹。偶尔还有女生的娇笑声如莺啼滑过，不知是不是那个李莉斯。

　　"哦。"辛千玉垂下眼睑，"那没事了。"

　　辛千玉说完就挂了电话。

　　看着手机屏幕暗了下去，辛千玉才猛然发现，这是他第一次先挂断和宿衷的电话。

　　以往，辛千玉都是等宿衷先挂断，他才听着嘟嘟声放下手机。

　　辛慕在集团里爱上班就上班，不爱上班就不上班，但工资极高、奖金丰厚，在集团内很有权力。一般员工只以为她是千金小姐才得到这些好处，然而，老爷子又不是傻子，怎么可能纵容一个一无是处、放浪形骸的女儿为祸公司？

　　辛慕是厉害的，只是功夫不在办公室里。她看起来声色犬马，实际上长袖善舞，能交到一些有价值的朋友，打听到一些有价值的消息，且雷厉风行，能干实事。

　　比如这次，玉琢集团被举报使用盗版教材的火还没烧起来，苗头就被她掐灭了。

　　普通员工并不知道这是辛慕的功劳，以为这是一次寻常的检查，因为集团身正不怕影子斜，所以无风无浪地过去了。

当然，高层们是知道内情的，陈主任贪了钱，换了盗版教材，被人举报了。辛慕消息灵通，提前做好准备，让集团安然过关。

为此，高层们还开了会，为了集团的声誉，陈主任的事是不能曝光的，只能私下处理。

然而，老爷子更关心的是另一件事："能查到是谁举报的吗？"

辛慕说："是秋实教育的人干的。"

辛慕说完，大家的脸色都有了细微的变化。

事实上，好几个人都认为这件事是辛斯穆干的，包括辛慕和辛千玉母子都这么猜测过。毕竟，辛千玉进教研部是辛斯穆推动的，而辛千玉跌倒对辛斯穆是有利的。辛斯穆在集团里是实权人物，抓到陈主任干坏事的证据也很合理。

然而，事实证明实名举报玉琢集团购买盗版教材的人来自秋实教育。

秋实教育是玉琢集团的老对手了，如果是他们家干的，倒是可以理解。

"老陈倒卖教材的事情,秋实那边是怎么知道的？"老爷子又问。

辛慕说："老陈卖掉手里的正版教材走的是一个书商的渠道。那个书商和秋实教育也有商务往来，一来二去就在酒席上说漏了嘴。秋实的总裁知道了，自然不会放过这个打击我们的机会。"

在座的亲戚们便开始吱哇乱叫，一会儿说老陈太不厚道了，多少年的老员工了，居然干出这么不要脸的事情；一会儿又说秋实教育也太不要脸了，居然这样打击我们，我们得给他们点颜色瞧瞧。

老爷子冷笑着说："是我们自己管不住自家的老鼠，还埋怨别人？"

这话一出口，大家便噤了声。

辛千玉更是无地自容："对不起，外公，是我监督不力。"

"你别嘴上说说知错就算了。你是年轻公子，不谙世事，以为当领导是容易的？"老爷子可不像平时那样和颜悦色，不假辞色地批评他，"当领导就得比手下更精、更细，像猫头鹰似的盯着。你懂吗？"

"是的，外公教训得是！"辛千玉乖顺地点头，"我以后一定好好做一只猫头鹰，晚上不睡觉，就盯着他看。"

老爷子抿了抿嘴，说："在家撒娇也就罢了，这儿是公司，你别给我油腔滑调的！"

辛千玉把头埋得更低了："我没撒娇，是认真的。我一定会更注意的。"

辛慕只说："你别怪他了，他还是小孩呢。"

"既然是小孩，就在家吃奶，出来工作干什么？"老爷子对女儿也不客气，该说就说。

辛慕也不好说话了。

这时候，辛斯穆开口道："老陈干这事也不是第一回了，他从前就如此，我却从没发现，说起来我也是有错的。我都没看出来，更别说小玉了。所以，我比小玉的错还大。"

听到辛斯穆这么说，老爷子稍稍消了气，笑说："按你这么说，我更老，我更有错了？"

辛斯穆笑道："我没这么说呢。"

老爷子也轻松笑笑。

这件事情便算过去了。

辛斯穆替辛千玉圆了场，辛千玉该谢谢她，便请她吃饭，辛斯穆答应了。

二人去的餐厅就是上回辛千玉与宿衷去的锦鲤池。

辛千玉对辛斯穆的感觉其实挺复杂的。辛斯穆是辛千玉的表姐，他们具有很亲密的血缘关系，从小也认得，但二人总是亲近不起来。然而，像辛斯穆这样的人，即使你和她不亲近，也很难讨厌她。她总是很客气，又很和善，还聪明，一直是那种所谓的"别人家的孩子"。不过，辛慕从来不像很多家长那样爱把自己的孩子和别人家的进行比较。

　　虽然辛慕不是那种围着孩子转的妈妈，但是她确实是那种"全天下的娃娃都比不上我家的"的家长。尽管辛斯穆无论是成绩还是品性都比辛千玉更符合大众定义的优秀，但辛慕还是觉得自家孩子更好："小穆是很好……就是很无聊，还是小玉比较可爱。"

　　现在，辛千玉和辛斯穆都成了巨额财产的候选继承人，他们之间莫名就敌对了起来——但好像都是别人说的。辛慕、朱璞、朱珠以及其他亲戚都曾提点似的说："你们两个人是要争家产的，你们是天然对立的，小心对方给你使绊子啊！"

　　辛千玉对辛斯穆也是有一定防备的，尽管辛斯穆看起来十分友善，从来没对他出过一次手。然而，辛千玉好像就是免不了小人之心。

　　就连这次的盗版危机，辛千玉第一个怀疑的就是自家人辛斯穆，而不是老对手秋实教育。

　　辛千玉看着辛斯穆，认真地跟她道谢，感谢她在老爷子面前帮他说话。

　　"不用谢。"辛斯穆回答，"其实，我也是在帮我自己。"

　　辛千玉好奇地看着辛斯穆："为什么这么说？"

　　"你是不是怀疑我动了手脚？"辛斯穆的问题很尖锐，但语气还是柔柔的。

　　辛千玉愣住了，不知该怎么回答。

　　"不仅仅是你，大概老爷子心里也有怀疑。"辛斯穆说，"我必须站在你这边，才能显得我无私。"

　　辛千玉顿了顿，说："所以不是你？"

　　他自觉这提问很失礼，但又觉得自己其实可以这样大方地问辛斯穆。

　　辛斯穆抬起眼，说："你是说我为了攻击你而做损害集团利益的事情吗？你是这样看待我的吗？"

　　这明明是质问的话，但辛斯穆的声音还是很平静。

　　辛千玉这才真正觉得自己失礼了，忙跟对方道歉："对不起，表姐，我不是这个意思。"

"没关系。"辛斯穆还是那个温和的语调，"没关系，小玉。"

辛斯穆太温柔，反而让辛千玉更不好意思。辛千玉倒了清酒，自罚三杯。辛斯穆也喝了一杯，嘴里还是温柔地说着"没关系"。辛千玉多喝了几杯，脸上红红的，情绪也有些不受控，眼里便变得湿润。

辛斯穆打量着他的神情，说："你最近好像有些心不在焉，是为什么？"

辛千玉没想到连和自己不熟的辛斯穆都察觉到了自己神不守舍，他自嘲一笑："也没什么，最近有一个要好的朋友可能遇到点感情问题，我怕他遇人不淑。"

"他在哪儿？"辛斯穆问。

辛千玉说："他在美国。"

"哦，那真的很远。"辛斯穆说，"你很担心他？"

辛千玉胸口发闷："嗯。"

辛斯穆沉吟半晌，说："集团有个项目准备在美国开展，你要不要去试试看？"

辛千玉的心一跳，眼睛睁大："什么项目？"

"我待会儿回去给你发份资料，"辛斯穆回答，"你看看吧。"

辛斯穆说话温暾，但做事很果断，她回去就立即把资料发给了辛千玉。辛千玉发现，那是玉琢集团想获得 AA 国际考试的考点授权。这件事前期已经谈得差不多了，申请流程也已到了后期，只需要集团派出代表去美国和 AA 考试协会的人商定细节、签订合同就可以了。

辛千玉发现，这个项目原本是辛斯穆主理的，前期的工作也是她在做。临近收尾却让辛千玉去签合同，这就像是将胜利果实拱手相让似的。辛千玉并不觉得自己是占了便宜，反而猜疑天上掉下来的馅饼通常都是陷阱。

第二天到了集团，辛千玉一脸不好意思地跟辛斯穆说："这原本是你的项目，我怎么好意思……"

　　辛斯穆看似眼波温柔，实际上十分锐利，好像已经看穿了辛千玉的心思。辛斯穆说："项目经理还是我，你只不过是去签个合同，怎么会不好意思？"

　　辛千玉讷讷："是啊，您是项目经理，不该是您去签吗？"

　　"我是好几个项目的负责人，"辛斯穆说，"不可能每个项目我都冲到最前面。"

　　辛斯穆这样说，让辛千玉更有疑虑了。

　　辛斯穆和辛千玉的关系很微妙，辛斯穆不坑害辛千玉就算很有风度了，怎么还会给他送经验？

　　辛千玉笑笑，忍不住怀疑这个项目是不是有问题。

　　辛斯穆好像能看穿辛千玉的想法，只说："你要是不想去也行，毕竟你刚闯了祸，再出错就麻烦了，不如留在总部等过年吧。"

　　这倒是很有趣了，辛斯穆几乎将"你个废物不想干就别干了"说出口了。

　　说出口就没意思了。

　　辛千玉心高气傲，受不得这样的挑衅。然而，他想了半天，还是有些迟疑，便拿着项目资料去找辛慕商量。

　　虽然母子两人平常见面不说好话光吵架，但是真到要紧关头，辛千玉还是最信自己妈妈。

　　辛慕看了一眼项目资料，说："这个项目我知道，基本上已经谈得差不多了。这样的项目我们干得多了，一般来说是没什么问题的。"

　　辛千玉放心不少，又道："所以我可以去了？"

　　"你先回答我一个问题。"辛慕盯着辛千玉，"你是为了 AA 考试授权去呢，还是为了去找宿衷？"

　　辛千玉噎住了。

　　看着辛千玉那憋着的表情，辛慕哪里还不明白。她吐出一口气，说："对了，你上次不准时来总部上岗，是因为宿衷吧？你急急忙忙地想飞去美国，是不是宿衷那边出什么岔子了？"

真是知子莫若母，辛千玉不知该说啥，只能干看着辛慕。

辛慕恨得咬牙切齿："你有那么好的天赋，又有那么好的资源，却把时间和精力都花在别人身上，你是不是有病？"

辛千玉默默无言。

辛千玉打算去美国的消息很快就传到了朱璞、朱珠的耳朵里。朱璞问辛千玉："你去美国是为了将功折罪吗，还是为了宿衷？"

辛千玉无奈地耸耸肩，他自己也说不上来。

前一阵子，陶瓷杯摔碎了，他还挺心灰意冷的，总觉得这像是不祥之兆。他想控制自己，不再去想那么多，便好几天没联系宿衷。

结果，他不联系宿衷，宿衷也不联系他。

两个人就这么隔着太平洋开始冷战。啊，不是，不是冷战。辛千玉苦笑着摇头，宿衷大概根本察觉不到任何异常吧。

冷战得双方一起冷才能开战，他和宿衷之间只有他在冷。关系好的时候，好像也只有他一头热。

如人饮水，冷和暖都是辛千玉自己。宿衷则是个恒温泳池，不管你怎么扑腾，他都是不冷不热，永远保持在最适宜的温度。

看到辛千玉的表情稍显沉重，善于察言观色的朱珠立即圆场，笑眯眯地说："我们小玉是双管齐下，一边解决公事，一边解决私事，不挺好的吗？"

辛千玉扯了扯嘴角，说："我不会公私不分的。"

朱璞听到辛千玉这么说，稍微有些意外，"那你这次去美国不见宿衷吗？"

辛千玉垂下眼眸："我会先解决公事，别的事情之后再说。"

母亲的话，他还是听进心里了。

辛千玉确实觉得自己离原本的自己越来越远，已经真的成了那个围着宿衷转的小弟弟角色。这可不是辛千玉想要的生活。

他拥有这么好的天资、这么好的资源，就为了当一个受气包？

他不想辜负妈妈，更不想辜负自己。

圣诞节假期结束之后，美国那边的公司陆续开始上班了，辛千玉便约好时间飞去了 AA 考试协会所在地。

辛千玉并没有将自己去美国的事情告诉宿衷。

情绪这种东西难以控制，而行为则可控得多。宿衷的手机号码安静地躺在手机的角落里，他不去触碰。

然而，刚下飞机的时候，辛千玉还是下意识地点开了宿衷的社交账号。

辛千玉发现宿衷的头像被点开，自嘲地笑笑，简直成习惯了。

他随手点开宿衷的主页，发现有一张新的照片，是一群人在餐厅的合影，李莉斯依旧站在离宿衷最近的地方，笑颜灿烂。

宿衷的目光仿佛并不聚焦，涣散地看着远方，显然是神游天外，脑子里不知在想什么。

"在想什么呢？"辛千玉放大了照片，"我猜，他这样发呆，应该又是在脑子里算什么算术题吧。"

辛千玉很快将思绪收起来，开始专心工作。朱珠毛遂自荐，以助理的身份跟着辛千玉来了美国。她这么做，一个原因是想在事业上有所发展；另外一个原因是辛千玉身边没有可信的人，一个人漂这么远，她怕他被暗算了会很无助。

辛千玉笑问："你觉得有人会暗算我？"

"不知道。"朱珠答，"我只知道人无远虑必有近忧。"

朱珠明明长着一张十分稚嫩的脸，说话倒是很老成，俗语一套一套的。

事实证明，朱珠的话是对的，她预料的事情果然发生了。

当辛千玉和朱珠带着拟好的合同去 AA 考试协会的时候，对方态度生硬地将他们拒之门外。辛千玉十分惊讶，想问到底怎么了，但对方很冷淡，根本不回话。

朱珠立即打电话找朱璞。朱璞是人事小精灵，消息比较灵通。

由于时差所限，等了大半天，朱璞才找到了症结所在："秋实教育
那边的人将我们用盗版教材的事情捅到了 AA 考试协会那儿了。AA
考试协会很不满，说要重新考虑和我们集团的合作！"

辛千玉如遭雷击。

在 AA 考试协会碰了壁，辛千玉和朱珠只得回酒店想办法。朱
珠整理了一下信息，皱着眉头说："秋实那边把我们盯得太死了，
一定添油加醋地在 AA 考试协会那儿说我们的坏话了，唉！"说着，
朱珠又抬眼看着辛千玉，"怎么这么巧……这个项目进行得好好的，
到你手上就……"

之前的采购项目也是，这次的签约之旅也是，明明看起来是无
风无浪的海面，但是只要辛千玉一只脚踏进去，就会立即被卷入暗
流。

辛千玉苦笑："是我八字不好？"

"现在可不是开玩笑的时候。"朱珠认真地说，"上次和这
次的项目都是小穆姐抛给你的，你没想过这不仅仅是秋实教育的
算计吗？"

辛千玉也不是没考虑过背后有辛斯穆的推波助澜，他摇摇头道：
"上次的纰漏是我疏忽大意了。这次出问题，也是为我上次的错误
买单。说到底，如果不是上次采购我监察不力，也不会有举报的事情，
更不会有 AA 协会临时变卦的意外。"

朱珠沉静下来。

辛千玉将身体靠在真皮椅背上，闭着眼睛吐出一口浊气："说
到底都是我自己……"

这时候，手机铃声响起。

辛千玉垂眸一看，发现电话是玉琢总部打来的。他寻思着可能
是母亲的来电，没想到居然不是，拨打这通越洋电话的人是辛斯穆。

辛斯穆是以项目管理人的身份打过来的，问他事情的进展。

尽管辛千玉有些怀疑自己的困境是辛斯穆造成的，但他还是很
知分寸地以下属的口吻回应，并谦卑地道歉："实在对不起！"

"不用跟我说对不起。"辛斯穆说，"这个项目谈了大半年了，现在临门一脚踏空的话，恐怕你得自己和老爷子解释了。"

辛千玉说："不错，这个项目是我收尾。我知道表姐在这个项目上投入了很多，如果功败垂成的话对大家来说都是很大的遗憾。不过，既然表姐和 AA 协会的人接触过一段时间，不知道有没有相熟的人可以联系上？或者有什么办法可以跟 AA 协会澄清误会？"

辛千玉这话听着客气，其实挺不客气的，直白地说就是这个锅不能全部让他来背。这个项目是辛斯穆在搞，现在搞砸了她也不好过，大家赶紧想个办法一起补锅吧。

辛斯穆听到辛千玉这话便是一笑，说："行，那只能我去美国一趟了。最近你也太辛苦了，趁机休息一下，去看看你的朋友吧。"

辛千玉听到这句话后，心里微觉不妙，只说："这样飞来飞去的也很麻烦，这确实是我惹出的问题，我再努力一下，真的没办法了，再劳驾您来吧。"

辛斯穆答："好，但事不宜迟，我给你一周时间。等你的好消息。"

通话结束之后，在旁边听了全程的朱珠忍不住问："为什么不让小穆姐过来呢？"

"我突然觉得她答应得太爽快了，就像等着我求她来似的。"辛千玉仔细思考着，"项目是她给我的，如果我一遇到麻烦就向她求助，她立即飞来了，并快速解决了这个问题，落在旁人眼里，我岂不是废柴？"

"说起来，盗版教材的事情根本没有证据。"朱珠说道，"在外界看来，这更像是捕风捉影。AA 协会远在美国，和我们一直关系良好，怎么会突然因为这样的事情而改变想法呢？"

辛千玉的脸色也凝重起来："你的意思是……"

"我有个大胆的猜测……"朱珠的眉头皱得能夹死苍蝇，"虽然盗版教材的事是秋实教育的人举报的，但是会不会小穆姐一早就知道内情？小穆姐明知道教研部有老鼠，还让你去那儿守米缸。等出了事，她还站出来帮你说话，为自己博得好名声。此外，她和

084

AA协会关系那么好，会不会是她授意AA协会的人拿盗版教材做文章让你吃闭门羹？等你碰了壁，亲自去求她，她就天降英雄似的解决问题。所谓一鼓作气，再而衰，三而竭，你刚回总部就接二连三遭遇挫败，被压着打，站不起来，以后就只能被她踩在脚下了。"

辛千玉沉默半晌，叹道："其实我也有这样的猜测，但我不觉得她是会为了攻击我而损害集团利益的人。她不是那种小格局的人。退一万步说，就算她真的为了斗倒我不顾大局，那反而是作茧自缚，因为老爷子肯定不能容她这样。"

"不，集团利益并没有受损。"朱珠摇摇头，说，"盗版教材的事情不是被你妈妈解决了？至于AA协会的事，她能那么爽快地答应来解决，想必也是留了后手的。"

辛千玉闻言，心中一惊，总算清醒过来，看着纤弱温柔的辛斯穆竟是比张牙舞爪的辛慕更可怕的母老虎啊。

这个认知没有让辛千玉感到害怕，反而让他变得更加坚定。原本他搞不清辛斯穆对自己的态度，所以也不好贸然出手，现在既然"敌我分明"了，他也不再犹豫不决了。

辛千玉冷静下来，抬起头，大概是这几年来的第一次他所思所想都是自己的事，完全没有宿衷的影子。

辛斯穆是母老虎又如何？他辛千玉就是要虎口夺食。

辛千玉比起辛斯穆确实是新人，也没辛斯穆对集团那么大的掌控力，但他有自己的优势。除了是外公最疼爱的孙子，他更掌握了两张王牌，即集团的小灵通朱璞和老灵通辛慕。这两个人虽然业务能力不怎么样，但社交能力很强，能探听到很多消息，这两人虽然平时对辛千玉骂骂咧咧，但心底都对辛千玉无比支持。

辛千玉拜托二人帮他打听AA协会里和辛斯穆关系最好的人是谁。

他刚在群聊里发了问题，辛慕就立即回复："朱璞不用去问了，这个我早给你打听清楚了。"

辛慕的话说得平稳，平稳得有些异常。辛千玉心里冒出一个猜测："该不会你一早就知道 AA 协会会给我吃闭门羹吧？"

"是的，老娘早就知道了。"辛慕说。

辛千玉也不知该说"不愧是我们集团的老灵通啊"，还是该说"不愧是我那铁石心肠的亲妈啊"。

辛慕一早就知道 AA 协会会因为盗版教材的事情让辛千玉难堪，但她没有对辛千玉去美国的事情大加阻止。

以辛慕之力，其实可以像上回仓库被查一样兵不血刃地提前替辛千玉化解危机，但这次她并不打算这么做。

直到辛千玉提出了问题，辛慕才慢条斯理地替他解答。她决定，在辛千玉这次的通关游戏里，她只当一个尽责的指导型 NPC（非玩家角色），而不是帮他抵御一切风险和伤害的外挂。

辛慕只说："辛斯穆那丫头跟 AA 协会纽约的办公室主任吕蓓卡关系极佳。"

"关系极佳？"辛千玉心念数转，辛斯穆和吕蓓卡相隔甚远，平时没法联系，又很少见面，怎么能做到关系极佳？关系铁得能帮辛斯穆算计他？

辛千玉脑子里立即浮现出一个猜测，他问："难道辛斯穆贿赂了吕蓓卡？"

辛慕非常满意辛千玉的灵活头脑，她点了点头，说："很可能，但辛斯穆这丫头很狡猾，没有留下明显的证据，就算是我也抓不到她的把柄。"

辛千玉沉默半晌，问辛慕："妈，如果是您，您会怎么解决？"

"如果是我？那肯定是砸钱解决啊，钱能解决的问题都不是问题。"辛慕说，"既然吕蓓卡能收辛斯穆的，那也能收我的。"

辛千玉笑了："我就猜到您会这么说。吕蓓卡既然能当上这个主任，也不会太蠢，收我的钱她不怕落下话柄？毕竟，她和辛斯穆认识了多年，和我则基本不认识。"

"是，你这么说是没错，这确实是一个问题。"辛慕答，"不过，只要钱给够，这个问题就不是问题。"

辛千玉苦笑："那是您，您真有钱。"

辛慕说："我的钱就是你的钱。"

这真是母子之间最温馨的对话了。

辛千玉摇摇头："我不打算这么做。"

"为什么？"辛慕说，"怕还不起？"

"在我看来，给吕蓓卡送钱简直就是脑残行为。辛斯穆也不知是不是被猪油蒙了心。"辛千玉认真地说，"贿赂是违法的。"

"你真年轻啊！"辛慕淡淡笑道。

"行吧，那您就当您儿子心气高吧！"辛千玉笑笑，"低声下气地给个小小的主任送钱算什么？"

"呵呵。"辛慕讥笑。

话虽如此，辛慕并没有将自己的想法强加给辛千玉。她似乎还挺想看看辛千玉如何在一周之内不花大钱解决这件事。

辛千玉在咖啡厅见了一个在银行系统工作的老熟人。

要说，辛千玉当时去美国读书也不是光去玩，朋友还是认识了不少。辛千玉读的学校虽然凯文看不上，但是怎么看都是世俗意义上的名校，完全不丢人。他的不少同学都在美国扎根，有了不错的去处。

辛千玉找了老同学阿晓出来喝咖啡，问了他一些涉及客户隐私的事情。原来，AA 协会那个叫吕蓓卡的主任是阿晓就职的银行的客户。辛千玉知道从辛斯穆那边很难入手，所以决定从吕蓓卡这边调查。

阿晓也不能透露太多信息给辛千玉，只能告诉他："吕蓓卡三个月前在我行贷款买了一套在曼哈顿的房子。以她的经济状况来看，购入这处房产应该是有些吃力的。我看，首付款不是她自己出的，是别人帮她付的。这可能和你说的商业贿赂行为有关。"

辛千玉点点头，对阿晓大加感谢。

辛千玉还想说点什么，顺道送点礼物给阿晓，这时候却听见一声呼唤："小玉？"

听到轻轻的"小玉"两个字，辛千玉浑身微微一颤。

这声音他不可能听错，是宿衷。

辛千玉这阵子没有联系宿衷，因此，他已经很久没有听到宿衷的声音了。冷不防听到这熟悉的呼唤，辛千玉一愣。

他算是明白了，自己还是牵挂着宿衷，不管他们之间隔着什么。

宿衷身边站着两个人，一个是白皮肤棕色头发的美国男人，另一个是染着酒红色头发的华裔女性。辛千玉认得这个女人，她就是李莉斯。那个美国男人则是宿衷的助理汤玛斯。

辛千玉实在没想到会在这儿碰见宿衷，以及李莉斯。

李莉斯的反应很快，她立即摸了摸宿衷的肩头，笑眯眯地说："哦，原来这就是小玉啊？他什么时候来的美国，你怎么没告诉我们？"

宿衷愣愣地说："我也不知道他来了……"

他定定地看着辛千玉，眼神直愣愣的，像小朋友看橱窗里的玩具一样。

辛千玉微微错开眼神，他的动作被李莉斯敏锐地捕捉到了，来美国不告诉宿衷，见了面又眼神闪烁，看来是有矛盾啊。

辛千玉也察觉到了李莉斯的眼神。他就算真的和宿衷有矛盾，也不愿意让外人看笑话。他抿唇一笑，走过去别开了李莉斯，笑着对宿衷说："惊喜吧？"

宿衷还是愣愣的："惊喜。"

李莉斯被避开了，脸上还是保持着尴尬而不失礼貌的微笑。

辛千玉便介绍了一下："这是我朋友宿衷。这是我以前的同学阿晓。"

宿衷便也介绍了汤玛斯和李莉斯。

几个人顺势交换了名片。

阿晓收到宿衷的名片后大吃一惊："您……您是 M-Global 的

合伙人啊？"

宿衷微微颔首："是。"

"这么年轻就当上合伙人，实在是厉害！"阿晓看向辛千玉的眼神也带了几分钦佩，像是在说"你小子厉害，能交上这么牛的朋友。"

放在从前，辛千玉恐怕会觉得挺骄傲，但现在，这让辛千玉多了几分敏感的脆弱。

别人夸宿衷厉害，是真的觉得他很厉害。

而旁人夸辛千玉厉害，那是在夸他外公厉害、他妈妈厉害、他朋友厉害，他本人就只有脾气厉害。

李莉斯看起来很热情，大力地夸赞辛千玉。

如果不是对李莉斯的行为有所耳闻，辛千玉还真的会以为李莉斯很友善。

李莉斯又提议一起去喝一杯，辛千玉拒绝了，只说："我来这边还有事，下次吧。"

说完，辛千玉就和阿晓一同离开了咖啡厅。

回去的路上，阿晓还对辛千玉说："你朋友是 M-Global 的合伙人，你还绕圈子找我帮忙干什么？"

辛千玉问："M-Global 和 AA 协会有什么关系吗？"

阿晓说："M-Global 和全美百分之九十九的有钱人都有关系！"

就算没有直接关系，也能间接扯上关系，这就叫资本的力量。

辛千玉的心里却产生了盲目的固执，他极不愿意仰仗宿衷或者M-Global。

这大概是他脆弱的自尊心在作祟。

辛千玉拍拍阿晓的肩膀，开玩笑般说："怎么，你觉得我不行？我看起来像个需要靠别人的人吗？"

阿晓"扑哧"笑了，摆手说没有，心里想的却是：在自家企业工作的富二代就别立自主自强的人设了吧。

第五章　威胁

　　辛千玉从阿晓以及其他渠道打听到不少有关吕蓓卡的信息，甚至连她的信用卡账单都拿到手了，吕蓓卡的账单让辛千玉十分惊讶。吕蓓卡的收入并不低，但开支很低，大概她是一个很抠门的人。

　　与她的低开支并不相符的是她所住的位于曼哈顿的房子。

　　曼哈顿的房子可不便宜，辛千玉和朱珠站在吕蓓卡的公寓门外，打量四周，这儿虽然不是上东区，但也是寸金寸土。

　　吕蓓卡看到辛千玉与朱珠出现在自己公寓门外，吓了一跳："你们怎么在这儿？"她说话带着颇为浓重的纽约腔。

　　朱珠上前用标准的英语自报家门，但这显然是没有意义的，因为吕蓓卡认得他们两个，并露出嫌弃的表情："你们这样的小偷，请不要出现在我家门外。我要报警了。"

　　"小偷？"辛千玉不悦地挑起眉，"请问我偷了什么？"

　　吕蓓卡冷笑道："你们公司使用盗版教材，可不就是偷吗？简直是令人生厌！"

　　"你说我们使用了盗版教材，有什么证据吗？"辛千玉说，"这件事是不存在的。你可能是听到了不实传闻，捕风捉影了。"

　　事实上，盗版教材的事情并没有被有关部门抓包，无论是秋实教育还是 AA 协会都没有确切的证据能证明这件事。然而，吕蓓卡根本不需要确切证据，她只需要一个刁难辛千玉的理由。等辛千玉打退堂鼓了，辛斯穆再隆重登场。吕蓓卡便可以跟上司汇报，盗版教材的事情已经解释清楚了，纯属误会，和玉琢集团的合作还是可以继续进行的。

这样，吕蓓卡根本不用付出什么就能得到辛斯穆给的好处，何乐而不为？

吕蓓卡便对辛千玉摆脸色："你们快走吧，不要骚扰我，否则我要报警了！"

辛千玉笑笑："那你利用职权获取不正当的利益，是不是也应该报警？"

吕蓓卡脸色一变："你说什么？你这是诬陷！"

吕蓓卡的声音拔高，更反映出她心虚，难道辛斯穆向她行贿的事情暴露了？不……不可能的……辛斯穆做得那么隐蔽。

辛千玉抬头看了看房子，说："这房子挺好的，你平常连矿泉水都不舍得买，怎么房子倒是买得起了？"

"我不懂你的意思。"吕蓓卡冷冷地说，"你自己办事办不好，就用不实言论来指控、污蔑我，以为这样我就会就范吗？这房子是我自己买的，你有什么证据能证明这是不正当利益？"

"确实没有证据。"辛千玉说着，语气里带着几分可惜。

辛斯穆确实手段高明，没有露出马脚。

吕蓓卡放下心来，说："当然，因为我身正不怕影子斜。"

"那你家里的贵重家具呢？"辛千玉抬眼看着吕蓓卡，"还有你每个月雇佣的保姆呢？"

吕蓓卡心里"咯噔"一声："你……你在说什么？"

辛千玉微微一笑："我表姐和我是一家人，又是聪明人，确实很难攻破，但你就不一样了，愚不可及。你过得那么滋润，却花得那么少，其中一定是有问题的。"

辛千玉查看了吕蓓卡的账单，发现她开支很低，平时却过得很滋润，这里头一定有问题。

果不其然，辛千玉很快发现了问题所在："你家里的高级家具是开的办公家具的票据，用 AA 协会的公款买的。你的保姆则是公司的清洁工，你以她的工作相要挟，逼迫她无偿做你家的钟点工。"

听到辛千玉这么说，吕蓓卡脸都白了。

辛千玉轻蔑一笑，他相信以吕蓓卡的品行，干的损事肯定不止这一件两件。只是，他没那么多时间去查，只能逮住这两件，抓住证据，用以威逼吕蓓卡就范："这是账单以及清洁工的录音证词，这是家具的票据以及家具销售员的录音证词。如果你觉得有必要的话，他们也可以来做证。现在人证物证俱在，你觉得我是直接报警呢，还是上报 AA 协会？"

高级家具和清洁工的事情听起来并不严重，但 AA 协会对这种行为是零容忍。要是辛千玉掌握的证据上报了，吕蓓卡必定会丢工作，而且还可能面临高额罚款，甚至有牢狱之灾。

想到这些，吕蓓卡双膝发软，定定地看着辛千玉，咽了咽唾沫："你……你请进屋，我们慢慢说。"

吕蓓卡十分殷勤地将辛千玉和朱珠迎进屋子里，还答应了明天就会推进合约事宜。

辛千玉十分得意，一颗心也落回肚子里。这时候，宿衷的电话打了过来。

看到手机屏幕上显示着宿衷的名字，辛千玉愣了愣，对他而言，宿衷的主动联络真的是很少见的事情。

宿衷问他："有没有时间来参加晚宴？"

辛千玉忍不住感叹，宿衷说话真是一如既往的过分直接又过分简单啊！

"什么晚宴？"辛千玉问。

宿衷说："公司举办的商务晚宴。"

"怎么想到邀请我？"说着，辛千玉想到什么，"如果我不在美国的话，你会找谁？"这话一出口，辛千玉就恨不得打自己的脸，恐怕是李莉斯吧，他问这个真是自找不痛快。

宿衷却说："你不在，我就一个人。"

辛千玉怔了怔："什么？"

宿衷以为辛千玉没听清，便重复了一遍："你不在，我就一个人。"

他的语气很自然，仿佛这是理所当然的事情。

因为宿衷这句话，辛千玉整个人如加速火箭炮一样直接冲向宿衷发来的地址。

吕蓓卡已经承诺了第二天会推进合约事宜，朱珠与辛千玉再留在这儿也没有意义了。

两人都回了酒店。当然，朱珠回去就可以休息了，而辛千玉还得奔赴晚宴。

也是巧，宿衷要参加的宴会就设在辛千玉住的酒店里。

辛千玉从不亏待自己，住的都是当地的五星级酒店。这家酒店经常承接各类高端宴会，因此，这次宴会设在这儿也不奇怪。

为了以示重视，辛千玉还打扮了一番。

辛千玉穿了一套商务休闲西装，月光蓝的精裁西装，剪裁修身，衣袖处绣着低调的LOGO，脚下搭一双经典款的布洛克皮鞋。他的打扮相当得体，配着一张生动的脸，端庄周正中带着几分潇洒和灵气。

李莉斯也在，浓妆艳抹似披了一层画皮。

刚刚解决完麻烦的辛千玉现在最是意气风发，看着李莉斯也没那么烦躁了，还很耐心地给了她一个不失礼貌的微笑。

宿衷穿着一套白西装，肌肤也似雪一样白，眼仁黑如点漆。他这样走来，就像一颗星坠入水里，十分瞩目，大家的目光都不由得落在他身上。

他走到辛千玉面前，说："你来了？"

辛千玉含笑点头："你都邀请我了，我能不来吗？"

李莉斯站在旁边，举着香槟杯的手指有些发硬，脸上却保持着微笑："那真是太好了。老宿平时一个人在宴会上都很寂寞，每次我都陪他说话，怕他闷着。"

辛千玉斜瞥了李莉斯一眼，笑道："嗯？你总陪着他？为什么啊？他不是有助理吗？你做 HR 的也要负责应酬业务？"

李莉斯脸上的笑容微微一僵。

宿衷的助理汤玛斯也走了过来，他身后跟着一个头发半白、穿黑西装的微胖中年人。辛千玉眯着眼睛看着那人，觉得对方有点眼熟，但一时又说不出来他是谁。

汤玛斯这时候发挥了助理的功能，微笑着给双方做介绍："这位是 AA 考试协会主席怀德先生。"

辛千玉吃了一惊，AA 考试协会的主席？

他略带诧异地看了宿衷一眼，怎么会这么巧？

李莉斯则在一旁说："小玉不是和 AA 考试协会有事情要商量吗？我们先给你们一些空间吧。"

说完，李莉斯就拉着宿衷走开了，汤玛斯也跟着走开。

听到李莉斯的话，辛千玉立即反应过来，他在这儿遇到怀德先生不是巧合。

心里怀着疑问，辛千玉表面上保持平静，镇定自若地与怀德先生交谈。

怀德先生和辛千玉友好地寒暄了一阵子，才对辛千玉说："我已经知道盗版教材的事情是一场误会了。听说你为此遇到了不礼貌的对待，真是不好意思啊。关于考点授权的协议，你说个时间吧……我们随时可以签约。"

"那可真是太好了！"辛千玉表面上笑得明朗，其实心里已是波澜不断。

辛千玉和怀德先生谈完事情之后，便一脸恍惚地坐在宴会厅的角落。他想着自己这几天四处奔波，好不容易才抓到了吕蓓卡的小把柄。现在呢？AA 协会主席直接发话，一场误会，照常签约。他应该高兴的，他不用再考虑吕蓓卡的问题了，但是……他觉得极为郁闷，他自己都不知道为什么。

盗版教材导致 AA 协会拒绝辛千玉，辛千玉并没把它当多大的事来看待。

辛千玉明明可以自己解决这个难题，虽然有点费劲，现在却被宿衷轻飘飘地、毫不费力地解决了。

这就像他使劲跳起来够一个东西，就在手指碰到东西的那一刻，宿衷轻而易举地把东西拿下来，然后漫不经心地递到了他手里。

这在旁人眼里或许还挺好的，辛千玉却只想崩溃地大喊：我明明都够到了！我自己能拿下来！放着我来啊！

"怎么样？一切还好吧？"李莉斯走了过来。

辛千玉从沙发上站起来，跟李莉斯碰了碰香槟杯，说："怎么这么巧，怀德先生怎么会来？"

"这可不是什么巧合啊！"李莉斯笑道，"老宿从阿晓那儿知道了你遇到的麻烦，特意请了怀德先生来和你澄清误会的。"

辛千玉一怔："是吗？那可太让人意外了。"

辛千玉不觉得宿衷本来就和怀德先生认识，但就像阿晓说的那样，利用 M-Global 的关系网，让怀德先生卖一个人情也并非难事。

听到李莉斯提起阿晓，辛千玉便猜测，阿晓在咖啡厅遇到了宿衷后，看中了宿衷 M-Global 最年轻的合伙人的身份，非常殷勤地和他套近乎，自然谈到了自己，并把自己遇到的困难告诉了宿衷，还建议宿衷施以援手。

李莉斯笑道："你真是很幸运，能和老宿成为好朋友。如果是我的话，估计也会像你一样抓紧他不放的。"

"抓紧不放"这四个字真是意味深长，听得辛千玉耳膜都鼓噪起来。

辛千玉微微张了张嘴巴，却发现自己吐不出反驳的言语。

他对宿衷难道不是"抓紧不放"？

难道不是吗？

辛千玉微微吐出一口气，目光飘向窗外。这时候，宿衷和汤玛斯也来到了辛千玉跟前。见到宿衷来了，李莉斯先踏前一步，站在比辛千玉离宿衷更近的地方。她笑道："你来得正好，我正和小玉说起你呢。"

"说我什么？"宿衷问。

李莉斯说："说你们关系好，他不远万里也要到美国来看你，老宿你也是够义气，还帮朋友解决工作上的问题。我让他好好感谢你。"

李莉斯这番话说得挺动听的，却让宿衷和辛千玉都不知该说什么才好。

辛千玉只说："谢谢，我有点累，想先回去。"

宿衷说："我送你吧。"

李莉斯打了个哈欠，说："我也好无聊啊，要不我们一起走吧？"

辛千玉从兜里拿出房卡，说："我去睡觉，你也一起吗？"

李莉斯没想到辛千玉说话这么不留情面，一时怔住，脸上有些挂不住。

汤玛斯在旁边也目瞪口呆，心里暗道：老板这个朋友不但工作能力弱，得靠老板解决问题，还对女人没有风度，粗鄙无礼。

辛千玉微微扬了扬下巴，嘴角勾起一个傲慢的弧度："我开玩笑的，你别生气啊。"

李莉斯气得要死，但只能干笑两声："呵呵，怎么会生气？"

辛千玉和宿衷大步离开了会场，一路走到了电梯门口，并用房卡刷了电梯楼层。

宿衷看着亮起的楼层灯，问辛千玉："你提前开了房？"

辛千玉冷笑道："我就住这家酒店。"

"哦。"宿衷点点头。

辛千玉心里挺冷的："你不知道我住哪家酒店？"

"你没说，"宿衷说，"所以我不知道。"

辛千玉的语气更冷了："我不说，你就不知道？那为什么你知道 AA 协会的事？"

"是你同学告诉我的。"宿衷好像听不出辛千玉的潜台词，只是诚实地回答辛千玉提出的问题，"他提示我，我可以帮你解决问题。"

"为什么？"辛千玉眯起眼睛，"你们都觉得，这个问题靠我自己解决不了吗？"

宿衷从来没见过辛千玉这么咄咄逼人的模样，既十分意外，又觉得招架不住，竟不知该说什么，便选择了沉默。

而沉默在这一瞬间可以说是最糟糕的回答。

"叮咚！"电梯门打开。

辛千玉快步走出了四四方方的电梯，迈着怒气冲冲的步伐往自己房间走去。宿衷跟在他身后，不紧不慢。可能是他腿比较长，跟在快步走的辛千玉身后也不显狼狈。

二人走进了房间，宿衷看着辛千玉气冲冲的模样，想拉住他，只是伸出去的手刚搭上辛千玉的肩头，就被他愤怒地拍开了。辛千玉"啪"的一声打掉了他的手，宿衷满脸错愕，像犯了事而不自知的孩童一样。

辛千玉气势汹汹地说："你干什么！"

宿衷生平第一次见辛千玉对自己发火，不知如何是好，哑然站着，不知所措。

辛千玉也不记得自己要装什么可怜虫了，他指着宿衷的鼻子大骂："你是不是根本看不起我？"

这话其实憋在辛千玉心里很久了，现在说出来倒是爽快，但爽快也就一下子，过后便是无尽的空虚。骂完之后，辛千玉便抄着手瞪着宿衷，等待宿衷的回应。

宿衷这辈子都没见过这样的场面，那精密机器般的大脑居然过载了，内存烧起来，脑袋发热，整个宕机，一句话都说不出来，就傻愣在那儿，像根木头似的。

看着宿衷还是一副平静寡言的模样，辛千玉发觉自己刚刚那一套组合拳全打在了棉花上。

　　你再怒火中烧、重拳出击有什么用？人压根不接招。

　　愤怒如火，平息如烟，辛千玉双眼发红，捏着拳头说："你是不是和他们一样根本看不起我？"

　　"我……"宿衷终于反应过来了，开始要说话。

　　"算了，"辛千玉别过头，"我不想听你说话。"

　　宿衷便安静下来。

　　两人之间的气氛变得极为压抑，而沉默加剧了这种阴郁感。

　　论憋气，辛千玉自认憋不过宿衷。

　　宿衷坐在他对面的沙发上，一动不动，跟大佛似的，看起来能坐一千年不动弹。

　　辛千玉沉不住气，问道："你就没什么可说的？"

　　宿衷一脸无辜："你不想听我说话。"

　　辛千玉气得银牙咬碎："那么听话？那我让你跟我绝交，你要不要听？"

　　宿衷怔住了，此刻的模样真是十足的石雕。

　　辛千玉总算在宿衷平静得跟大海似的双眼里寻到了波澜，这好像是他们认识这么久以来宿衷第一次流露出情绪起伏的样子。

　　宿衷很茫然，还带着失措，那样子竟然让辛千玉觉得痛快。

　　"怎么了？"宿衷的声音听起来竟然有些脆弱。

　　辛千玉从未听过宿衷这样说话，宿衷的声音从来都是平而冷的，像是电脑，只是音色更自然流畅一些，哪里有这样颤声说话的时刻？

　　能打碎宿衷这一份平静，让辛千玉心中涌起了前所未有的成就感，然而更多的是心酸。

　　辛千玉觉得很心酸，为自己，也为宿衷。他其实不希望宿衷难过。

　　辛千玉平静下来，用一种不带感情的语调说："没什么，我只是觉得我们需要冷静。"

"我不明白。"宿衷显得很无助，"你是真的想绝交吗？"

辛千玉默然半晌，看着宿衷无助的眼神，终究还是于心不忍，便说："不是。"

宿衷立即松了一口气，如得了大赦一样："不是就好。"

下一刻，宿衷又问："那你为什么突然说这样的话？"宿衷问得很认真，身体微微前倾，双膝并拢，拘谨得像一个向老师请教问题的学生。

辛千玉却没有耐心指导他，捏了捏鼻梁，说："我也说不准。"

辛千玉顿了一下，又道："我累了，现在不想和你说话，想休息。你先回去吧，有什么事等我做完了这个项目再说。"

"好。"宿衷站起来，"那我先回去了，你好好休息。"

说完，宿衷就往门外走，他一步三回头的样子并没被辛千玉察觉。辛千玉一直垂着头，陷入自我怀疑与自我感伤之中，完全没留意到宿衷看他的眼神。

翌日，辛千玉看到手机上只有合作方的来电，没有宿衷的来电。他自嘲一笑，唉，果然如此啊！

即便如此，辛千玉还是收拾心情，和朱珠一起去 AA 协会签合同。

这次，上有怀德先生关照，下有吕蓓卡服软，合同很快就签订了，双方谈得很畅快，仿佛之前他们拦着辛千玉不让进真的只是一场误会。

辛千玉工作顺利的消息很快传到了宿衷耳朵里。毕竟，怀德先生自认为卖了个人情给宿衷，与辛千玉签好合同后，肯定会把消息告诉宿衷的。

宿衷知道后，淡淡地道了谢。怀德先生也发现宿衷这个人很冷淡，但宿衷是陈先生介绍的，陈先生所在的银行是 AA 协会的主要赞助商之一，所以怀德先生觉得宿衷的冷淡是可以接受的。

挂了电话后，宿衷仍坐在办公室里发呆。

宿衷的助理汤玛斯和李莉斯关系不错，便告诉李莉斯宿衷看起来心情不佳。

　　"老宿心情不佳？！"李莉斯大惊失色。

　　"是啊！"汤玛斯也一脸惊讶。

　　宿衷心情不佳确实是大新闻，因为在汤玛斯和李莉斯等人眼里，宿衷这个人根本不可能拥有心情这种东西。

　　不夸张地说，他们公司的交易额分分钟几十亿上下，就算是资深的合伙人也会经常随着市场波动而出现情绪波动，这种波动是和市场的波动程度成正比的。身为公司最年轻的合伙人，宿衷反而是最淡定的。他永远都是那个样子，挣了是那样，亏了也是那样；别人夸他是那样，别人损他也是那样。

　　宿衷就是那样。

　　所以，大家私下都说宿衷的 AI 算法那么厉害，可能因为他本人是最接近 AI 的存在，冰冷、准确，没有感情。

　　这样的宿衷怎么会拥有心情这种东西呢？

　　什么心情不佳就更是无稽之谈。

　　然而，李莉斯隐约觉得宿衷确实心情不好，很可能和昨晚见了辛千玉有关。

　　除此之外，李莉斯想不到其他理由了。

　　因此，在午休的时候，李莉斯拎着三明治跑到宿衷的办公室，笑着问他："你是不是和朋友吵架了？"

　　"嗯？"宿衷原本没看李莉斯，"我……不清楚。"

　　宿衷并不觉得自己和辛千玉吵架了，但辛千玉的表现相当怪异，用吵架来形容好像也不过分。然而，吵架不应该是双方面的吗？他自己没有跟着吵起来，应该就不算吵架吧？

　　宿衷冷静客观地描述了昨晚和辛千玉争吵的内容，李莉斯听完后，眸光一闪，笑道："啧，没事，你别担心，就是闹闹小别扭。"

　　"是吗？"宿衷很困惑，"可我从来没见过他那个样子。"

　　"没事，小年轻都是这样。"李莉斯用过来人的口吻说。

宿衷又问："那你知道他为什么会忽然提出绝交，过后又改口吗？"

这一点让宿衷十分介意。

听到"绝交"两个字时，宿衷感到心口一阵钝痛，那是一种陌生的、让人不适的感觉，他不愿意再经历一遍。

李莉斯说："这很简单啊，很多小年轻激动起来都会拿绝交来威胁，虽然很幼稚，但是很多人都会这么做。"

"威胁？"宿衷愕然，"这居然是威胁吗？"

"难道不是吗？"李莉斯说，"你有没有产生危机感？"

"有。"宿衷干脆地承认，辛千玉说绝交，让他感到了前所未有的恐慌。那一刻，他确实被威胁了，犹如刀架在脖子上，只要辛千玉愿意将"绝交"两个字收回，他什么都会答应。

李莉斯叹了口气，用老成的口吻说："这可不行啊，这样的行为是不能被纵容的。你想想啊，要是让他尝到了甜头，以后动不动就拿绝交来威胁你，这怎么可以？"

"还有这种事？"宿衷很惊讶，同时也有些失措。

听到辛千玉说一次绝交，宿衷就那么难过了，他可承受不起辛千玉动不动就说这个。

李莉斯的话，宿衷并没有全信。

作为数据分析师出身的人，宿衷还是会听取多方面意见的。

华尔街的很多公司都设有专门的心理咨询室，里头有很专业的心理咨询师为员工服务。毕竟，这儿的工作压力是很大的，心理咨询也是很必要的。

宿衷便去找了心理咨询师，这让心理咨询师吃了一惊。

毕竟，宿衷看起来是最抗压的人，谁也没想到他会找心理咨询师求助。

宿衷很快就说明来意，表示他没有工作压力，就是想问问朋友拿绝交当威胁是一个什么样的心理。

心理咨询师反而觉得更惊讶了，宿衷还有朋友？

当然，他很快就会没有了。这是后话。

宿衷做事一板一眼，既然辛千玉说了"我现在不想和你说话，等项目结束了再聊吧"，他就不与辛千玉说话，而且一直等那个项目结束。

辛千玉那边则觉得自己又陷入了单方面的冷战。

在和 AA 协会成功签约后，协会主席怀德先生还亲切地与辛千玉合影。吕蓓卡在一旁看着，冷汗都要流下来了，就怕辛千玉会跟怀德先生告状。与此同时，吕蓓卡也觉得很奇怪，看起来怀德先生和辛千玉很熟啊，那签约应该很容易，他为什么还专门找她的痛脚逼她就范？

当然，吕蓓卡不敢问，也不敢说。

她越发觉得辛千玉是不能得罪的，顺着怀德先生的话头说不如以后都和辛千玉交接好了。这话说出口，等于将辛斯穆踢了出去。

辛千玉觉得吕蓓卡这样做很不厚道，收了辛斯穆那么多钱，现在说倒戈就倒戈。不过，仔细一想，吕蓓卡本就不是什么厚道人，只可惜辛斯穆投进去的钱了。

正如辛千玉所说，能不送钱就不送钱，送出去不一定能回本，还是犯法的，多不值得。

怀德先生乐得卖人情，他又不认识辛斯穆，辛斯穆在他眼里就只是一个小人物。辛千玉则不然，他是赞助商的朋友的朋友，虽然听起来有点绕，但是不管怎么看，天平都该往辛千玉这边倾斜。

于是，怀德先生发话，给予玉琢集团考点授权之余，还要介绍辛千玉认识权威的教育认证机构负责人。也就是说，辛千玉能利用这一资源帮助集团旗下更多的学校获得权威国际认证。

这个好消息迅速传回了集团总部，老爷子对这个结果很满意。毕竟，老爷子一直希望自家学校能获得更高的国际认可度，旗下学校想要多拿权威认证，这是必不可少的一步。

辛斯穆曾为了这个奔走牵线做出不少努力，没想到辛千玉在一周之内就把线牵上了。

辛斯穆苦笑，只说："还是小玉命好！"

这句"命好"特别有意思。

有心人一听就能品出味来，辛斯穆这是觉得辛千玉本事不大，就是命好，有贵人相助。

老爷子笑笑，说："一命二运三风水，命好是一切的根本。谁不希望将项目交到一个幸运的人手里？"

辛斯穆也意识到自己刚刚的话有点酸，便微笑道："是啊，小玉一定能带旺我们的项目。"

"嗯。"老爷子道，"小穆，你也挺忙的，海外项目就交给小玉吧。他年轻，精力旺盛，能到处飞，而且留过学，更懂得如何和外国人打交道，你觉得怎么样？"

老爷子既然能开这个口，就是已经想好了，问"你觉得怎么样"也就是客套客套，辛斯穆还能觉得怎么样？辛斯穆只能说好，并将海外项目拱手相让。

好几家具有全球影响力的教育认证机构都在美国，和他们打好关系对玉琢集团来说意义非凡。此外，文化和教育方面的一些非政府组织也可以帮玉琢集团提高影响力。怀德先生非常慷慨地带着辛千玉参加了行业内部的聚会，让他去结交更多国际教育领域的大人物。

虽然怀德先生说是和辛千玉投缘，觉得他机灵聪慧才欣赏他、帮助他，但是辛千玉心里明白，这些机会恐怕都是沾了宿衷的光才得来的。

难道辛斯穆不机灵？不聪慧？不值得欣赏吗？

辛斯穆和 AA 协会打了好几年的交道了，也只能靠砸钱赢得吕蓓卡的支持。这几年下来，辛斯穆和怀德先生才吃过三五次饭，交情非常浅。

全球每年有几百万考生参加 AA 协会主办的考试，因此，全世界都有求着与 AA 协会合作的教学机构。在怀德先生看来，玉琢集团不过是全球几百上千家上赶着给 AA 协会送钱的机构之一。对辛斯穆，怀德先生自然是不在意的。

辛千玉则不一样，他比辛斯穆的分量重多了。归根究底，在怀德先生眼里，辛千玉不是玉琢的人，而是 M-Global 的人。

从前，大家提起 M-Global 都竖起大拇指，听说宿衷去了华尔街都十分羡慕，辛千玉对此还没什么实感，觉得不就是换了个工作嘛。现在，辛千玉总算切身体会到了 M-Global 的影响力，或者像阿晓说的"资本的力量"。

辛千玉也更加明白为什么老爷子一把年纪了还想让公司上市。

辛千玉知道自己应该感谢宿衷。因此，M-Global 要办新宴会，宿衷叫辛千玉一起去，辛千玉一口答应了。

辛千玉问宿衷："你是什么时候认识怀德先生的？"

宿衷回答："我的一个客户是 AA 协会的赞助商。"

辛千玉觉得奇怪："什么？你还让客户帮你做事？"

"不是帮我做事，是帮我一个忙。"宿衷顿了一下，又道，"我认为我和客户之间是平等的。"

辛千玉咽了咽口水，他一直觉得自己是小王子，现在看来宿衷才是小王子。一个对客户都爱理不理的打工人不是小王子是什么呢？

宿衷就算对客户冷冰冰的，客户还是很喜欢他，愿意把大笔资金交到他手上，就因为他能把资金管理得非常好。

宿衷的名号闯出来了，有的是客户抢他，从不用他抢客户。

宴会上，有人主动找宿衷攀谈："宿先生，我一直很欣赏你，是这样的，我这儿有 10 亿……"

宿衷淡淡地说："很抱歉，我这一年度的基金和资产管理数量已满，暂时不打算安排新的计划。"

那人不死心地说了半天，说可以给他丰厚的佣金，宿衷不为所

动，他计划好了管理多少就是多少，别说是 10 亿了，就算是 100
亿都不能破坏他的原则。

那人被宿衷拒绝了，默然半天，又问："那下一年度什么时候
开放预约？"

辛千玉站在旁边，闻言差点噎到，在宿衷身上，辛千玉深切地
体会到"恃才傲物"这四个字的意思。

辛千玉去了一下洗手间，出来的时候恰好碰到刚刚那个拿着 10
亿请宿衷开专户的人。辛千玉朝他微微一笑，那人走到辛千玉面前，
看来是专门来堵辛千玉的。

辛千玉蹙眉："有什么事吗？"

对方非常客气地说："我们公司在教育领域也有一定影响力，
如果你愿意的话，我们可以帮你们集团的学校快速通过高校联盟认
证。"

无事献殷勤，非奸即盗。

辛千玉不觉得自己的魅力大到能让这个大老板打听自己的事，
还忽然抛出橄榄枝，多半还是沾了宿衷的光。

辛千玉不喜欢转弯抹角，直接说："谢谢你，不过这方面的事
情我已经在推进了。另外，我和宿衷只是普通朋友，如果你想让我
劝他改变工作计划，恐怕是行不通的。"

对方笑了笑，道："既然你说话这么直接，那我也直说了。你
之前出了事，宿衷不就为了帮你擦屁股而破坏原则，多接了一个客
户吗？我想既然你们关系那么好，只要你开口，他一定不介意再多
我一个客户的。"

辛千玉怔住了，他实在没想到这里头还有这样的事情。

原来，阿晓的上司是陈先生。陈先生想找宿衷管理银行资产，
宿衷以服务名额已满为由拒绝了。阿晓那天在咖啡馆见了宿衷之后，
便萌生了帮上司解决难题的想法，于是劝宿衷出手。宿衷听从了阿
晓的话，破例帮陈先生做事，作为交换，陈先生让 AA 协会将辛千

玉奉为上宾。

知道内情后，辛千玉脸色都变了，心情更是复杂，他觉得自己应该感动以及感激才是，然而，他的情绪却变得更低落了。

辛千玉对着这位在厕所堵人的老板更没好脸色："对不起，我不清楚你说的事情。不过，我确实左右不了他的工作，请你不要缠着我！"

这位老板的脾气也上来了，他冷笑着说："行，你不爱管就别管。难道华尔街还缺基金经理吗？我就是听说他不错，才多点耐心和诚意。他对我的提议不感冒就算了，你凭啥给我脸色看？你算什么东西？你最大的出息不就是交了宿衷这个朋友，让他给你擦屁股吗？"

辛千玉何曾受过这种奚落，脸瞬间涨红，拳头也硬了，真想直接打扁这人的鼻子。

然而，他并没有这么做，因为这位老板有句话说得对，他还真的没本钱给这位大老板脸色看。

如果辛千玉控制不住自己，给了对方一拳，他自己是爽了，但宿衷就得替他收拾烂摊子。他不想如此。

从前，辛千玉以"英语老师"的身份出现在宿衷身边的时候就时常被凯文这样的人鄙夷，认为他高攀了宿衷。辛千玉一直不太在意，主要是因为这不是真的。

当时，辛千玉有着身为玉琢集团大公子的光环，也不认为自己在基层工作拿几千块钱的薪水有什么不好，毕竟在他的规划里，他很快就会出任 CEO，走上人生巅峰。因此，凯文他们这些苍蝇不管怎么嗡嗡，辛千玉都能像骄傲的雄狮一样当他们是傻子。

现在不一样了。

辛千玉发现，自己不但离骄傲的本我越来越远，好像离宿衷也越来越远。

别人说他不配和宿衷做朋友，好像已经不算是"狗眼看人低"的发言了。

　　辛千玉给了那位老板一个冷眼，便回到了聚会区。这儿衣香鬓
影，辛千玉却感到一股浓烈的排斥感。辛千玉站在宿衷旁边，见很
多人和宿衷说话，说的都是他听不太懂的事情。更让辛千玉感到不
安的是，作为非专业人士的李莉斯不仅能就他们讨论的话题发表一
些见解，还跟得上大佬们的思路，而他别说说话了，连他们说的很
多东西都没听说过，只能挺直腰背站在那儿并保持微笑。

　　仔细观察，就会发现，没有人在乎辛千玉是谁。

　　辛千玉引以为傲的身份在这些金融大佬面前啥也不是。他们从
没听说过玉琢集团，辛千玉要介绍也觉得拿不出手，像玉琢集团这
种公司在大鳄眼中就是小鱼小虾。

　　辛千玉的不自在落在李莉斯的眼里，李莉斯勾起红唇一笑，问
辛千玉："小玉，你觉得呢？"

　　这句话搭配李莉斯亲切的笑容，就像她怕辛千玉被冷落，让他
参与讨论似的。

　　然而，辛千玉连他们讨论的内容都搞不懂，更别说参与讨论了，
李莉斯这么做只会让他更难堪。

　　几位讨论者的目光也落在辛千玉身上，似乎在等他开口说话。
辛千玉深吸一口气，正打算说"我觉得大家的看法都很有道理，但
我更同意宿衷的观点，因为这个观点很有趣"这样毫无营养但放之
四海而皆准的话，起码让话不落地，场面不尴尬。

　　就在这时候，他的手机响了。

　　辛千玉心里暗道：太好了，真是一个救命的电话啊！他脸上却
露出抱歉的神色："不好意思，工作上的事情，我去接一下。"

　　大家都很客气地点头。

　　辛千玉拿起手机走到安静的地方接起来，来电的人是他外公。
老爷子跟他说了一下安排，并告诉他，打算将集团的海外项目交给
他，问他是否愿意接受这个具有挑战的任务。

　　老爷子虽然年纪大，但是很有雄心。他不满足于只在国内开办
学校，打算将集团扩张到海外，让集团拥有国际影响力，成为一个

知名的教育品牌。对于海外扩张，一直困难重重，辛斯穆在这方面表现得也不太好，所以老爷子看到辛千玉的潜力后就决定对他委以重任。

辛千玉听到这个消息，觉得压力很大，因为在海外办学是很困难的。毕竟，英美在国际教育市场上已经形成了垄断，亚洲品牌想杀出一条血路是很难的。不过，辛千玉还是很高兴能得到这样一个机会。

老爷子年纪那么大了还这样雄心勃勃，他一个初出茅庐的年轻人没道理不热血。

辛千玉答应了之后，老爷子就把项目相关的文件发给了他。辛千玉觉得这场宴会颇为无聊，现在又有活干了，挂了电话后就找到宿衷，说自己有事，要先回酒店。

宿衷也不享受这样的宴会，便说："我和你一起吧。"

李莉斯看着二人要走，便笑吟吟地说："这么快就走了？"

辛千玉说："是啊，我一个人回去就行了。衷哥有事的话不用管我。"

宿衷说："我没事，我送你吧。"

李莉斯又说："送来送去的，你们关系真好。"

辛千玉懒得和李莉斯虚与委蛇，白眼一翻，道："给你个建议，没事不要老是把关注点放在别人身上，你能收获更多。"

李莉斯实在没想到辛千玉会这么直接，脸都白了，她忙装出委屈的样子，说："你是不是误会了？我只是关心宿衷，并没有别的意思。"

旁边的汤玛斯看着，也很为李莉斯感到委屈，并且暗自认为辛千玉真的太没有礼貌了。

辛千玉一早就猜到李莉斯会是这个反应，也知道在李莉斯并无明显越轨举动的情况下，自己说这样的话是会留下话柄的。

但那又怎么样？

辛千玉不在乎，耸耸肩说："如果是误会，那对不起。"说完，

108

他就拉着宿衷走了。

李莉斯僵立在原地，更加尴尬了。汤玛斯便好言相劝，但李莉斯完全听不进去。事实上，她不在乎汤玛斯的安慰，甚至不在乎辛千玉的奚落。

她在乎的是宿衷的反应，而宿衷的反应就是无反应。

在李莉斯的设想里，宿衷应该为她澄清，这样就会让辛千玉更生气，也能加速宿衷和辛千玉的决裂，让碍眼的辛千玉赶快消失。然而，宿衷什么反应都没有，这就很难办了。

李莉斯决定再添一把火，瞅着时间差不多了，预计辛千玉和宿衷已经回酒店了，便打了个电话过去。

李莉斯推测得不错，她打过去的时候，辛千玉和宿衷已经回到酒店了。

宿衷在酒店房间里接通电话，问："有什么事？"

李莉斯捏着略带哽咽的嗓音说："我就是……就是心里很不安，你和小玉会不会因为我的话吵架？"

"不会。"宿衷说，"我们没有吵架。"

李莉斯心头一梗，又说："嗯，那就好，那你能不能帮我跟他解释，我真的没有别的意思。"

宿衷说："好。"

李莉斯放心了，只要宿衷跟辛千玉解释，那就很容易让辛千玉生气。

挂断电话之后，宿衷就跟辛千玉转达了李莉斯的话。

辛千玉又不傻，用脚趾头想都知道李莉斯安的什么心。他浏览着电脑里外公发来的海外项目文件，漫不经心地说："知道了。"

宿衷察觉到了他的冷淡。

从前，辛千玉和他说话的时候总是看着他，很认真。现在，辛千玉将更多的注意力放在了电脑上。

宿衷有些不知所措，转了转脸，问："你在干什么？"

辛千玉抬起头，对宿衷说："哦，对了，我该告诉你，老爷子让我当集团的海外事业部总裁。"

宿衷点头，说："我也打算告诉你，我将开展一项新研究，为此，我大概会在美国多待一年。"

听到宿衷这么说，辛千玉一怔："一年？为什么又多一年？"

"因为研究有了新的方向，我们需要更多的时间和数据。"宿衷回答，随后又说了一大堆让人摸不着头脑的术语来解释那项研究。

辛千玉听不懂研究内容，只听懂一年，他愣了愣，说："那如果之后研究又有了什么方向，你会不会待了一年又一年？"

宿衷道："这个概率很低。"

宿衷从不会把话说死，他说概率很低，基本上就是不会的意思。

辛千玉现在可听不得这样模棱两可的说辞，他冷笑道："来美国的时候你说只待一年，现在又要多一年，我看你一年又一年的，到时候怕连绿卡都拿到手了，早忘了自己是哪国人了吧？"

"我的记性没这么坏。"宿衷道，"不会忘记。"

"如果我不提到这个话题，你是不是又不打算告诉我？"辛千玉的声音陡然拔高，像是拨动紧绷的琴弦所奏出的声响，"我看你根本就什么都不想和我分享，这样还有什么意思，不如绝交吧！"

宿衷没想到，时隔没几天，辛千玉又提出了绝交。

他固然心痛，但又觉察到了什么，他从心理咨询师和李莉斯那儿得知，频繁提绝交可不是什么好兆头。

宿衷定了定神，认真地看着辛千玉。

辛千玉被宿衷这么一瞅，竟有些六神无主。

事实上，刚刚辛千玉说出那句话的时候，他自己也被吓了一跳，惊愕过后，又生出一丝期待，他期待宿衷露出上回他提绝交时那种脆弱的表情。

他期待看到宿衷不冷静、不沉着的样子。当宿衷沉着地看着自己时，辛千玉浑身就像泡在冰水里一样。

宿衷用那种研究者般认真又沉稳的语气说："你不是真的想绝交，而是用这种方式来引发我的焦虑，从而缓解你的焦虑，或是迫使我做出让步，对吗？"

辛千玉的喉咙像被死死掐住一样，喘不过气来。

宿衷摇摇头，说："这样是不行的。"

辛千玉的脑子里一片混乱，他根本不知道自己该回答什么。如果他能冷静下来，自然能明白宿衷的话是理智的、合理的，但现在的他根本不想要什么理智、合理。

宿衷又用说教似的口吻说："你这种行为只会伤害我们之间的关系。有什么事可以好好商量，不要拿绝交当威胁。"

宿衷这平静又温和的态度反而比谩骂和争执更尖锐，更能伤害辛千玉，因焦虑而犯傻的辛千玉对比起有条不紊、头头是道的宿衷简直是一个笑话。

"你是对我待在美国的事情不满吗？"宿衷皱了皱眉，仿佛一个在代码里找漏洞的 IT 工程师，"如果是这样的话，我们可以好好商量……"

辛千玉的脑子一片混沌，宿衷喋喋不休的话更让他脑子要爆炸似的发涨发痛。辛千玉打断他的话："是不是我提绝交了，你也不会改变主意？"

"这两件事根本不相关……"

"我问你，是不是我提绝交了，你也不会改变主意？"辛千玉着重强调了"是不是"三个字，几乎是咬着牙说的，"是不是？你只回答我是不是。"

"是。"宿衷答，"我希望你明白，提绝交不能解决任何问题……"

辛千玉头脑里有一根弦一下断了。

瞬息间，他没了头痛欲裂，没了天人交战，没了忐忑不安，只剩死一样的沉寂。

他的眼神失去光彩，却更为淡然，他看起来和宿衷一样平静。

"算了，"他用机械一般的语调说，"我们绝交吧。"

宿衷也愣住了。

辛千玉道："这次是认真的。"

辛千玉也不知道自己怎么突然就硬下心肠做出了这样的决定。

宿衷显然也不知道事情怎么急转直下走到了这个地步，他的大脑再一次过载，完全运转不起来，又变成了一个木头人。

辛千玉一挥手："我相信你会尊重我的决定，对吗？"

这个时候，宿衷稍稍回过神来，犹如机器人一样转动脖子："什么？"

"尊重我的决定。"辛千玉说，"你是一个讲理智、讲原则的人，不是吗？我既然认真提出绝交，相信你会尊重我。"

当辛千玉提到"尊重"两个字的时候，宿衷不得不点头："嗯，我尊重你的决定。"

辛千玉的心彻底凉了下来。

宿衷总觉得哪儿不对："你是一定要这么做？"

"我是。"辛千玉鼓起巨大的勇气回答，头却垂下，不敢直面宿衷，唯恐一看到宿衷的脸就会软下心肠。

大概为了避免自己再次为宿衷着迷，他立即下了逐客令："请你离开！"

宿衷遵守社会规范，在对方下了逐客令之后，他便点头离开了。

然而，宿衷每一步都走得极为艰难，好像背着一座山似的。他忍不住回头看辛千玉，却只能看到辛千玉决绝的背影。

一步一步，他离辛千玉越来越远，直到房门关上，他的视线完全被隔绝。

这是宿衷最后一次见到辛千玉。

直到两年后。

// CHAPTER //

第六章 久别重逢

在与宿衷绝交之后，辛千玉身上生出了一股令人难以忽视的拼劲。

又或者，辛千玉总算开始拼了，从前他的拼劲都用在宿衷身上，现在没了宿衷，他全身心投入到海外项目上，很快就绽放出了属于他的光彩。

辛千玉成了海外事业部总裁，一年之内，主持收购了一家在马来西亚的高端私立教育集团，实现了玉琢海外扩张的第一步。

这价值 5 亿美元的项目顺利完成，不仅让辛千玉在玉琢集团站稳了脚跟，更让他在业内声名大噪。说"你有个好外公、好妈妈"的人少了，说"你外公、你妈妈真有福气"的人多了。

完成了这个项目之后，辛千玉又马不停蹄地展开收购新加坡某教育集团的工作。

与此同时，辛斯穆也没闲着，她知道海外项目固然重要，但集团立足国内，国内项目才是根本，她在这方面十分努力，聪明人的努力一般都是很有成效的。

辛千玉和辛斯穆就像两匹骏马，并驾齐驱地拉着玉琢集团这辆马车飞速往前奔驰。

他们一个主国内、一个主国外，暂时相安无事，维持着表面的和平。

然而，这样的和平在第二年被打破了。

这一年可以被称作"魔幻元年"，"黑天鹅事件"频发。辛千玉目瞪口呆地看着美股两次熔断的新闻，心里突然闪过宿衷的名字，他的私募基金不会受影响吧？

这念头一闪而过后，辛千玉的心猛地一跳，他想这个干什么？

他迅速摇头，关心宿衷干什么，还是关心自己吧！

受黑天鹅事件影响，玉琢集团旗下的所有学校都停课了，业务也陷入停摆。原本大家还寄望海外学校能带来收入，然而，很快海外学校也开始停课。

长期停课和招生业务受挫，给集团的现金流带来了巨大的挑战。原本像玉琢集团这种类型的公司现金流是非常健康的，问题出在近期集团斥巨资收购了两家海外教育集团，原本他们还能寄望集团的扩张能带来更可观的收入，现在却因为突如其来的变故，集团陷入了极为被动的境地。

为此，老爷子立即叫停海外扩张计划，将重点转移到上市计划上。

其实，玉琢集团计划要上市都计划了好几年，一直没有付诸行动，连咨询公司都没有正式签过。这主要是因为老爷子顾虑多，不像大部分的创始人，他担心的并非失去对公司的控制力，他最关心的是所有咨询公司都提出的一个问题，即"你们公司的家族氛围太浓厚，如果想上市的话得改变作风"。

老爷子是个看重亲缘和宗族的人，要他狠下心来和亲兄弟明算账，他是很难做到的。

直到现在，他才下定了决心。

决心不是他自己下的，是市场环境给他下的。

集团现在失血严重，要是不想办法尽早回血，恐怕会出大问题。

老爷子在董事会上宣布，要加速上市，尽快筹措资金渡过难关。

辛千玉和辛斯穆自然都自告奋勇，要主管上市事项。

辛千玉说起自己的优势头头是道："我虽然年轻，但是也办过两件大事，进行了收购，所以我有金融方面的经验……"

"收购和上市可是两回事。"辛斯穆语气轻柔，说出来的话却很不客气，"你这样毛遂自荐固然很勇敢，但是如果没有详尽的计划，那就只是年轻人的冲动罢了。"

辛千玉轻挑眉毛："难道小穆姐有详尽的计划？"

"详尽不敢说，但已有了雏形。"辛斯穆拿出一份厚厚的方案书，"这是我这大半年来找了一些业内人士咨询，综合了很多意见而草拟的一份方案。"

看到辛斯穆拿出完整的方案后，辛千玉脸色微变，他知道自己这回是落了下风。

听到辛斯穆说"这大半年来"，辛千玉感到了前所未有的压力。

这两年，辛千玉一直为收购项目而奔波，国内国外到处飞，忙得脚不沾尘，哪儿有闲工夫想这个？辛斯穆则不同，她镇守国内大本营，虽然忙，但都是按部就班，因此，她有更多的时间和精力去准备上市计划。

前几年，老爷子就念叨着上市，辛斯穆看在眼里、记在心里。这大半年遇到了黑天鹅事件，辛斯穆凭借敏锐的直觉，判断集团的现金流很可能会出问题，上市救急会成为必然之举。她立即将精力放在咨询上市事宜上，花大半年的时间集思广益，制作出一份漂亮的方案。

辛千玉感到措手不及的同时，又十分敬佩辛斯穆，姜还是老的辣，小穆姐就是小穆姐。

辛斯穆的方案非常详尽，更难得的是她敏锐的直觉和主动的精神，老爷子翻看了一下，也颇为满意："那上市的事情就交给你？"

辛斯穆正要欣然点头，辛千玉不死心地提出反对意见："我看这个计划还是挺粗糙的，还有一些未尽之处……"

"这只是雏形，是初稿，当然不是完美的。"辛斯穆淡淡微笑，"但起码有个雏形。"

辛斯穆这话真损，"起码有个雏形"的意思是：老娘起码有个雏形，你什么都没有，还敢跟老娘叫板？

辛千玉说："其实我也有一点想法，只是之前在马来西亚、新加坡两边飞的时候没落实到书面上。这样吧，这个月内我也给出一份方案让大家看看？"

辛斯穆皱眉，正要反对，辛慕开口说："是啊，多个意见总是好的，集思广益嘛。再说了，小穆你这方案是花了大半年搞出来的，难道害怕被咱家小玉用一个月写的方案打败吗？"

辛慕这话殊不客气，但她是长辈，辛斯穆只能忍让。辛斯穆的老爸是辛慕的大哥，是不用忍让辛慕的，当场发话道："一个月内能写出什么？时间就是生命，我们集团每天都在亏钱，可耗不起啊！"

辛慕柳眉倒竖，正要反驳，老爷子就一锤定音了："好了，都别吵了。既然小玉有想法，我们也该听听。这样吧，半个月后小玉和小穆都做一次汇报，董事会投票决议，够公平、够民主了吧？"

既然老爷子发话了，大家便都点头答应。

在众人面前，辛慕自然表现得对儿子信心满满，但等散了会，她拉着辛千玉说："你真的有办法搞出一份更好的方案吗？"

"我有个屁的办法！"辛千玉也不装了，老老实实地说，"我这阵子为了海外项目忙得上厕所都没时间，哪儿有工夫想这个？"

辛慕瞪大眼睛："那你还说你有想法？！"

"我总不能不战而败吧！"辛千玉摊摊手。

辛慕笑了："也是，这才是我的好儿子嘛！"

辛慕顿了顿，又道："朱璞的女友不是干这个的吗，你去和她聊聊呗。"

辛慕对朱璞关心不够，以为朱璞女友是金融行业的，其实不然。朱璞的女友名叫米雪儿，她其实是个财经记者。

和宿衷绝交之后，辛千玉就不认得几个干这行的了，也只有米雪儿算沾点边。

他请米雪儿推荐几个靠谱的顾问，米雪儿听到他的话，忍不住笑了："你想在半个月之内拿出一份亮眼的方案？能帮你办到这个的顾问得是什么级别的天才？"

辛千玉笑道："我不用他写一份'从无到有'的方案，只要有点水平，能在辛斯穆的方案的基础上修改一下就行。"

米雪儿闻言皱眉道："你要是只将辛斯穆的方案改动一下就上交，肯定得不到支持的。"

"你说什么呢？我是那种抄袭的人吗？"辛千玉说，"我只是要个模板罢了，核心的东西还是我的。"

"行吧。"米雪儿看了看手机，"刚好今晚有个行业聚会，我带你过去认识几个顾问，你看谁顺眼就找谁吧。"

辛千玉上一次参加这样的聚会还是在两年前的曼哈顿。

他和宿衷一起出席了金融巨子云集的聚会，表现得一无是处。当时，没有人当他是独立的人，他的身份仅仅是"宿衷的朋友"。

今天，他再次参加这种聚会，底气就足了些。虽然他还不足以和华尔街大佬并肩，但是近期的收购项目让他在本国金融街有了一点知名度。

能干金融这行的鼻子都很灵，很多做咨询的人都知道玉琢集团近期有上市计划，因此，顾问们看到辛千玉就迎上去，眼神充满了期盼。

辛千玉微笑着收下他们的名片，又扭头低声问米雪儿的意见。米雪儿说："这些都挺好的，不如你挑个最帅的吧。"

"这么肤浅？"辛千玉一怔。

"不是肤浅，是风水。一命二运三风水，你懂吗？"米雪儿一脸认真地说，"长得帅的人一般面相好，时运高，旺财！"

辛千玉听到这位海归研究生说出这样迷信的话，忍俊不禁："你当真？"

"当然啦！"米雪儿点头如捣蒜，那妄图用玄学解释"颜控"的样子很好玩。

辛千玉道："别开玩笑了，你就给我介绍一个靠谱的吧。"

"啊，我想到一个不错的人选。"米雪儿拉着辛千玉往会场另一端走，"他性格挺好，做事认真，最重要的是……"

"长得帅？"辛千玉问。

米雪儿点头不迭："你真懂我。"

米雪儿拉着辛千玉在人群里穿梭，不小心就撞上了一个意想不到的人。辛千玉眨了眨眼，嘴角浮起一抹冷淡的轻笑："这不是大卫吗？"

大卫看见辛千玉也有些意外，他也听说了玉琢集团急着上市的事情，便眯起眼睛，不冷不热地笑。别看大卫的名字里有个"大"字，其实他的心眼特别小。若非如此，当初他也不会对宿衷进行封杀。宿衷不但躲开了他的封杀，还飞上了枝头，这狠狠打了大卫的脸，以至于大卫现在还耿耿于怀。想起当初辛千玉也曾站在宿衷身边对自己冷嘲热讽，大卫就连带着把辛千玉也记恨上了。

大卫抬起下巴："哦，这不是玉琢的少爷吗？"

现场不少人对辛千玉这位"玉琢少爷"很客气，倒不是因为玉琢集团多厉害，而是看中了玉琢集团准备上市，许多人都想着从中分一杯羹，但大卫不必为这一杯羹而对辛千玉折腰。说到底，大卫是买方，而且背靠大公司，身居高位，行事自然肆无忌惮。

大卫自顾自地说："玉琢集团现在财政吃紧吧？怪不得要紧着上市捞钱。其实，上市耗时耗力还不一定行，不如上门找我，说不定我愿意投资，帮你们玉琢解了燃眉之急呢？"

辛千玉冷笑："嗯，如果我有需要，一定会找你们老板的。"

言下之意就是你这个打工仔还不够资格和我谈这些！

大卫也冷笑："玉琢这点规模，我们老板连看都不会看一眼。不过，我这个打工的，几十亿的小钱还是能拍板的，不像你们小门小户的亏个几十上百亿就倾家荡产了！"

这话很不客气，听得辛千玉有些恼火，米雪儿小声说："大卫说的是真的。"

辛千玉心想：你以为我不知道吗？但是输人不输阵，懂吗！

辛千玉挺起胸膛，道："既然是这样，不知大卫兄你身家有几百亿啊？"

大卫噎住了。他公司是有钱,但不是他的。虽然几十上百亿的钱能经大卫的手,但不能进大卫的口袋啊!

趁着大卫词穷,辛千玉便不恋战,高傲地带着米雪儿转身就走,留下一个潇洒的背影。

米雪儿和辛千玉走到另一端的时候,四周骤然安静了不少,很多人都停止了交谈,齐齐看向同一个方向。

众人目光的焦点落在一个姗姗来迟的来宾身上。

那人一身雪白西装,水晶吊灯的光落在他的脸上,使他有一种远离红尘的淡然之美。

米雪儿凑到辛千玉耳边,说:"你不知道吧,这个人叫宿衷,可厉害了。"

这两年来,无论是朱璞、朱珠还是辛千玉,好像都将"宿衷"这两个字设成了屏蔽词,谁都不会提起,就像这个人从来不存在一样。因此,作为朱璞新任女友的米雪儿并不知道辛千玉和宿衷是旧相识。

米雪儿还以为辛千玉不认识宿衷呢。

至于辛千玉看到宿衷时眼中的惊讶,米雪儿只当是惊艳,她第一次看到宿衷的时候也是眼都直了。

米雪儿以为辛千玉不认识宿衷,便在辛千玉耳边介绍道:"宿衷是 M-Global 的亚太区总裁,刚从华尔街回来。衣锦还乡,非常辉煌,真可谓最耀眼的明星……"

辛千玉憋着一口气,保持微笑,噢,可真是耀眼啊!

所谓的耀眼就是自带光环。

宿衷身上就是有这么一个光环。

他站在那儿,立即成为人群中的焦点,人们自发地围着他、恭维他,意图获取哪怕一星半点的关注。

因为太多人在争夺宿衷的注意,宿衷自然没留意到角落里还有辛千玉这位老熟人的存在。

这大概就是耀眼明星的人生吧，看到他的人总是比他看到的人多。

久别重逢的旧友就在几步之遥的地方，自己的身影却落不进对方的眼里。

这真是讽刺。

辛千玉自嘲地一笑。两年前，他在这样的聚会上被宿衷衬得黯然失色，经过两年的努力，辛千玉自认为已经挺有出息，但还是和宿衷没法比。从前他还能当当宿衷的"配件"，顺带沾光，现在他只能沦为路人甲，无人问津。

宿衷站在那儿，还是那么好看，侧脸的线条犹如一笔而成那样流畅，水晶灯的光照着这完美的轮廓，更替他添上一圈超脱凡俗的光华。

辛千玉垂下目光。

"小玉，你没事吧？"米雪儿问，"你身体不舒服吗？"

辛千玉捂着胸口道："嗯，这儿有些闷。我想先回去休息。"

米雪儿见辛千玉状态不好，便开车送他回家。

在车上，辛千玉意识到，宿衷现在真的很有名。米雪儿这样的小女孩见了宿衷一面，一句话都没说上，就已经很兴奋了，在车上喋喋不休地赞美宿衷："你知道吗，在全球性的黑天鹅事件中，很多基金的模型都崩了，就他的表现良好。他不但是 M-Global 的大股东，还开发了一个管理着几百亿美金的智投平台。他明明可以留在华尔街总部当大亨，却毫不犹豫地跑回国，大家都很好奇是为什么……"

辛千玉心里沉甸甸的，不想继续这个话题，便故作嘲弄地一笑："你老夸他干什么？不怕朱璞吃醋？"

"他能吃什么醋啊？"米雪儿不以为意，"我只是欣赏宿衷。我真的很好奇宿衷为什么选择回国……如果能做一篇他的专访就好了。你不知道，他这个人很孤僻，基本上不接受采访。"

"我不知道？"辛千玉淡淡一笑。

"嗯嗯……宿衷这个人很奇怪，传闻他有社交障碍。"米雪儿将听到的八卦一股脑地倒出来和辛千玉分享，"还有人说他一直没对象，是因为他身体有问题。"

辛千玉正在喝水，差点喷出来："什么？"

"如果是真的，那就太可惜了，他这么帅。"米雪儿摇摇头，"天妒英才啊！"

辛千玉勉强镇定下来，说："你们怎么知道他没对象？"

"他怎么可能有对象啊？别说对象了，连一个要好的朋友都没有，你看他参加宴会连个伴都没有。"米雪儿继续讲八卦，"大家都说他是个怪咖，独来独往，就连参加宴会也从不带伴，就一个人！"

听到米雪儿这么说，辛千玉脑中忽然闪过两年前宿衷说的话。

明明是两年前的事了，辛千玉居然还记得清清楚楚，言犹在耳，简直就像魔怔了一样。

辛千玉摇摇头，努力将这些不合时宜的记忆甩出脑海。

米雪儿见辛千玉满脸苦恼，便关心地问："你怎么了？还在烦恼呢？"

"嗯？什么？"辛千玉有些茫然。

"就是顾问的事情……"米雪儿说，"你放心，你这么聪明，一定能搞出一个优秀的方案。"

辛千玉这才回过神来，对啊，他现在还是应该想想上市方案的事情。

这两年的高强度工作已经让辛千玉锻炼出钢铁般的意志和超人的专注力，只要他全身心投入工作，外界就算飞机轰炸他都不为所动，更别说这次和宿衷的意外重逢了。要说重逢好像也不恰当，重逢应该是双方的吧，他这样单方面地瞧了宿衷一眼，对方根本没瞅见他，哪能算得上重逢呢？

辛千玉听从了米雪儿的建议，从几个专业水平差不多的咨询顾问之中选了最帅的那个，委托他按照自己的想法起草一个方案，赶在最后期限之前做出来。

不过，时间真的太短了。

辛千玉也曾尝试找老爷子请求宽限，老爷子说："时间就是金钱，你知道集团开一天工要花多少钱吗？拖延几天亏掉的钱你赔我？"

辛千玉心悦诚服："外公，您说得对！我马上回去赶工，死都要做出一份方案给您！"

帅哥顾问也找辛千玉问能不能宽限几天，辛千玉说："时间就是金钱，你知道集团开一天工要花多少钱吗？拖延几天亏掉的钱你赔我？"

帅哥顾问心悦诚服："辛公子，您说得对！我马上回去赶工，死都要做出一份方案给您！"

帅哥顾问的工作效率让辛千玉颇为满意，为此，他还请米雪儿这个中间人吃饭以作答谢。

米雪儿却之不恭，打扮得漂漂亮亮的赴辛千玉的约。在饭桌上，米雪儿挤眉弄眼地问："我听说你还单身？不考虑找个对象吗？"

辛千玉笑了："我现在一心争家产，没空谈恋爱。"

米雪儿悠悠一叹："唉……难道真的是商场得意，情场就会失意？情场失意，商场才会得意？"

辛千玉苦笑着摇头，看着愁眉苦脸的米雪儿，问道："你现在和朱璞那么得意，难道商场失意了？"

"嗯！"米雪儿苦哈哈地说，"我的版面又被抢了！"

"太可怜了！"辛千玉其实也是爱莫能助，"这顿吃好点，我请客。"

米雪儿瘪着嘴说："如果能抢到宿衷的独家专访就好了……"

冷不防听到"宿衷"两个字，辛千玉差点呛到："什么？"

"只要能抢到宿衷的独家专访，我就一定能上头条。"米雪儿鼓着腮，"但宿衷理都没理我，我都蹲他住的酒店一个星期了……"

"你蹲他住的酒店一个星期？"辛千玉大惊，"你不怕他告你？"

米雪儿皱眉："他这种大人物日理万机，会因为这种小事告我？"

"他会！"辛千玉是真心为米雪儿担心，非常严肃地警告她，"他真的会！他一旦决定告你，基本上就不存在和解的可能。"

米雪儿眨眨眼，一脸疑惑："你怎么知道得那么清楚？"

辛千玉咽了咽口水，干咳两声，只说："啊，听说是这样，就是……你记得上次奚落我的那个大卫吧？宿衷以前就在大卫公司工作，我听大卫说，宿衷在一年内告了两个同事，一个同事被辞退了，另一个还差点坐牢。总之，他是一个很善于利用法律武器维护自身权益的人。"

米雪儿闻言大惊："天啊！你知道这种小道消息为什么不告诉我？我也好写进文章里。"

"我……我这不是没想起来嘛。"辛千玉喝了一口清酒，又语重心长地说，"总之，你别招惹他。他看起来斯斯文文，实际上是个硬茬。你也不想为了一篇大概写不成的专访而被告吧？"

米雪儿愣了愣，道："如果我被他告了，那我也就能上头条了吧？"

"……"这孩子疯了。

最终，在上市方案提交限期的最后一天，帅哥顾问顶着大大的黑眼圈将修改了十次的方案提交给辛千玉。辛千玉看着被工作摧残得容颜憔悴的帅哥顾问，心想：再帅又有什么用？多干几年应该就成秃顶大叔了。

关于谁主持上市项目的会议如期举行。

辛斯穆自然是志在必得，虽然她不会轻敌，但是她也很自信，总不能她辛苦大半年鼓捣出来的专业方案还不如辛千玉临时抱佛脚弄出来的计划书吧？

辛斯穆以自信又自我的姿态在董事会上对方案进行了展示，她口齿伶俐，方案也很详尽、专业，老爷子也挺满意，频频点头。

待辛斯穆完成汇报后，便轮到了辛千玉。

她看着辛千玉的眼神就像看着一条败犬。

辛千玉无视了她眼中的倨傲，打开了演示 PPT，开始他的汇报。汇报过半时，辛斯穆还没说话，她老爸就替她开口了："你这个方案看起来和小穆的很像啊，该不会是抄袭吧？"

"舅父，"辛千玉笑笑，"上市的流程都是有规定的，来来去去就这么几条门道，我们的方案有雷同的地方是很正常的。"

舅父并不买账："可是小穆做出来的比你早，你要是和她做的东西雷同，我们为什么要买你的账？"

"嗯，大部分是雷同的，接下来我将展示不一样的部分。"说着，辛千玉微笑着翻到了下一页，"那就是股权分配。在小穆姐的方案里，她作为总裁会获得 11% 的股份，我觉得这样太多了，如果是我，我只拿 1%。"

众人闻言大惊："你只拿 1%？"

"不错，当然，老爷子的股份是不能少的。"辛千玉认真地说，"在我的方案里，我只拿 1%，剩下那 10% 由辛氏资产管理有限公司持有。"

"辛氏资产管理有限公司？"在座的人都很蒙，"这是什么公司？"

"这是我打算新注册的公司。"辛千玉回答，"我会让辛氏族长担任公司的董事长，辛氏本家的所有亲族都是股东。辛氏资产管理有限公司会持有玉琢 10% 的股份，也就是说，只要是辛氏本家的人都能获得玉琢上市后的股权和分红。"

"你的意思是……"

"简单点说，就是我辛千玉把属于自己的 10% 拿出来分给在座各位以及各位的老婆、孩子、孙子。"辛千玉微微一笑，回答道。

董事会大部分成员都是辛氏主家的亲族，他们一听这个就热血澎湃。在辛斯穆的方案里，只有董事会的人能拿到股权。而在辛千玉的方案里，不但他们本人能受益，连他们的老婆、子孙都能分一杯羹，岂不振奋人心？

其实，辛斯穆花了大半年写就的方案确实更专业，但分红和股权摆在眼前，谁管什么专业不专业啊！

肯定要钱啊！

听到辛千玉的股权分配方案后，辛斯穆脸上的骄傲神色瞬间消失了。她知道，她败了。

然而，辛斯穆败得不甘心。

会议结束之后，辛斯穆直接走到老爷子的办公室，提出自己的看法："如果辛千玉的方案写得比我好，那我无话可说，但他胜出是靠慷他人之慨，让渡集团股权利益来满足本家亲戚，这一点我无法苟同！"

老爷子微微一笑，说："你不服气？"

"不错！"辛斯穆平日温良恭顺，关键时刻总是很硬气。

老爷子点点头，叹了口气："我明白你的感受，但你有没有想过，他的方案不及你的专业是因为他没有时间。"

"这不是借口。"辛斯穆寸步不让。

老爷子笑了笑："你有那么多时间，找了那么多咨询机构，那些专业人士有没有告诉你，我们玉琢集团上市最大的困难是什么？"

辛斯穆微怔，欲言又止。

"不怕，说出来吧。"老爷子道。

"就是本家亲戚把持董事会的问题。"辛斯穆大胆地说出口，"现在，辛千玉用分股权的方式来满足本家亲戚，这无异于饮鸩止渴。"

"你错了。"老爷子道，"他没有把股权分给本家亲戚。10%的股权是由'辛氏资产'持有，还是在他手里。"

"可他说董事长是族长，亲戚们是股东……"辛斯穆说着，忽然明白过来，脸色微变，"他只说了董事长是族长，亲戚们是股东，但他没说公司的实际控制人是谁。"

"不错，依我看，以那个滑头小子的性格，他不可能甘于只占1%的。'辛氏资产'既然是他注册的，他一定会确保这家公司是他控制的，也就是说那10%的股权还是他的。他所做的只是将分红让一些给那群亲戚。"老爷子淡淡道，"这就是我让小玉主持上市项目的原因。他比你懂得怎么和本家亲戚打交道。"

辛斯穆愣在原地："我……"

"他的方案不够专业，只要多花点时间，找顾问完善就能弥补。"老爷子平静地说，"你有那么多时间，没考虑到他在半个月之内想到的问题，这就是你输的地方。"

辛斯穆听到"输"字，脸色苍白，一句话都说不出来。

董事会表决通过了辛千玉的方案，辛千玉成了上市项目总裁。因为上市是集团现在的首要任务，其他项目都要为上市让路，辛千玉的势头也因此压过了辛斯穆。辛千玉在前方冲锋陷阵，更容易收获"战功"，而辛斯穆一直镇守大本营，主理后勤和日常业务，无论做出什么成绩，风头都是无法盖过辛千玉的。

朱璞、朱珠都有点担心，不知辛斯穆会不会背后捅刀。

辛千玉道："小穆姐不是这种没大局观的人。"

朱珠笑了："我看你还是别太相信人性比较好。"

"我不是相信人性，而是相信理性。"辛千玉耸耸肩，"小穆姐绝对属于那种理性大于人性的类型。上市项目要是被搅黄了，她作为玉琢的一员也没有好果子吃。她足够理性，只有上市成功了，她才能获益。"

朱璞皱眉道："但是，世界上的人哪儿都这么理性？"

"退一万步说，就算小穆姐突然吃错药不理性了，"辛千玉一脸淡定，"还有我妈盯着呢。"

朱璞想到平时对辛千玉持放养态度，一到关键时刻就会化身护崽老母鸡的辛慕，不觉安心了许多："那也是啊！"

辛千玉又说："最大的困难还是外部的，集团如何在短期内顺利上市。"

朱珠问道："不是已经有方案了吗？"

"方案都是纸上谈兵。"辛千玉皱起眉，其实心里也挺忧虑的，"现在经济不好，监管又严格，前路茫茫啊！"

米雪儿又联系了辛千玉，信息内容是："马上来！有笋盘（低于市场预期价格的房子，形容好货）推荐！"她还发了一个定位。

辛千玉看着这条可疑又可怕的信息，立即打了个电话过去。米雪儿接起电话，只说："没时间和你解释了，你快过来吧，过了这村就没这店啦！"

辛千玉心想：该不会又是什么无聊玩笑吧？

米雪儿发来的定位是锦鲤池日料店。

说起来，这家日料店是辛千玉最后一次和宿衷在国内吃饭的地方。因为有这样的意义，辛千玉看到这三个字眼皮就一跳。

不过，他并没有多想，只觉得是巧合。

毕竟，锦鲤池是很热门的餐厅，去那儿吃饭的人非常多，米雪儿在那儿就餐也不奇怪。

辛千玉在米雪儿的催促下驱车前往锦鲤池。

他到达之后，对穿着和服的迎宾小姐报上了米雪儿的名字，一名穿着和服的女服务员便带着他往里头走。辛千玉以为服务员会将他带去雅座，没想到服务员直接把他带到了后门，推开后门，是一处优雅的日式园林。

"这儿还有个后院？"辛千玉只来过这家餐厅两次，因此不知后门外别有洞天，是 VIP 区。

和餐厅前区的人满为患不一样，庭院属于 VIP 区域，相当幽静，私密性极佳。在服务员的带领下，辛千玉走了几分钟石头路，到了松柏和景观石环绕之下的一处静室。

辛千玉很讶异："这么高级的 VIP 区服务费应该很贵吧？米雪儿该不会是叫我来买单的吧？"

服务员拉开格子门，请辛千玉进去。

辛千玉走进了室内，但见雕花木梁下坐着一个眉目如画的男子。真是人生何处不相逢，老相识就在转角。

"衷……"辛千玉把几乎脱口而出的"衷哥"二字咽回肚子里，端起高冷总裁的派头，不冷不热地说，"宿先生？"

听到"宿先生"三个字，宿衷微微挺直了腰，缓缓站起来，对辛千玉伸出手："辛公子，久仰。"

听到"辛公子"三个字，辛千玉有些恍惚。

商场上，辛斯穆已先占了"辛总"这个名头，所以大家都知道避讳，不会唤辛千玉为"辛总"。然而，要是唤辛千玉为"小辛总"，又似乎不敬。辛斯穆是"辛总"，辛千玉只是"小辛总"？

后来，大家都习惯叫辛千玉为"辛公子"。

这两年，辛千玉听多了别人或客气或恭敬或讥笑地称他"辛公子"，宿衷用冰冰凉凉的语气说出"辛公子"三个字确实别有一番意味，让辛千玉心里五味杂陈。

这时候，坐在旁边的米雪儿高兴地站起来，让二人坐下，拉着辛千玉低声说："怎么样？我没骗你吧，确实是笋盘吧？"

辛千玉扯了扯嘴角："笋！"

雅室内燃着线香，闻着是很纯粹的白檀香。

吃东西的时候嗅着这样的香则不太怡人。辛千玉觉得这样会干扰味觉，会影响食物色香味的综合表现。不过他没说什么，只是蹙了蹙眉。

宿衷说："怎么，食物不合辛公子的口味？"

"嗯？"辛千玉一怔，"什么？"

宿衷说："我看你好像不是很满意的样子。"

听到宿衷这话，辛千玉震惊了，这都能看出来？这还是宿衷吗？

辛千玉马上想：难道华尔街真的那么云诡波谲、钩心斗角，生生把宿衷这个社交障碍都调教得懂察言观色了？

辛千玉摇摇头，挤出一丝笑容："嗯，宿先生……"

"不用这么见外，"宿衷道，"叫我宿衷就好。熟悉的人都叫我'衷哥'。"

辛千玉愣了愣，"衷哥"两个字死活说不出口。

米雪儿则像喜鹊一样欢快地叫唤起来："衷哥！衷哥！"

"你别这么叫我！"宿衷道，脸上还是冷淡的表情。

米雪儿一怔："你不是说熟悉的人都可以叫你衷哥……"

"我与你不熟。"宿衷淡淡道，好像又回到两年前那个无情的机器人模样。

辛千玉顿时觉得气氛很玄妙，宿衷在从前的 AI 模式和正常的人类模式之间来回切换，而且顺畅得很，他本人好像不觉得这样有什么问题，旁人却不免一惊一乍。

宿衷直接对米雪儿说了"我与你不熟"，场面一度有些尴尬，连喜鹊一样的米雪儿都沉默了片刻。

辛千玉干咳两声，缓解气氛，说："对了，你们是怎么在一起吃上饭了，还喊上我？"

米雪儿很快就扫去阴霾，继续叽叽喳喳地说："哦，是这样的，我自告奋勇要给宿先生出一篇采访，宿先生同意了！他好像对玉琢集团很感兴趣，还说想要投资呢！我看到有这么好的机会，当然得喊你来啊！"

辛千玉听到这话特别尴尬，但他并没有表现出来，表面上还是很平和，脸上保持着生意人的笑容："是吗？真是太巧了。"

他觉得场面也极其尴尬，但他又无法怪罪米雪儿将他带到这个尴尬的处境，因为米雪儿根本不知道前因后果。在米雪儿看来，就是一个特别有钱的大佬愿意给处于亏损之中的玉琢集团注资，这不是天大的喜事吗？作为辛千玉的朋友，她热心地牵线也是理所当然的。

辛千玉淡然笑道："是这样啊，真的很感谢宿先生的关注，现阶段我们集团的资金状况其实还是很健康的，而且董事会那边也没有引入外部投资人的想法。"

米雪儿听到辛千玉这么说，心里觉得有些奇怪，但并没有说出来，只是点头微笑。

宿衷听到辛千玉这么说，也微微颔首。

以辛千玉对宿衷的了解，宿衷既然决定给玉琢投资，那他必定对玉琢的底细很清楚，也知道玉琢目前亏损严重。

因此，辛千玉对宿衷的反应相当意外，他还以为宿衷会直接点破，说出"你们集团的资金状况都算健康的话，那世界上就没有亏损的企业了"这种话。

然而，宿衷什么都没说，并没有揭辛千玉的老底，只是淡然点头。

米雪儿觉得气氛有点奇怪，但到底哪儿奇怪，她又说不上来。

她便笑着举起酒杯，说："就算暂时不合作也没关系呀，先交个朋友嘛！"

宿衷认真地点头，双手递上了名片。

辛千玉忙与宿衷交换名片。

辛千玉装作不认识宿衷，宿衷也很配合他的表演——这也是一个让辛千玉意想不到的情况。

一顿饭下来，辛千玉什么味道都没尝出来，一直很恍惚，他好像不认识宿衷了。

他和宿衷相识多年，他以为自己是很了解宿衷的。

今天再遇，宿衷的每一个举动、每一个反应都远远出乎辛千玉的意料，就像变了一个人似的。

辛千玉感到错愕，过去的时光更似镜花水月，成了他一个人的梦境。

用过饭后，宿衷提出开车送他们回去。辛千玉说："不用了，我开车来的。"

宿衷顿了顿，说："好，那下回见。"

说完，宿衷就站在那儿，跟一块木头一样。

辛千玉和米雪儿上了车，辛千玉看了看后视镜，仍能看到宿衷如木头似的站在路边，不知在想什么，一副神游天外的模样。

辛千玉便想：这傻子又开始算数学题了吧？

宿衷的样子好笑，却让辛千玉心里骤生了亲切感，仿佛木头一样的宿衷才是他所认识的那个宿衷。

辛千玉发动汽车，先送米雪儿回家。

米雪儿见车子开出了，便将腹中的疑惑说出来："你为什么那么坚决地拒绝宿衷的投资？你想想，玉琢每天都在亏钱，上市吉凶未知，远水救不了近火，还不如直接接受宿衷的投资。"

辛千玉只说："他要投资，图什么？还不是因为玉琢要上市了，他想分股权？董事会那些三姑六婆、舅舅、叔父不会答应把股权分给外人的。"

米雪儿闻言，点点头："也是，玉琢董事会都挺排外的。"

"是啊！"辛千玉想到这个也有些头痛。虽然他姓辛，但是觉得亲族掌权未必是好事。

放下投资这个话头，米雪儿又挤眉弄眼地说："宿衷对我冷冰冰的，就对你和蔼可亲，你们有什么渊源吗？"

"没有吧？"辛千玉摇摇头，"你想多了。他对我和蔼可亲，是因为他看到了玉琢上市后的价值。他不是对我和蔼可亲，而是对钱和蔼可亲。"

米雪儿点点头："也可能是哦。"

米雪儿又美滋滋地说："今天也算是很有收获，他答应了我的独家专访呢！我将是全国第一个专访他的记者！这头条是稳了！"

"那就恭喜你啦！"辛千玉笑笑。

米雪儿对于能做宿衷独家专访的事情特别兴奋，自然也告诉了朱璞。朱璞听到宿衷的名字后反应也挺大，又听见米雪儿说带了辛千玉一起去吃饭，他被吓得差点从椅子上掉下去。

朱璞忙问米雪儿吃饭的详情，米雪儿便仔仔细细说了。

朱璞越听越觉得奇怪，眉头紧皱。

米雪儿问："怎么了？"

"没……没什么。"朱璞摇摇头，碍于辛千玉和辛慕的淫威，他没敢告诉她辛千玉和宿衷的过去。

当了上市项目总裁的辛千玉很快就开始了工作。他和帅哥顾问的见面也更多了，因此越看那个帅哥顾问就越觉得不帅了。

帅哥顾问看他也如此。

帅哥顾问一开始看辛千玉，还觉得这个传闻中的辛公子真是眉清目秀、气质不凡，现在他看辛公子就是一个没有人性的周扒皮。

辛千玉接触了更多人物后，决定让帅哥顾问回去继续改方案，帅哥顾问现在一接到辛千玉的电话就胆战心惊。

辛千玉刚给帅哥顾问打完电话，秘书就敲门进来，说："慕总找您。"

慕总就是辛千玉他妈，辛慕。

既然是老妈召唤，辛千玉也不能拖延，放下手上的工作就去了辛慕办公室。

为了辛千玉负责的项目，"从此女皇不早朝"的辛慕也开始上班了，真是可怜天下父母心！

辛千玉和辛慕由此暂时地母慈子孝着。

他推门进了办公室，就见辛慕正聚精会神地看着电脑屏幕。

看到辛千玉进来，辛慕关掉了电脑上播放的视频，说："听说宿衷来找你了？"

听到辛慕这句话，辛千玉几乎打跌："你听谁说的？"

"朱璞啊。"辛慕道。

辛千玉叹了口气："我就知道……"

"知道什么？"辛慕问。

辛千玉摇摇头，说："妈，你放心，我已经长大了，懂事了。我没答应他……"

"为什么不呢？"辛慕疑惑地说，"他不是想给玉琢注资吗？为什么不答应？你嫌钱腥？"

辛千玉噎住了："不……不是……钱也不是白拿的吧？"

"那当然，但可以谈的嘛。虽说天下没有免费的午餐，但有午餐好过没午餐。"辛慕说，"现在集团最缺的就是现金，你又不是不知道。"

"嗯，是……"辛千玉点头。

"钱是其次，最重要的是 M-Global 的影响力。玉琢有了
M-Global 的支持，上市会容易很多。"辛慕道，"你该不会是出于
私人原因而不答应吧？"

"我只是不想把事情搞得太复杂。"辛千玉淡淡地说，"再说了，
您不是反对我和宿衷走得近吗？"

"我现在不反对了。"辛慕答。

"什么？"辛千玉震惊了，但表面上还维持着平静，"那也没
意义，我已经拒绝了。"

"拒绝了也能反悔嘛。"辛慕道，"把他的价值榨干再一脚将
他踢开，不挺好吗？"

"不，"辛千玉摇头，"我觉得不大好。"

玉琢集团既然计划在短期内上市，自然不能走常规的 IPO 流程。
在这一点上，无论是辛斯穆还是辛千玉的方案都是一致的。他们都
选择了买壳上市，买壳上市速度快，能够有效地节约时间成本。买
了壳，就无须排队等待审批。买完壳通过重组整合业务即可完成上
市。对比之下，正常的 IPO 上市要耗上两三年，真是太久了！

然而，买壳也存在一定的弊端。买壳会涉及很多不可控的风险，
包括质量风险、要约收购风险和增发新股中的其他不可控风险。按
照过往案例，不少通过买壳完成上市的公司买到的壳中隐藏着财务
黑洞、隐含债务和法律诉讼等问题。在市场上找一个干净的壳就跟
在情场上找一个干净的男人那么难。

"上哪儿找这样的壳公司呢？"辛慕嘟囔道。

"不劳烦我们去找。"辛千玉说，"辛斯穆这大半年来肯定不
仅仅是写了一份漂亮的方案，而且初步的计划也在实施中，她应该
已经接触到一家有意向的壳公司了。"

辛慕闻言也觉得有道理："确实，辛斯穆不打没把握的仗。我
去打探打探。"

玉琢集团的老灵通辛慕以及小灵通朱璞都开始打探之前辛斯穆

接触过什么公司。

大概两人打探的举动太过大张旗鼓，辛斯穆都知道了。

辛斯穆便将辛千玉喊到自己办公室，说："有什么问题可以直接问我，不用拐弯抹角，都是一家人，有什么不妨放在台面上说。"

辛千玉也知道自己在背后打探确实有点上不得台面，于是也软下态度，赔笑道："咱们小穆姐是最有大局观的……"

"你知道就行。"辛斯穆将一份调查报告放到了辛千玉面前，"这是我看中的壳公司——飞扬科技。"

辛千玉连忙将调查报告拿到手里开始翻阅："这家公司是什么来头？"

"这家公司的创始人兼董事长名叫展飞洋。展飞洋经营不善，准备将公司卖掉。"辛斯穆说道，"六个月前，我找独立第三方对飞扬科技进行了尽职调查，这个是调查报告，和展飞洋所说的状况差不多。"

辛千玉听到"六个月前"，心里佩服辛斯穆的行动力。

"谢谢小穆姐！"辛千玉叹了口气，又问，"展飞洋有没有报价？"

"报价了，他希望以 2.5 亿元卖掉公司。"辛斯穆双手交叠放在办公桌上，目光往调查报告上瞟了瞟，"洗壳成本预估是 5000 万，所以加起来要花 3 亿。"

辛千玉沉默半晌，嗫嚅道："3 亿啊……"

若是以往，拿 3 亿出来毫无问题，之前辛千玉在马来西亚买学校，一口气就花了 30 亿。

现在，玉琢集团自身也在负债之中，而且近期因为黑天鹅事件没有收入，财政非常吃紧，账面上能动的钱约 6 亿，3 亿下去，就吃掉了一半，后续肯定还会产生费用，集团每天的运营也是要花钱的，6 亿也不知能支撑到什么时候。

辛千玉也和辛慕说出了自己的顾虑。

辛慕说："不就是 3 亿吗？"

听到"不就是"三个字，辛千玉眼前一亮："怎么，您有钱？"

辛慕说："不是有宿衷吗？莫说是3亿，就是30亿，300亿，他也拿得出来吧？"

"……"辛千玉立即蔫了下来，"宿衷的钱关我什么事？"

辛慕道："儿子啊，你别那么倔行不行啊？你跟宿衷过不去，我没意见，但你跟钱过不去就是神经病。"

辛千玉也挺拧巴的："这不是我一个人的问题，也是董事会的问题。M-Global也好，宿衷也罢，都不是慈善家，而是资本家，你信他真的会为了我而仗义疏财？"

"谁管他真的假的？"辛慕说，"钱是真的就行。"

辛千玉一噎："他若是投资，肯定是要拿股权的。董事会那群三姑六婆肯把股权分给外人吗？"

辛慕笑了："你这话拿来堵别人还行，堵我就不成了。那群三姑六婆，哪一个玩得过你？"

"啧，我就是个小辈，还真成精了不成？"辛千玉摆摆手，找了个借口就溜了，实在不想和辛慕继续对话下去。

因为无论他说什么，辛慕都会建议他接受宿衷的投资。

第七章　学习开玩笑

　　离开辛慕办公室后，辛千玉看了看时间，已经中午了，就独自去餐厅吃饭。

　　这家餐厅在玉琢附近，口味十分符合辛千玉的喜好，因此，只要在本部上班，辛千玉十有八九会来这里用餐。

　　这是一家会员制的餐厅，一般外人很少来。辛千玉随意地在餐桌旁坐下，一抬眼就看到大卫和蕊蕾二人走了进来，嘴里也不知在说什么，眉目间似有忧愁之色。

　　二人和辛千玉的目光对上，也怔了一下。

　　辛千玉可不打算把时间浪费在这两个人身上，低头就看菜牌。

　　大卫以为辛千玉低头是示弱的表现，便和蕊蕾一起走了过去，还不客气地坐下，说："这个位子没人坐吧？"

　　坐下来了才问"没人坐吧"，挺莽撞的。

　　辛千玉冷笑："没人坐，是给狗坐的。"

　　大卫脸上一僵，心想：这辛千玉不愧是姓辛的，真是够辣，从前怎么没看出来？

　　尽管辛千玉暗讽大卫是狗，但大卫看起来一点都不生气，还自顾自地跟辛千玉聊起天来，脸皮厚过长城。所谓伸手不打笑脸人，辛千玉也没有继续讽刺他。辛千玉见大卫的态度转变这么大，一时好奇，很想知道大卫有什么企图。

　　大卫又笑着说："你有没有后悔当初和宿衷闹掰啊？"

　　辛千玉没想到大卫忽然提这一茬，眉头皱了皱："跟你有关系？"

"唉，我挺后悔当初没留住他……"大卫好像找到了"同是天涯沦落人"的感觉，叹息着说。

辛千玉却不想和他惺惺相惜，只说："如果他被你留住了，那后悔的就是他了。跟你混，最厉害也就是蕊蕾那样，哪有现在风光？"

坐在旁边的蕊蕾莫名被刺了一句，却只能保持淑女的微笑。

辛千玉冷哼一声："有事说事，没事的话就请离开，不要打扰我用餐。"

大卫觉得自己这样和辛千玉攀谈已经很客气了，没想到辛千玉这么不识抬举，越对他客气，他就越来劲，说话句句带刺，让人难堪。大卫有些撑不住，便也沉下脸，道："辛公子，虽然你是富家子，但是三十年河东，三十年河西，谁也不知道风水会怎么转。你们集团现在恐怕也有很多金融服务方面的需要吧，多个朋友多条路，凡事留一线，日后好相见！"

辛千玉"哧"的一声笑了："你前几天在宴会上嘲讽我的时候怎么不跟自己说'凡事留一线'？现在对我和颜悦色，怕不是你自己屁股着火有求于人吧？还想我给你什么好脸？做梦去吧！"

大卫的脸色唰地白了，他实在想不到辛千玉说话这么犀利，还真让辛千玉一语点破了事实。

就在这时，一名服务生走了过来，递给了辛千玉一张纸条："这是雅间的先生给您的，请您到雅间叙话。"

辛千玉展开纸条一看，上面写着：事关买壳。

"哪个雅间？"辛千玉立即站起来，问道。

按理说，如果是在普通的场合，辛千玉是不会轻易被一张纸条带走的。现在则不一样，一则是大卫跟苍蝇似的烦人；二则是买壳这件事触动了辛千玉的神经；三则是能在这家会员制餐厅坐雅间的人一定是个人物，不妨一见。

于是，大卫和蕊蕾只能眼巴巴地看着辛千玉被服务员带走。

服务员将辛千玉带到了雅间，并推开了门，里头坐着的正是宿衷。

辛千玉微微一怔，竟然没有太惊讶，反而有种"果然是你"的感觉。

他在宿衷面前落座，说："没想到又是你。"

"嗯。"宿衷微微点头。

辛千玉也不想转弯抹角，开门见山地说："关于买壳，你作为专业人士有什么意见吗？"

宿衷似乎很习惯这种直奔主题的谈话方式，便回答："在融资规模和上市成本上，买壳上市与直接上市存在着极为明显的差距。如果我是你的话，不会选择买壳上市。"

辛千玉没想到宿衷的专业意见是这么显而易见的事实："IPO耗时久，这不是耗不起吗？"

宿衷道："上次你不是说贵公司的现金流非常健康，不缺钱吗，怎么会耗不起？"

辛千玉噎住了，总不能说"我上次是吹的"。见辛千玉的脸色瞬间变得不太好看，宿衷自悔失言，立即解释："请别在意，我刚刚是试图开玩笑缓和气氛。"

辛千玉像是听到了天方夜谭："开玩笑？"

"嗯，开玩笑。"宿衷用讲解数学题一样的语气说，"我这个玩笑是不是不好笑？"

辛千玉有些尴尬地摸摸鼻子："嗯，是。"

宿衷有些挫败："啊，是这样啊。抱歉，我还在学习之中。"

"学习？"辛千玉摸不着脑袋，"学习开玩笑？"

"我在学习社交。"宿衷认真地说，并且拿出了平板电脑和触控笔，像是准备记录什么，"你认为我刚刚的玩笑失败在哪里？是因为有冒犯感吗？"

"嗯……有一点。"辛千玉摸摸脑袋。

宿衷点头道："为什么会让你觉得有冒犯感呢？能展开说说吗？"

"啊？"辛千玉被问倒了，"我也说不上来。"

"嗯，那可以做道选择题吗？"宿衷用触控笔点了点平板电脑的屏幕，不知调出了什么，念道，"A.涉及个人隐私；B.玩笑的程度超过心理承受范围；C.这个玩笑带有恶意嘲讽性质；D.……"

看着一本正经地研究玩笑的宿衷，辛千玉既惊诧，又有一种"果然如此"的感觉，果然还是他认识的那个宿衷。

这熟悉感让辛千玉不自觉地会心一笑："你还就玩笑展开了这么深入的研究？"

宿衷说："是的，社交是一门非常深奥的学问，我在努力学习。"

辛千玉很讶异："我以为你不在意社交。"

宿衷答："我只是不擅长。"

辛千玉点头："其实你也不用擅长，就你以前那样高冷疏离也挺好的，自己舒服就好。"

"可你不是不喜欢吗？"宿衷歪了歪脑袋，像一只看着主人的金毛寻回犬。

辛千玉一愣，一句"我没有不喜欢"几乎脱口而出，但话到嘴边又咽了回去。他清清嗓子，道："还是说回正事吧，你说不建议我买壳上市，还有别的原因吗？"

"你如此生硬地转换话题，是因为我刚刚说了什么让你尴尬吗？"宿衷拿着笔，认真地问道。

对于宿衷的严肃态度，辛千玉颇有些哭笑不得，好笑的情绪让他松弛了不少，没有了与宿衷重逢的紧张感。辛千玉托着腮道："人际交往的小提示，当别人明显不想谈论某个话题时，请不要盘根究底。"

宿衷受教地点头，在平板电脑上记录下来。

辛千玉看着低头做笔记的宿衷，心里竟再次涌起了"这人真有趣"的感叹。

从前与宿衷相处时，辛千玉无数次感叹"衷哥真有趣"。他有时候也分不清到底是宿衷有趣，还是他对宿衷的滤镜太厚。

现在，宿衷露出与以往不同的样子时，辛千玉仍被打动了，他真是中了宿衷的邪了？

辛千玉的背微微往后，强硬地拉开自己与宿衷的距离。

宿衷记完笔记后抬起头，开口道："买壳是存在一定风险的，谁也不知道这个壳到底是什么情况，其中隐藏的风险你必须明确。"

辛千玉一时没反应过来："什么？"

宿衷道："你刚刚不是问我对买壳还有什么看法吗？"

"啊，对，是……"辛千玉磕巴起来，他都忘了，宿衷倒是记得牢，他强迫自己将思维转回公事上，"我们已经委托独立第三方做了调查……"

"就算做了尽职调查，也可能有疏漏的地方。一家公司的股东想对外隐瞒负债情况，其实还是很容易的。"宿衷淡淡道，"更别提独立第三方了，不一定完全公正。"

"还有这种门道吗……"辛千玉有些头痛。

"是的，就算是大财团买壳都有被蒙骗的可能，更别说你这样的新手。"宿衷回到公事上，说话也有些不客气，"我不认为你有辨别的能力。"

虽然宿衷的话不客气，但是辛千玉完全可以接受。这方面他还是很虚心，但这事也挺闹心，他说道："如果不买壳……"

宿衷道："M-Global 可以给玉琢注资。"

唉，又回到了这个话题上……

辛千玉叹了口气："我再考虑考虑吧。"

宿衷颔首："随时联系我。"

辛千玉也点头："谢谢！"

这次的感谢不是客套话，是认真的。他能感受到宿衷的善意。就算对方是宿衷，辛千玉也不觉得自己可以坦然地接受对方的善意并视为理所当然。

宿衷看着辛千玉："那可以把我从黑名单里放出来了吗？"

辛千玉咽了咽口水："可以……"

说起来，辛千玉好像把宿衷拉黑两年了。

这次在餐厅与宿衷偶遇，辛千玉只当是平常。

然而，之后辛千玉接二连三地与宿衷在这家餐厅"偶遇"，这"偶遇"就变得没那么偶然了。

辛千玉是这家餐厅的常客，常来是很正常的。宿衷却不然。金融街离这儿十五分钟车程，一般人不会选择离公司这么远的地方用午餐。

辛千玉并不想探究宿衷为什么会三番五次地出现在餐厅雅间里。

这天，辛千玉来到餐厅，经理上前跟他说："宿先生今天没来，但他说他的雅间可以供您使用。"

听到宿衷没来，辛千玉心里说不出什么感觉，略略松了一口气，又觉得内心深处有些空。

"嗯。"辛千玉说，"那是宿先生的包间，我也不好用他的。我在大堂吃就好。"

经理便将辛千玉领到窗边的位置用餐。

辛千玉刚坐下，就见一个熟悉的身影出现在眼前。

"蕊蕾？"辛千玉抬起头，有些意外，"你怎么在这里？"

他对蕊蕾没什么好脸色。

蕊蕾不愧是职场老人，能屈能伸，微笑着坐下，笑容里还带着几分讨好。

联想到上次的见面，辛千玉心下疑惑："找我有什么事？你们是买方，不用跟我赔笑脸吧？"

"已经不是了！"蕊蕾深深叹了一口气。

"什么意思？"辛千玉惊讶地问道。

"大卫和我已经换工作了。"蕊蕾一脸郁闷地说，"过去的事情是我们不对，还请辛公子不要放在心上才是。"

"好好的，怎么换工作了？"辛千玉想到大卫和蕊蕾的前倨后恭，心里有了猜测，"你们该不会被辞退了吧？"

蕊蕾笑笑说："倒也没这么惨，算是被'劝退'。退了之后，我们就遭到了封杀，好的投资公司进不去，现在去了一家证券公司。"

"哦，原来是这样啊！"辛千玉听到他俩这么落魄，一点也不同情，还觉得应有此报，"你们得罪什么人了，居然遭到封杀？"

"还能是谁？"蕊蕾挑了挑眉，"可不就是宿衷。"

"宿衷？"辛千玉闻言微怔，他原本想说宿衷没这么狠吧。但他咽了咽口水，又不敢断言，因为有时候宿衷确实挺狠的，凯文不就差点被宿衷送进牢里。

想起以前的事情，辛千玉微微一笑，挺不客气地说："以前你们封杀他，现在轮到他封杀你们，这就叫风水轮流转。"

"我可没封杀过他，都是大卫做的。"蕊蕾赶紧撇清，"像我这样的虾兵蟹将有什么本事对付他？我都是被人当枪使的……说起来，我什么都没捞着，反而惹了一身骚。我也是受害者。"

辛千玉不想和蕊蕾继续这个话题，便冷冷地说："可是，这和我有什么关系呢？"

蕊蕾合着手说："我知道你现在和宿衷的关系不错……"

"打住。"辛千玉下意识地握紧手里的刀叉，神情警惕又戒备，"我和他早绝交了，你们不知道吗？"

蕊蕾蹙眉道："可我听说你们和好了？"

"听谁说的？"辛千玉说，"你自己想想都知道不可能，就我和宿衷的性格，怎么会和好？"

蕊蕾道："谁知道呢？大卫说是因他对你出言不逊，才被宿衷整了！"

辛千玉心中一紧，脸上却淡淡的："大卫这是恶有恶报，跟我有什么关系？别胡说八道，我也不想在吃饭的时候有人跟我说些不相干的事，烦也烦死了！"

"对不起！"蕊蕾立即道歉，又说，"关于玉琢上市的事宜，说不定我们公司能帮上忙。"说着，蕊蕾将名片递给辛千玉，"我们公司手上也有可用的壳公司，您有兴趣的话可以参考一下。这方面我们是专业的，有口皆碑，壳都是洗干净再卖的，保证没问题。"

辛千玉听到有干净的壳卖，顿时来了精神："你早说这个就好了，跟我唠半天宿衷干什么？"

吃完午饭之后，辛千玉刚回到玉琢就接到了展飞洋的电话。展飞洋是飞扬科技的创始人，飞扬科技这个壳公司是辛斯穆选中的。如今辛斯穆已经不插手上市项目，就直接让辛千玉和展飞洋接触。展飞洋给辛千玉的报价和给辛斯穆的一样——2.5 亿。

展飞洋对辛千玉说："辛公子啊，我就打开天窗说亮话了。你们的老对手秋实教育也联系我买壳了。"

听到这个，辛千玉微微凝眉，他其实也听到了风声，说秋实教育准备上市，也想走玉琢的路子，买壳上市。

之前，盗版教材和 AA 协会的事情，秋实教育就给玉琢使绊子，这次又和玉琢抢壳，真是老对手、老冤家。

辛千玉说："谢谢你告诉我这个消息。"

展飞洋说："不客气，我只是想跟你说，你真的要买就买，不买拉倒。我就卖给秋实了。"

辛千玉眉头微蹙："我们倒是很有诚意要买……"

"有诚意就给钱嘛！"展飞洋说话流里流气的，"我知道你们公司现金吃紧，这样吧，你先付 1 亿定金，这个壳就算定给你了。剩下的钱可以分期付完……"

辛千玉笑道："1 亿也不是一个小数字。"

展飞洋笑道："辛公子，你可以理解为，秋实教育抢着要的价值 3 亿的壳，你花 1 亿就能抢过来。"

辛千玉一怔："3 亿？不是 2.5 亿吗？"

展飞洋道："哦，对了，忘了跟你说，我决定涨价了。"

这个展飞洋可真是不厚道，直接坐地起价。

辛千玉很沉得住气："嗯，我会慎重考虑的。"

展飞洋"哼"一声笑道："等你考虑完秋实都上市了！"

辛千玉将电话挂了，沉吟半晌，又拨通了蕊蕾的电话。

辛千玉约了蕊蕾吃晚饭，没想到大卫也来了。蕊蕾跟在大卫身边，如同一只尽职的花瓶，保持微笑，适时发言，不过基本上都是大卫在发表意见。大卫对辛千玉极尽奉承之能事，开口就夸辛千玉青年才俊，闭口就说辛千玉慧眼如炬，仿佛之前贬低辛千玉的那个大卫是被鬼上身了一样。

辛千玉对大卫这种油腻中年男子的马屁不感兴趣，只说："说说壳的情况吧。"

大卫便说："这个壳是早年就囤着的，一早洗完大澡了，1亿就能卖给您，保管没有任何债务问题，是最干净的。"

辛千玉接过大卫递来的资料，翻看了几页："洗干净的？"

"当然！"大卫答，"您若是不信，可以去打听打听，我们公司囤的壳挺多的，卖壳也不是第一回了，没有一次出问题的。"

辛千玉笑道："1亿，这么便宜？"

"是便宜，但咱们公司的规矩是一次性付款。"大卫答。

辛千玉点点头。

大卫又赔笑说："辛公子财大气粗，1亿也算钱吗？是吧？"

辛千玉笑道："1亿还不算钱哪？真的是开玩笑！"

三人正说着话，有人敲包间的门。

辛千玉他们原以为是侍应，却不想是宿衷。

现在一看到宿衷，大卫就心里一紧。

大卫原本是百亿财团老总，风光无限，却因为宿衷而沦落到为1亿的单子低声下气地求辛千玉这样的人。大卫心里是有怨愤的，但面对宿衷，他是恐惧多过怨愤。

一见到宿衷，大卫忙站起来，笑得跟一朵灿烂的菊花一样："这么巧，宿总也在呢？"

宿衷点点头，说："我来这边吃饭，看到你们也在，就来打个招呼，没打扰吧？"

听到宿衷说着如此客气的场面话，蕊蕾和大卫都震惊了。

辛千玉已经习惯宿衷的转变了，已不会再一惊一乍了，只说："没事，你也来坐坐吧。"

宿衷便进来坐下。

　　辛千玉对宿衷有一种天然的信任感，信手就将资料放在宿衷面前："不知你有没有听说过他们就职的证券公司？大卫说他们家的壳子都特别干净，是真的吗？"

　　宿衷没看资料，顿了顿，只说："他们公司的壳是一早洗过的，应该是干净的。"

　　大卫听到之后笑逐颜开："是啊，您看，宿总也这么说呢！"

　　"但他们证券公司本身不太干净。"宿衷说。

　　大卫那菊花一样的笑容立即萎靡："这……这话可不能乱说啊！"

　　宿衷进来后就一直看着辛千玉，直到现在才施舍大卫一个眼神，但说出口的话十分冰冷："没什么事的话，你们可以走了。"

　　大卫想骂娘，但还是带着蕊蕾灰溜溜地离去了。

　　辛千玉看着他们离去的身影，无语地摇摇头。

　　宿衷看着辛千玉，说道："你是不是应该感谢我？"

　　"为什么？"辛千玉瞥宿衷一眼，"就算你不提醒，我也不会跟他们买壳的。我不和信不过的人做生意。"

　　宿衷似乎有些意外，又很疑惑："那你为什么约他们见面？"

　　"我想了解了解市场行情。"辛千玉托着腮，脸上带着几分富家公子特有的骄矜，"顺道耍耍他们。"

　　宿衷道："那你为什么不约我，找我了解市场行情？"

　　"啊……"辛千玉愣了愣，转过脸。

　　"我知道了，"宿衷说，"我又说了让你尴尬的话。"

　　辛千玉默认了。

　　宿衷又道："那我们是不是应该生硬地转换话题？"

　　辛千玉有些哭笑不得："嗯，可以。"

　　宿衷说："上市对一家公司来说是极为重要的一步，而上市方式的选择对公司日后的发展有着难以估量的影响……"

　　"我知道。"辛千玉眨眨眼，"你又在劝我放弃买壳上市，对不对？"

"我还是想不明白，"宿衷说，"你为什么那么抗拒接受M-Global的投资？"

辛千玉咽了咽口水，他的心情其实很复杂，但他还是采取了最官方的，也就是他用来应对辛慕、朱璞和米雪儿的统一标准答案："我们公司的情况你可能还不太了解，董事会成员都是姓辛的，他们不会乐意接受外姓人。"

"既然如此，那还为什么要上市？"宿衷说。

辛千玉咳了咳，说："这是不一样的。我想，如果你要注资的话，应该会争夺话语权吧。"

"你们公司有一个很大的问题，就是亲族的霸权。"宿衷一针见血地说。

辛千玉无奈地耸耸肩："是啊……很多咨询公司都指出来了。"

宿衷说："其实，解决这个问题的最好办法就是引进外部投资人，用资本的力量来打破这种亲族的独裁。另外，你们公司内部也很少有人懂得资本运作的逻辑，上市后会非常吃亏，这也是你们需要M-Global的原因。"

辛千玉沉默了，不得不说，宿衷的每一句话都说到了点子上，但辛千玉的自尊心像一把尖锐的刀子割着他的心。

辛千玉抬起眼皮："你为什么要帮我？"

"你可以理解为我是在进行有价值的投资。"宿衷说，"我不是在帮你，我们是互惠互利。这是一个双赢的情况。"

大概是见宿衷多了，辛千玉渐渐从与他重逢的震惊里缓过来，理智渐渐回笼，心里的念头越发明晰，终于认真审视起宿衷的建议。

辛千玉想：宿衷确实是人人传言的"大白鲨"，他是一个出色的投资者，可不会随随便便地花钱。他既然要投资玉琢，自然是有利可图。我让他投资，不是乞讨他的钱，而是帮他挣钱，怎么我就自尊心作祟，生怕拿了钱就矮了他一头呢？

不过，辛千玉说董事会排斥外姓人并不是托词，而是真有其事。他如果贸然说要引进外部投资，还要让出股份和投票权，恐怕谁都不会太痛快。

辛千玉在董事会上主要说了两个问题，一个是秋实教育来抢壳，导致买壳成本超出预期；另一个是 M-Global 有意向投资，不但可以缓解集团资金危机，还会帮助玉琢赴美上市。

辛舅父是第一个反对的："谁知道这个外姓人是什么心思？这些美国金融大鳄嘴巴都很大的，一口把我们吞掉，我们还不知道发生了什么事呢！"

其他叔父姨婆也都心怀顾虑。

辛千玉沉默半晌，说："按照小穆姐的估算，我们买壳上市之后，市值大概是多少？"

辛斯穆慢悠悠地回答："100 亿。"

"行，100 亿是吧？"辛千玉笑笑，"按照 M-Global 的说法，如果我们赴美上市，他有信心让我们的市值达到 150 亿！"

此言一出，四座皆惊，没有人关注这个投资人是外姓人了……别说是外姓人，就算是外星人都无所谓。

然而，身为辛斯穆父亲的辛舅父仍持反对意见，拉着几个人一起反对。

辛千玉也没想过能够一口气说动所有人，但他相信，没有人能抗拒金钱的魅力。现在集团缺钱，而宿衷有钱，这就意味着离他获得大部分人的支持不远了。

辛千玉注册的"辛氏投资管理公司"也办好了，他原本只是想把这个公司拿来给亲戚们分红用，没想到他刚成立公司，就有老同学找上门来，问他："辛公子现在是不是要做投资？不如投资我呀？"

辛千玉本来想说"我就是搞个空壳公司来分红的"，但听到"投资"二字，眼前忽然浮现出宿衷的脸，他鬼使神差地说："你说说，我看看。"

那老同学乐不可支，十分恭敬，犹如伺候祖宗一样请辛千玉到自家工作室坐坐。说是工作室，看着就是个小作坊，辛千玉也不觉得有什么，毕竟，创业谁能体面？

老同学在做手游开发，让辛千玉试玩了一下。辛千玉觉得这游戏挺有趣的，就是有点粗糙。老同学说："粗糙是正常的，有钱谁不想做精致些呢？"

　　辛千玉觉得好玩，就问："你还差多少？"

　　老同学说："200万。"

　　辛千玉一阵怆然："你现在穷到200万都要借了？"

　　老同学一脸菜色："我爸不支持我的事业，非要我回去继承我家的矿。"

　　辛千玉拍拍老同学的肩头："行，你给我一份计划书，我回公司走走流程再通知你。"

　　老同学感动得几乎落泪。

　　其实投资的事情，辛千玉也不太懂，回头一想，觉得自己和那老同学虽然是老交情，200万也是他随时能拿得出手的，但是要真的被坑了，也是不爽的。辛千玉想了想，打电话跟宿衷说了这回事，宿衷说："那我也去看看。"

　　挂了电话后，辛千玉才觉得自己这是麻烦人家宿衷了。让宿衷去看一个价值200万的投资计划，不就等于叫辛千玉去卖二十块钱的奶茶吗？

　　然而，宿衷似乎很乐意帮这个忙，第二天准时出现在约定地点。

　　辛千玉和宿衷一起去老同学的工作室逛了一圈。老同学陪在宿衷身侧，笑着给他们泡茶，说："这位先生我虽然第一次见，但是觉得很面善。这位先生气宇轩昂，一看就是贵人。"

　　宿衷说："你差500万，是吗？"

　　"200万……"老同学说。

　　宿衷说："要做就做到最好，我给你投2000万，好好干。"

　　老同学感动得快要落泪："您真是个大善人啊，宿先生！"

　　宿衷一怔："你怎么知道我姓宿？"

　　老同学不好意思地说："嗯，我看了今天的热搜……"

　　"热搜？"宿衷和辛千玉都愣了愣。

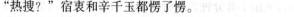

辛千玉忙拿起手机，果然看到宿衷上了热门话题，原来是米雪儿的采访出炉了。米雪儿虽然是财经记者，但因为战场在社交媒体，所以标题总是取得很吸引人眼球，这回的专访副标题是"M-Global总裁宿衷：我最后悔的事情就是来了华尔街，尽管挣上百亿我也是不幸福的"。

网友们纷纷调侃：

"后悔挣了100亿？"

"现在的有钱人能不能朴实一点……"

"百亿不幸宿总裁！"

"请把这不幸给我承受吧！"

"只有我在看他的脸吗？"

"好帅啊！"

……

总之，宿衷因为"百亿不幸"的发言而上了热搜，他的容貌和气质更为他的热度添砖加瓦。

然而，宿衷并不想红，这些热度对他而言是困扰多于好处。

不过，这篇采访火了，也是有人受益的，比如米雪儿。

米雪儿出了一篇阅读量如洪水般的文章，简直开心得三天三夜睡不着觉。

为此，米雪儿还打电话向辛千玉致谢，并邀请他一同去晚会上喝酒。

辛千玉应邀而去，在晚会上又看见了宿衷。

其实这并不奇怪，毕竟这是一个行业聚会。让辛千玉感到意外的是，宿衷身边站着汤玛斯和李莉斯。

汤玛斯就算了，毕竟是宿衷的助理，跟着宿衷来亚洲很正常，但李莉斯呢？

辛千玉的酒兴瞬间淡了几分，他漠然地转过脸，独自走到阳台上吹风。

在阳台上站了几分钟，就听到李莉斯的声音从背后传来："是辛千玉吗？"

辛千玉拧了拧眉，满脸不爽，但转过脸的时候又挂上了职业假笑："是你啊，你不是在美国总部吗？"

李莉斯笑道："嗯，老宿要来亚太区当总裁，我当然要跟着来。毕竟我们关系好嘛！"

辛千玉冷笑："是吗？你们关系那么好，为什么两年了你都没把他拿下啊？是你不行还是他不行？"

李莉斯的脸僵了半秒，但很快她就摆出委屈的表情："你这么说是什么意思？我和他只是朋友。"

"别跟我说这个。"辛千玉以前不愿意和李莉斯虚与委蛇，现在就更没有顾忌，冷冷地说，"我没兴趣知道，你爱咋咋地，反正他的事都和我无关……"

"无关了吗？"宿衷的声音在门边响起。

辛千玉循声望去，见宿衷一身白衬衫，白西装搭在手臂上，看起来十分俊朗，脸上却是与这副白马王子打扮并不相配的脆弱和茫然。

气氛很尴尬，更尴尬的是宿衷旁边还站着汤玛斯。

汤玛斯恨不得自己是个聋子，干巴巴地说："其实我的中文不太好，你们刚刚说的话我一句没听懂。"

辛千玉别过脸，没说一句话，转身就走了。

李莉斯楚楚可怜。

宿衷视她如无物，径直往辛千玉离开的方向追过去。

辛千玉给米雪儿发了一条信息，说自己先回去了，便走出了会场。

没想到，宿衷从背后追了上来。

辛千玉盯着宿衷，越发感到意外，好像自己生气，宿衷追上来，这还是头一回。

宿衷还是那个委屈的样子："你去哪儿？"

辛千玉转过脸，说："我先回家。"

"我送你吧。"宿衷道。

辛千玉道："我自己开车。"

"那不可以，"宿衷断然道，"你喝了酒。"

辛千玉这下哑巴了。

宿衷领着辛千玉上了自己的车，并非常熟练地往辛千玉家的方向开去。

辛千玉怀疑宿衷一直在跟踪自己，不然怎么老是偶遇，还知道自己住在哪儿？

宿衷跟踪自己？

这个念头让辛千玉莫名发冷，他忍不住搓了搓手臂。

"冷吗？"宿衷问。

"嗯。"辛千玉轻轻点头，他现在对宿衷会察言观色这件事已经不感到惊讶了。

宿衷从储物格里拿出一条淡棕色的羊绒毯子。

看到那条羊绒毯子的瞬间，辛千玉愣住了。

这是他从前用惯了的毯子。

以前在学生宿舍，辛千玉就习惯披着它。他们合租以后，辛千玉也经常披着这条毯子坐在沙发上看电视。

这条毯子……应该放在他们从前住的地方吧？

他们从前住的地方……

辛千玉恍惚起来。

自从决心和宿衷绝交之后，辛千玉就再没回那儿了。

说起来，他放在那儿的衣物、生活用品，现在都在哪儿？按理说，应该都被宿衷清走了吧？

然而，当看到宿衷自然地拿出旧毯子的那一刻，辛千玉不确定了。

辛千玉披上毯子，干巴巴地说："这么旧了，你还没扔呢？"

"这是你的东西，"宿衷道，"所以保留着。"

辛千玉别过头，说："别人披过吗？"

这问题问得太怪了，辛千玉也不知自己为什么会问这个。

宿衷似乎也觉得很奇怪，道："为什么要给别人用？"

辛千玉控制不住自己的情绪，有些不阴不阳地说："万一别人也冷了呢？"

"关我什么事？"宿衷疑惑地说。

"……"辛千玉一时无言以对，胸中那股不阴不阳的气好像也散了。

辛千玉拢了拢毯子，又说："那个李莉斯怎么不在美国？"

"这是总部决定的人事调动。"宿衷说。

辛千玉其实也大概知道应该是李莉斯主动申请跟着宿衷来亚太区的。

辛千玉嘟囔说："她可真是费尽心机。"

宿衷仿佛不理解："你很关心她？"

辛千玉一怔："谁说的？"

宿衷仿佛不高兴："你刚刚还问她。"

"……"辛千玉不知该怎么回答，只得望向窗外。

宿衷将辛千玉送到楼下。辛千玉将毯子放下，准备下车，却听见宿衷说："以前的东西都在，你有什么想要的，可以回来拿。"

辛千玉闻言一怔，心烦意乱地说："我没什么想要的。"

"也是。"宿衷说，"你连我这个朋友也不要了。"

辛千玉心头一悸，却假装没听见，径直推开门下车。

"我说的是真的，但没有人相信我。"宿衷的声音里充满苦恼。

辛千玉忍不住回头："什么？"

"我最后悔的事情就是去了华尔街，无论获得了什么都仍感到不幸。"

宿衷凝视着辛千玉。

宿衷的眼睛像两个旋涡，这使得辛千玉有些害怕，他认为自己应该转身就跑，离宿衷远远的。然而，那旋涡好像已经产生了吸力，将辛千玉的双脚牢固地困在原地。辛千玉甚至被蛊惑，问出了根本不应该问的问题："为什么？"

为什么？

为什么？

或许，他们重逢的第一句话就应该是这个。

辛千玉的心里简直挤满了十万个为什么。

为什么要回来？

为什么不快乐？

为什么你变了？

……

这每一句为什么都模糊地指向一个答案，就是宿衷想修复和他的关系。

辛千玉不是没想过这个可能。就算他再努力控制自己不去想，但身边的人总会时不时地提醒他：宿衷想跟你和好吧？

好像是这样吧？

辛千玉无法像鸵鸟一般忽视这个想法，但他从来都假装很坦然，又非常谨慎地回避这个话题。

他不想知道答案。

他怕答案是这个，又怕答案不是这个。

因此，在问出"为什么"的当下，他就已经后悔了。

"因为我想和你做回朋友。"宿衷回答。

他的声音不大，但在这寂静的夜里已经足够响亮。

辛千玉往后退一步："这不可能。"

这句话落入风里，辛千玉一抬头就看到宿衷失望难过的表情，但宿衷很快就调整过来，问道："为什么？"

"为什么？"辛千玉想起当初的事情，那时候的他满怀怨愤，但那份怨愤就像掉进溪流里的鹅卵石，在时光的洗礼下渐渐被磨平，变得光滑而不伤人。辛千玉倒是平心静气："所有人都觉得我不配成为你的朋友，恐怕连你也是这么想的。"

宿衷一愣："我没有这么想。"

辛千玉总是无法对宿衷的认真生气，因为他知道宿衷说的是真话。宿衷的本心是无害的，但他的言行能伤人。

"大概你从来不知道吧，我和你待在一起时，你总是爱理不理，全凭我死缠烂打。"辛千玉摇头苦笑，"我不想这样了。"

宿衷一怔，半晌点头："那就不这样了吧。"

听到宿衷这么说，辛千玉心里像踏空了一块。

"换我来。"宿衷说。

辛千玉愣在原地。

让辛千玉没想到的是，他和宿衷的纠葛给他带来了一个麻烦。

翌日，他们二人的照片就被人发到网上了，辛千玉也尝试了一把上热搜的滋味。

宿衷前两天才因为"百亿不幸"火了，热度还未退，又传出与玉琢集团总裁深夜买醉的照片。

没想到，后续爆料很快跟上，爆出了宿衷与辛千玉相识又决裂，顺带把他们各自的私生活也爆出来了。

当年，凯文就曾试图曝光辛千玉的私生活，让他当不成老师，但这个计划没能实施。

当天下午又出了新料：辛慕的桃色新闻。

辛慕既是玉琢的董事，又是辛千玉的亲妈，她出了丑闻，自然顺带影响了辛千玉的口碑。

大家都会觉得有其母必有其子，妈妈骄奢淫逸，那儿子也好不到哪里去……顺带地，大家也对玉琢集团发出质问，甚至爆出了家长闹退费、退学的事情。

对于这次的风波，宿衷是很想亲自出手平息的，但他记得 AA 协会的教训。两年前，他没有经过辛千玉的同意就擅自帮辛千玉摆平了 AA 协会，好心办坏事，引起了辛千玉的反感，进而产生了分歧和争执。

这一次，宿衷不敢擅作主张了，先问过辛千玉的意见。辛千玉说不需要帮忙，宿衷便选择袖手旁观，不进行干预。

在准备上市的时候出这么大的娄子，玉琢集团自然要开紧急会议来应对。

辛舅父早就看辛千玉不顺眼了，自然是带头发难，怒斥辛千玉母子连累集团声誉，影响上市进程。

辛斯穆习惯性地唱白脸："发生这样的事，大家都是不想的，一家人最紧要的就是齐心协力。"

玉琢董事会和一般的董事会不一样，他们都沾亲带故，比较讲人情味，不会上来就骂人，便开始和稀泥，说对啊对啊，大家好好说话嘛，小孩子不懂事。

这气氛还算可以，辛舅父却话锋一转："之前小玉劝说大家接受 M-Global 的投资时，为什么不讲明 M-Global 老板和你的恩怨？"

辛千玉眉毛一挑："我们很久没联系了。"

"那就是老朋友。"辛舅父说话十分不客气，"小玉，既然都是自己人，你为什么不肯说？还是说，你希望他拿走公司 10% 的股权放进你的口袋？"

大家听到这话，都暗暗嘀咕起来。

"另外，听说你接连拒绝了两个壳公司，是不是故意拖时间，就是为了让集团熬不住了，必须接受 M-Global 的条件？"辛舅父的话越发尖锐，"你们是不是串通好的？"

辛千玉冷冷道："我一心向着集团，绝无私心。"

"没有私心？"辛舅父呵呵笑了，"没有的话，你就说到做到，只拿 1% 的股权，剩下的全部分给大家，怎么样？"

之前，辛千玉用利润来诱惑董事会支持自己，现在被辛舅父学去了，他也拿利润来诱导董事会。

董事会的三姑六婆都被忽悠了，纷纷支持辛舅父："对啊，小玉，如果你真的没私心，就把股权交出来嘛！大家都是一家人，怕什么？"

"好了！"老爷子发话。

大家便安静下来，纷纷看向老爷子。

老爷子严肃地看着辛千玉："你和宿衷真的是老相识？"

辛千玉说："我们已经两年没有联系了。这次重新联系，完全是因为上市项目。我们是公事公办，没有私心。外公，你一定要信我！"

老爷子笑了笑："我当然是信你的，但是现在集团在风口浪尖上，那么多双眼睛盯着，你要为大局着想，先退下去，让小穆顶上吧。"

听到老爷子这么说，辛千玉瞬息脸色灰白："外公……"

"不用说了，就先这样吧。"老爷子道，"散会！"

老爷子的话是圣旨，圣旨一出，谁也不能违逆。

上市项目的总裁便从辛千玉变成了辛斯穆，辛斯穆再次掌握大权。

辛斯穆第一时间让集团发公告，表示已撤去辛千玉上市项目总裁的职务，同时撤去辛慕的副总裁职位，又解释说辛千玉已经多年没有任职，以后也不会让他在集团里任职，算是暂时平息了风波。

辛斯穆再次掌握大权，十分意气风发。辛千玉忍不住问她："照片是你找人拍的？热搜是你买的？"

辛斯穆不置可否："苍蝇不叮无缝的蛋，我们做教育的就得注意生活作风。你从一开始就不该这么任意妄为。"

听到辛斯穆这么说，辛千玉算是反应过来了，他和辛慕的私生活一直是辛斯穆藏在手里的牌，她总有一刻会打出来。

然而，就算一早知道辛斯穆有这样的招数，辛千玉也没法防范。

辛千玉咬着牙，露出难看的笑容："哦？所以你靠这些旁门左道……"

"什么旁门左道？"辛斯穆冷冷道，"你当初在上市方案上赢我的时候难道是明公正道？"

辛千玉噎住了。

辛斯穆说："当初，我的方案比你的专业，但还是败了。老爷子提点我，说我输在不懂得和亲戚打交道上。"

"他是这么说的？"辛千玉愣了愣。

"不错，他点醒了我。当初，我的方案比你的专业，但因为没能获得亲戚们的支持而失去了上市项目。"辛斯穆笑了笑，"现在，你的上市计划专业又完备，同样因为没了亲戚支持而被踢出局。这就是我们公司的状况，以前是我搞不清状况，现在轮到你搞不清状况了。"

辛千玉竟说不出反驳的话，他越发明白为什么包括宿衷在内的专业人士都说玉琢必须打破亲缘纠葛才能走得更远。

辛千玉踏空一样从高处摔下来，但也摔得明明白白。

他一瞬间好像明白了什么——他从前无法看清的事实。

另一方面，辛慕虽然被撤去了副总裁的职务，但仍然是董事，依然享有高薪厚禄。她当这个上市项目副总裁，本来就是为了辛千玉，现在辛千玉下来了，她当着也没意思，索性就一起退了下来。

她的年龄和阅历摆在那儿，网络上的恶言恶语伤不了她，她唯一担心的是儿子会不会不开心。

不过，她并不懂得怎么和孩子沟通，便将辛千玉当成一个男人来看待。所以，她约辛千玉去会所喝酒解愁。

辛慕拍拍他的肩："你在会所的一切消费都算我账上，不用替我省钱。妈妈爱你！"

辛千玉陷入震撼，辛慕说过自己不是不关心他，只是不懂得如何正确地关爱孩子。以前辛千玉还不信，现在算是信了。

哪儿有这样当妈的啊！

在辛千玉鄙夷的眼神下，辛慕耸耸肩，说："行，我知道了，我的生活作风有问题。董事会上我已经被批够了，你就别批判我了。"

"我没批判你，各人有各人的活法。"辛千玉苦笑，"我只是没想到我会栽在这个上面。"

辛慕笑了："你要往好处想想……"

"好处？"辛千玉抬起头，"什么好处？"

辛慕便道："集团的问题不是一朝一夕就能解决的，今天你掌权，矛盾焦点就在你身上。明天辛斯穆掌权，矛盾焦点就在她身上……你现在退一步，说不定就是海阔天空。"

辛千玉沉吟半响，好像悟到了什么，微微颔首："说来也是，玉琢就是一本烂账。"

"老爷子无心整改，局面就永远都是这么混乱。"辛慕叹气，"乌烟瘴气的，我也没眼看。"

辛千玉沉默半响，说："我总觉得老爷子不是因为表面原因赶我下台，而是因为我和宿衷的关系。他是不是忌讳我，怕我利用M-Global 的资本夺权篡位？"

"嗯？"辛慕看着辛千玉，不置可否。

辛千玉继续说："董事会一直没有职业经理人，都是些没什么头脑的三姑六婆，老爷子重感情是一层，更有一层是因为这样他才能独掌大权。"

辛慕看着辛千玉，微微眯眼："好孩子，终于长大了！"

"呋！"辛千玉呼出一口气，胸中的愤懑稍平，"懂了。"

辛慕说："你现在去找老爷子表表忠心，演一出苦肉计，还能挽回挽回，毕竟你是他最疼爱的孙子。"

"挽个鬼。"辛千玉摇头，"没那功夫，我想读书。"

"什么？"辛慕大惊，"读书？我没听错吧？"

"宿衷之前说玉琢内部没有一个人懂资本逻辑。"辛千玉摸了摸下巴，"他现在说话比以前好听，所以没说出后面那一句……"

"哪一句？"辛慕问。

辛千玉笑道："他想说，我们玉琢没人懂商业逻辑，连我也是这方面的白痴，所以需要他啊！"

"切！"辛慕不以为意，"那他也太会抬高自己、贬低别人了！我们公司人人都是商业白痴，还能把公司做这么大？"

"不是这么说的，我也觉得集团高层内部明争暗斗，而不是在商言商……我其实也反省过，我能争来这个总裁，不是因为我的方案比辛斯穆的专业，而是因为我在人心方面斗赢了她。现在，她反

158

过来斗走了我，也与专业无关。"辛千玉分析道。

辛慕竟无法反驳，之前，辛斯穆出了一个专业的方案，却因为辛千玉用分红赢得亲戚支持而完败。现在，辛千玉因为作风问题而出局。两次都是内部斗争，与专业无关。

辛千玉笑笑道："我想去美国读个 MBA，你说呢？"

辛慕说："你真不是心灰意冷远走美国吗？"

辛慕的语气里充满担心，她怕儿子一蹶不振。

"真不是。"辛千玉笑得明媚，"我就是想学习学习，充个电，提升自己。等我学成，王者归来！"

辛慕见辛千玉仍旧意气风发，心安下来，便开玩笑说："别扯了吧。这个紧要关头你去美国，等你归来，辛斯穆都登基了！你还王者？太监都轮不到你做！"

辛千玉摇头："妈，你不都说了吗，现在在玉琢，谁掌权谁倒霉。"

辛慕闻言，也静了片刻。

辛千玉这个人用辛慕的话来说是"想一出是一出"，辛千玉的自我评价则是"说干就干""雷厉风行"。

他既然决定了去美国读 MBA，就立即开始准备申请材料。他在美国读过书，因此对于申请流程也大致了解，自己申请问题也不大。

宿衷知道辛千玉要去留学后，马上申请调职，要求半年后回美国总部。

M-Global 大老板表示："你是不是在耍我？"

宿衷表示："我不是。"

M-Global 大老板问："你不是刚申请从总部回亚洲吗？"

宿衷说："是，但现在我想半年后回来。你安排一下吧。"

M-Global 大老板不禁怀疑，到底他是老板还是宿衷是老板？

第八章　没事多读书

这半年，辛千玉很认真地考试、写材料、准备面试……

在此期间，宿衷尝试向辛千玉提供帮助，首先说："需要GMAT、托福的培训吗？"

辛千玉说："你不知道我家就是做教育培训的吗？"

"……"

接下来，宿衷又提议："你想去 H 商学院？我是校友，可以帮你写推荐信。"

辛千玉说："不用了，我找了我以前在美国读书时认识的教授帮我写了。"

"……"

后来，宿衷又问："文书材料、面试辅导呢？"

辛千玉又回到这一句："你不知道我家是做国际教育的吗？我家有人就是专门干这个的！"

"……"

宿衷一次次献计，却一次次遭到拒绝。

他自然不会轻言放弃。

辛千玉顺利申请到了 H 商学院的 MBA，正常入学，而宿衷也顺利申请到了回美国的机会，回到总部。

对于宿衷的任意妄为，大老板表示："只要你把业绩完成了，就算是去火星上班我都没有意见！"

M-Global 的总部位于曼哈顿，辛千玉入读的 H 商学院在波士顿，两地之间的距离有点远。

然而，距离并不是什么大问题，宿衷一有时间就会跑去波士顿找辛千玉。

从前是辛千玉挤时间从纽约州开车去波士顿找宿衷，现在则是宿衷挤时间从曼哈顿去波士顿找辛千玉。

看到宿衷出现在宿舍楼下，辛千玉一阵恍惚。

他想起了从前的自己，想到了自己当年每周来波士顿时的那种雀跃的心情。

宿衷站在那儿，好像就是从前自己站着的地方。

辛千玉干咳两声，说："你怎么来了？累不累？"

"不累。"宿衷说，"我坐私人飞机过来的。"

"……"

他当年可是自驾啊！太惨了！凭什么宿衷这么舒服啊！

辛千玉露出了不想说话的表情。

现在，宿衷已经长进不少，能读懂辛千玉的部分情绪，虽然分析起来还是颇为困难。就像现在，宿衷知道辛千玉生气了，但是不知道自己哪句话惹到了辛千玉。

宿衷只能转换话题："对了，飞跃手游挣钱了。"

"嗯！"辛千玉的注意力立即被拉去了。

飞跃手游就是辛千玉那位老同学的手游公司。当时，老同学走投无路，找辛千玉投资了 200 万，宿衷也顺带看上了这个项目，一口气投了 2000 万。

现在大半年过去了，手游上线，确实挣钱了。辛千玉作为天使投资人，也得到了真金白银的好处。

宿衷知道，无话可说的时候可以说说投资的话题，这个时候辛千玉就会感兴趣。

这个现实让宿衷颇感无奈，辛千玉对钱的兴趣更大。

转眼到了冬季，一年多过去了，飞跃越来越火，已经成为一款火爆的产品。辛千玉作为股东也分得了第一桶金。

尝到甜头的辛千玉开始认真经营名下的投资公司，拿着手里的钱做风投。他做这个比旁人多一点优势，那就是他心态够好，不怕赔钱。当然，这种心态需要一定的底气来支撑。

不过，投资只能算是辛千玉的副业，他还是一个全职学生，功课还是第一位的。课程快结束了，他得和同学们一起准备期末的功课。导师让他们分小组做案例分析并发表，小组便开始废寝忘餐地做分析。

在讨论案例的时候，辛千玉抬眼看了看日历，猛然想起今天是周末，宿衷很可能会来找自己。他便低头拿出手机给宿衷发了信息："期末忙，你别来了。"

宿衷很快回复："我已经来了。"

辛千玉也没法回复"那你让私人飞机掉头呗"，然而，他总觉得不太妙，他好像已经习惯了周末宿衷来找他了……这可不是一个好兆头。

他便硬起心肠，回复："那你自己找事情干吧，我没空陪你。"

发完了信息，辛千玉就将手机放回兜里，决计不再理会对方。

组员们将做好的 PPT 投屏到墙壁上，一起分析该怎么改善。辛千玉也看向墙壁，眼角却瞅到窗户外有一抹熟悉的身影。

辛千玉心下一紧，想装作没看到，但想到今天的气温，实在是无法就此忽视。

他干咳两声，说："外面是不是有人？"他一边说着，一边走到门边，把门打开，果然看到宿衷站在门外。

现在是下雪天，外头冷得很。宿衷穿着深蓝羊绒外套，肩上披着薄雪，脸颊微微发青，堂堂七尺男儿竟有了脆弱之感。

在这个情况下，辛千玉怎么都无法硬起心肠，只得说："你先进来吧，外面冷。"

宿衷便进去了。

辛千玉给了他一杯热茶，宿衷接过热茶并道了谢。

辛千玉忽然间觉得这场景很熟悉……

这可不就是从前吗？

从前，宿衷在宿舍里学习，辛千玉为了引起他的注意，故意站在风雪里卖惨装可怜。

最终，宿衷将辛千玉引入屋内，还给他倒热茶、披毛毯……

辛千玉眯着眼睛看宿衷，宿衷还是小狗似的乖巧地捧着热茶。

同学们好奇地问："这是谁啊？"

辛千玉答："这是我朋友。不用管他，我们继续吧。"

看起来，辛千玉是不打算介绍宿衷了。宿衷看起来也不失落，仍安静地坐着。

辛千玉也不怕冷落他，与同学们继续研究起 PPT 的展示以及案例分析的内容，讨论得热火朝天，很快大家就忽略了宿衷的存在。

宿衷喝完了一杯茶，才说："我能说说我的意见吗？"

辛千玉脸色微僵。

其他同学都露出了意外的表情。能申请上 H 商学院 MBA 的不但是高才生，而且都是在企业里当过领导的人才，这样的人自然是自视甚高的。他们虽然觉得宿衷是个大帅哥，但是也就此而已，不认为这个帅小伙能提供什么有价值的意见。

"你懂这个？"一个在企业里当过高管的同学质疑似的问。

宿衷答："略懂。"

那同学轻笑道："那你说说。"

"你们的分析基本没问题，但是表达上太过啰唆，并没有好好地利用 PPT 这个媒介进行呈现。"宿衷指着 PPT 的一页，说，"比如这里，文字表述太累赘，建议用彩色的 SWOT（企业战略分析方法）四象限表示。"他又翻了一页，"还有这儿，比起表格，用钟形曲线表示需求变化值会更恰当。"

众人沉默。

宿衷又问："对了，你们尝试过 Data Mining（数据挖掘）吗？"

其中一个同学问："您刚刚说您只是略懂？"

另一个同学拿起另一份案例，递到宿衷面前："这个案例您看过吗？"

宿衷看了第一行就说："萨班斯法案。"

那个同学点头："你也懂？"

宿衷还是那句："略懂。"

那个同学笑逐颜开："有你这句话，我就放心了。"

另一个同学主动给宿衷空了的杯子添上了一点热茶："略懂哥，请喝茶。"

大家对宿衷的态度瞬间就不一样了，十分热情地问："你在哪儿上学？"

宿衷说："我也是 H 商学院毕业的。"

"哎呀，前辈啊！"同学们高兴地说，"那你现在在读书还是在工作？"

辛千玉怕这些同学问起来没完没了，这群读 MBA 的人很多都是冲着拓展人脉关系来的，他们要是知道宿衷的身份，怕是更要攀关系了，辛千玉连忙打断："别闲聊了，抓紧改 PPT 吧。"

在宿衷的指导下，大家颇有一种豁然开朗之感，更加佩服宿衷，一口一个"师哥""前辈"喊起来，热热闹闹的。

有了宿衷的帮助，PPT 和演讲稿很快就改好了，完了大家就一起去吃饭。准备出门的时候，辛千玉悄悄拉着宿衷走在一边说："你别跟他们说你是 M-Global 的高级管理合伙人，免得麻烦。"

宿衷好像不能意会这个"麻烦"是什么，但既然辛千玉叫他这么做，他便十分听话地应承了。

果然，到了餐厅坐下来，一个爱打听的男同学就问起来："师哥现在在哪儿高就啊？"

宿衷答："我在 M-Global。"

大家又开始吹捧："啊，很棒啊！M-Global 真不错！"

一个女同学笑道："嗯，我男朋友也是 M-Global 的，不出意外的话明年就能当上副总监了。"

"是吗？"大家的注意力又被吸引去，"你男朋友在那儿工作多久了？"

"哎呀，快三年了。"女同学眯着眼笑道。

"三年啊，三年就能当副总监，那很厉害啊！"大家都很给面子地吹捧，"太让人羡慕了！"

女同学嘟着嘴说："有什么好羡慕的？他花三年才当上副总监，其实也没啥了不起的，是吧，前辈？"

宿衷说："是。"

辛千玉觉得宿衷的社交能力真的令人头大。

同学们听到宿衷这么说，也怔了怔。

女同学脸色微变，讪讪地说："哦……是吗？"

"是。"宿衷诚恳地说，"在 M-Global 三五年还当不上副总监的，一早就被淘汰了。"

这真是大实话，但谁爱听大实话？

辛千玉赶紧打圆场："这个 M-Global 的淘汰率很高吧？我听说，光是进去当个基层的分析员就已经很难了，更何况待上三年不被淘汰呢，能熬下来的都是人中龙凤，当然是很厉害的了！"

大家也赶紧附和着吹起来："是啊，太优秀了，太优秀了。"

这一页才算翻篇。

辛千玉扭头对宿衷说："不准说话！"

宿衷乖乖点头，一直闷头剥虾，一句话都不说了。

女同学依旧愤愤不平，其实同学们大多都在企业做过领导，不少人都已经猜测到宿衷在 M-Global 的地位应该是不低的，起码比那个副总监高，至少是个总监，不然没底气说出那样的话来。

待聚会结束，几个人去搜了一下"宿衷 M-Global"，立即发现了原来宿衷是亿万富翁的事实，这几个人少不得更巴着辛千玉了。每次宿衷来找辛千玉，他们都会跑出来"师哥""前辈"地叫个不停，就想着攀关系。

宿衷一直很淡然，也没嫌烦，然而，宿衷不嫌烦，辛千玉都嫌烦了。

还好，这个学期很快结束了。

假期来到，辛千玉索性搬出了宿舍，在学校附近租了一间公寓。

放假在家，他就窝在沙发上，享受难得的清闲，时不时玩玩手机游戏。

他现在玩的就是老同学研发的手游"飞跃传奇"，这成了他做过的最有价值的投资。

一年多前，他拿出 200 万投了"飞跃传奇"，后来又陆续跟投，现在"飞跃传奇"已经是月流水过亿的成功手游。

辛千玉当年盲投的小作坊，现在竟然比堂堂玉琢集团还挣钱，不知算不算塞翁失马。

辛千玉玩了一会儿"飞跃传奇"，宿衷发来一条信息，说自己在楼下，有事找他。

"你等我玩完这一把。"辛千玉回复。

正在这时候，玉琢那边的电话就打进来了。

原来，国内出问题了。

宿衷当初三番五次劝说辛千玉，说买壳水很深，没必要搞。辛千玉又对展飞洋坐地起价的行为十分不满，便没有买飞扬科技的壳。辛斯穆上位后，花 3 亿买了飞扬科技的壳，决计借壳上市。这其实也不是辛斯穆一意孤行，而是她既然踢飞了辛千玉，就得更加坚持自己的路线，绝对不能用辛千玉的方法。

买壳上市进展得相对顺利，在日前，他们已获得证监会同意，一切有条不紊地进行着，但飞扬科技竟在这个节骨眼上暴雷了。毫无预兆地，飞扬科技爆出了 2 亿的负债，这个巨变打得玉琢措手不及，连老爷子也当众责难辛斯穆。

辛斯穆只能苍白地解释："当初，我聘请独立的第三方进行过尽职调查，他们团队并没有发现负债问题。"

"那就证明你找的团队不够专业啰！"辛慕托着下巴落井下石。

辛斯穆没法否认，便只说："我也跟展飞洋沟通过很多次了，他一再承诺没有问题……一直到报证监会审核前，他都承诺了……"

"看来你还是太年轻了，小穆。"辛慕笑道，"男人的承诺能信得过？"

辛斯穆咽了咽口水，冷冷道："我当然不会轻信承诺，所以我要求他发了承诺函。"

"嗯，他写了承诺函，所以呢？"辛慕冷笑道，"他就是毁诺了，你有什么办法？"

辛斯穆确实没什么办法。

尽管承诺函有法律效力，辛斯穆可以借此起诉展飞洋，但那又如何呢？就算告倒了展飞洋，也无法挽回损失，更别说展飞洋连夜坐飞机出国了，人都拿着3亿跑了，怎么告？

辛慕叹了口气，说："当初我儿子说什么来着？不要买壳，不要买壳，让秋实买去。当初要是听了小玉的，吃下这闷亏的就是秋实了。唉……我们算一算啊，小玉拉来的M-Global10亿投资没了，买壳花了3亿，现在又爆了2亿的负债，这不是等于我们亏了15亿？"

辛斯穆被诘问得脸色发灰，却绷直背脊，维持着淑女仪态，说："姑姑，这个账不是这么算的。"

"那是怎么算的？"辛慕勾着红唇笑问，"你那么会算，怎么没算到飞扬科技有坑呢？"

辛舅父打断了辛慕的质问，只说："发生这样的事情，大家都不想的。难道你一直问小穆，就能把问题问没了吗？你这样能解决问题吗？"

"我能啊！"辛慕笑答，"让小玉回来就能解决问题了啊！"

董事会的亲戚们浑然忘了当初是怎么驱逐辛千玉的，现在又惦记起辛千玉的好处了。

所谓远香近臭，当初辛千玉掌权，他们就觉得辛千玉不可一世。这一年辛斯穆做大，他们又嫌辛斯穆不尊长辈。老爷子在幕后当大佛，也不喜欢跳得太高的猴子。

说到底，谁当家谁得罪人。

老爷子亲自给辛千玉打了个视频电话，意思地关心了一下他的学习和生活之后，才说起正事。

辛千玉已经从辛慕那边得知情况了，所以也不太意外。

老爷子一脸慈祥地说："唉，之前的事情是委屈你了。不过，我说过的，等风头一过，就让你回来。现在我看风头已经过去了……"

辛千玉真的挺佩服老爷子的。

明明是要他回去收拾烂摊子，现在却说成了"集团对你的过错既往不咎，现在大发慈悲让你回来当总裁"。

辛千玉笑了笑，说："这可不行啊，老爷子，我这 MBA 还要读一年呢。"

老爷子以为辛千玉会屁颠屁颠地回国，没想到辛千玉居然不识抬举，还摆高姿态。

老爷子有些不高兴了，这么多年来，他已经习惯了全家族所有人都捧着他，哪能容许小外孙摆谱？

"小玉啊，"老爷子说，"你要懂得轻重缓急，集团可等不了你一年啊！这个项目原本就是你开的头，难道你不想自己收尾吗？你也不想这大好的成果被别人摘取了吧？"

"嗯，您说得也是。"辛千玉顿了顿，又说，"不过，按我的主张的话，玉琢实在不应该买壳上市。我认为还是赴美上市最好。第一，赴美上市耗时比较短，比较适合集团的状况。第二，赴美上市能融到更多的钱。第三，我们是做跨国项目的，赴美上市能提高集团的国际知名度以及影响力，对之后的海外项目也有更大的帮助。"

在买壳上市碰壁之后，老爷子这次有些听进去辛千玉的意见了，他道："这个难度不低吧？"

"如果有 M-Global 帮我们进行资本运作的话，成功率其实是很高的。"辛千玉回答。

"但是，董事会很反对外部投资啊……"老爷子面露难色。

辛千玉可不吃这一套，其实，哪儿是董事会？董事会谁不是看老爷子脸色？

辛千玉摔了上次那一跤，现在已经明白过来了。

有些人越老越怕年轻人，但又不得不依仗年轻人。老爷子并不是注重亲缘才让亲族把持董事会，而是他疑心重，外姓人通通不信任，知根知底的亲人勉强能相信——也就是勉强而已。

辛千玉和 M-Global 的关系让老爷子起了忌惮之心，这才是辛千玉被直接踢出董事会的原因。

辛斯穆现在搞出 2 亿负债，老爷子也没有太过责罚她。

若非犯了老爷子的忌讳，辛千玉犯错也只会被撤去总裁的职务，远远不至于被踢出局。

现在，辛千玉再次提出引进 M-Global 的资金，老爷子又开始起疑了。

为了打消老爷子的顾虑，辛千玉说："我知道董事会的人在想什么，不就是怕我弄权吗？不过，你不能又要 M-Global 的钱又不给他好处，对吧？他到底是外人，不能让他白干活。倒是我，我是姓辛的，我愿意为这个家奉献。这样，我只拿 1% 的股权，其余的分文不取，够意思了吧？"

老爷子听了这话，心下稍安，嘴上却说："你这孩子说什么呢？大家都是一家人，怎么会不信你？"

老爷子嘴上说相信辛千玉，却没松口多给辛千玉配股，反而默认了辛千玉只拿 1% 的股权。

只有辛千玉拿 1%，老爷子才能放心地把 M-Global 引进来。

按照老方案，辛千玉和宿衷加起来占股 20%，老爷子实在很难不忌惮。现在辛千玉只拿 1%，那他俩加起来也就是 11%，不足为惧。

老爷子开口说了让辛千玉回来主持大局，辛斯穆心里苦涩，但还是保持风度，给辛千玉打了个电话："你什么时候回国？我跟你做一下交接。"

当初，辛千玉走的时候很干脆，和辛斯穆做交接也非常利落，没有给辛斯穆制造任何麻烦。现在形势变幻，辛斯穆也愿意保持君子风度跟辛千玉做和平交接。

"我放了假再说吧。"辛千玉大大咧咧的，"我还得继续上学呢，辛苦小穆姐继续干一阵子了。"

辛斯穆没想到辛千玉这么云淡风轻，十分意外："你倒是不急。"

"急有什么用呢？没意义的。"辛千玉笑笑，说，"其实我还要谢谢你，你跟我说一番话，让我想通了很多事情。"

"什么话？"辛斯穆不解。

辛千玉说："你跟我说，在集团工作做得好没用，还得把握住亲戚们的想法。"

辛斯穆苦笑："这个啊！"

"其实小穆姐，你搞错了。"辛千玉说，"你觉得亲戚们真的能左右大局吗？"

"嗯？"辛斯穆眉头一皱。

"其实，归根究底还是得把握住老爷子的心。"辛千玉说完，微微一笑，"MBA我是一定要读完的。你也可以趁机多争取争取老爷子的心。"

辛斯穆搞不懂辛千玉这话的意思，但又觉得辛千玉的话颇有深意，一时陷入了沉默。

辛千玉没有多解释就挂断了电话。

和辛家的人打了半天视频电话后，辛千玉才猛然想起宿衷好像还在楼下等着。

昨晚才下过雪，今天特别冷。

辛千玉怀疑，以宿衷的死脑筋，他是不会躲进便利店之类的地方吹暖气的，一定会跟个傻子似的站在户外最显眼的地方，生怕自己下楼的时候见不着他。

公寓楼下有个小广场，宿衷平常就站在广场中央等辛千玉。

那个位置比较显眼，当然，也比较冷。

辛千玉怕宿衷要冷死了，赶紧穿上外套下楼。

他一眼望见广场中央有一抹大红色的身影，不觉怔住了。

宿衷穿着圣诞老人的衣服，站在路灯下，脸上还挂着塑料白胡子。

"你这是做什么？"辛千玉哭笑不得地问道。

宿衷说："圣诞快乐！"

辛千玉这才想起今天是圣诞节。

"圣诞快乐！"辛千玉摸摸鼻子，"你为什么要扮成圣诞老人？"

宿衷说："你不是喜欢过圣诞节吗？所以，我想把自己打扮得比较有节日气氛。"

辛千玉愣住了："谁跟你说我喜欢过圣诞节？"

虽然辛千玉在国外生活过，但是其实他对圣诞节没什么感觉。

"你以前很喜欢过圣诞节。"宿衷说，"只要我们在一个城市，你就会带我去过节。"

辛千玉的脸色僵了僵。

事实上，辛千玉根本不是喜欢过圣诞节，而是出于别的原因。

以前，他在宿衷面前非常卑微，不敢打扰宿衷的工作，一起过圣诞节就是占据宿衷的时间和精力的好借口。

同理，还有春节、元宵节……

如果不是有节日，宿衷是分不出时间给工作以外的事情的。

想起过去种种，辛千玉眼眶发热，却因为寒风而冷却："你以前为什么不能对我这么好？"

宿衷愣了愣，他其实很迟钝，根本感觉不到以前自己对辛千玉不好。

宿衷瞬间变得像个犯错的小孩："现在晚了吗？"

辛千玉别开视线："是挺晚的。"

宿衷愣怔了许久才说："那我加倍对你好就行了。"

辛千玉不去看宿衷，故意用冰冷的语气说："这样是没用的。我不会再和你做朋友了。"

"没关系。"宿衷的声音隔着圣诞老人的大胡子传出来，"你别生气。"

辛千玉一怔："我生气？"

"你看起来挺生气的。"宿衷半张脸藏在胡子后面，"我是不是又做错了什么？"

宿衷像一个把"1+1=2"这么简单的数学题做错了一遍又一遍，因此被责罚的笨小孩。他隐约知道自己做错了什么，但不能确切地知道自己做错了什么，只能着急又自责地看着辛千玉。

辛千玉对这样弱势的宿衷无可奈何。

他很快就心软了，但又不知道该如何继续这个话题，便说："这儿冷，我们先上楼吧。"

二人回到楼上，宿衷还穿着那一套可笑的圣诞老人服装。

他打扮成这样是为了讨辛千玉欢心，然而好像适得其反了，辛千玉一点也不高兴，甚至有些生气。

宿衷便把身体缩在肥大的服装里，不知如何是好。

辛千玉也觉得尴尬，于是转了一个新话题："那个……玉琢上市的事情进行得怎么样了？"

宿衷顿了顿，很快恢复了工作状态，立即自如了不少，平静地说："国内的公司不能直接在美国上市，我建议先做一个 VIE（可变利益实体）结构……"

辛千玉便和宿衷讨论起 VIE 的事情。

两人虽然年轻，但是做事有一种千锤百炼的职业范，无论上一秒发生了什么，只要进入工作状态，他们都能保持冷静平和，几乎不掺杂个人感情。

两人讨论了半天，辛千玉便想着打个电话回国，和辛慕提一提这事，正巧他的手机不知搁哪儿了，他便跟宿衷说："你手机借我用一下。"

宿衷自然不会拒绝，便将手机给了辛千玉。

辛千玉拿起手机拨打自己的号码，很快听到铃声从沙发缝里传出来。

"原来掉那儿了。"辛千玉挂断了电话,手指错开,不小心滑到了通话记录,他垂眼一看,暗暗吃了一惊。

他看到了宿衷的手机里的拨打记录。

在这两年里,宿衷给辛千玉打过几百个电话——当然,都是打不通的,因为他已被辛千玉拉黑了。

辛千玉的心弦颤动,他装作没看到,迅速切回到手机主界面,还给了宿衷。

他无法想象那两年里宿衷给自己打了多少电话,打不通的时候,宿衷又是什么样的心情。

这个发现让辛千玉异常纠结,原来他一直试图联系我?他是傻子吗?不会换个号码打啊?

辛千玉按捺着心里的疑问,并没有说什么。

他总是极力避免提及和当年相关的话题。

因为 M-Global 要和玉琢合作,辛千玉和宿衷之间便有了工作上的交流,辛千玉还去了一趟位于曼哈顿的 M-Global 总部。

辛千玉到了办公楼下,宿衷的助理汤玛斯下来接他。辛千玉笑着问他:"你也在啊?怎么不见李莉斯?"

汤玛斯脸色微微一变,说:"她在亚洲。"

辛千玉说:"去年宿衷调去亚洲,她就跟去亚洲。这次宿衷调回美国,她为什么不跟回来?"

汤玛斯回答:"这个我不清楚。她的调任和我老板没有关系。"

"是吗?"辛千玉侧着脸问道。

汤玛斯忙不迭点头:"当然,当然,她又不是宿先生团队的成员。"

当年李莉斯一直说自己和宿衷是朋友,没有别的想法。她行事光明磊落,将汤玛斯也瞒了过去。汤玛斯当时确实觉得李莉斯是清清白白的,但这几年过去了,汤玛斯总算觉察出问题了。他又不是傻子,时间一长,总是能看出来的。

只不过，宿衷好像没什么反应，李莉斯也没有戳破窗户纸，那汤玛斯肯定是装傻到底。

现在形势明朗了，汤玛斯自然就开始当明白人了。

汤玛斯说："其实，老板虽然工作能力很强，但只会和数据打交道，和人是不行的。别人跟他说话，他只能听懂三分，所以总有不周到的地方……"

辛千玉摇摇头，说："你别和我说这些，过去的都过去了。"

汤玛斯叹了一口气，说："哪儿有那么容易过去？"

辛千玉不接话茬。

汤玛斯心酸地说："你有所不知，在你离开之后，老板一直在接受心理干预，到现在都没断过。"说着，汤玛斯非常夸张地做出一个抹眼泪的动作，然而，他没有眼泪，就只能揉揉眼角。

辛千玉听到"心理干预"四个字，脸色立即变得凝重起来："是吗？他心理有问题？"

"这我就不知道了。"汤玛斯露出难过的样子，"我一直负责帮他预约，所以知道他在求助心理咨询师，其他的我就不清楚了。不过我能感觉到，这事和你有关。"

辛千玉陷入沉思，开始细心地回想这一年发生的一切。

他和宿衷已经重逢差不多一年了，这一年间，宿衷看起来确实比以前脆弱很多。

他从未想过宿衷可能出现了心理问题。

现在，汤玛斯一提，他就跟被人当头一棒一样，醒觉了。

在工作场合，宿衷看起来和平常没什么不一样。然而，辛千玉能察觉到私下相处时宿衷的变化。

宿衷能更加敏锐地感知到辛千玉的情绪变化，相应地，宿衷也更容易受伤。

以前的宿衷不会露出沮丧、失落或者无措的样子，现在却频频在辛千玉面前露出受伤的姿态。

那两年……到底发生了什么事呢？

辛千玉坐在宿衷对面，还是忍不住问了："听说你在接受心理干预治疗，是吗？"

宿衷有些诧异："你听谁说的？"

辛千玉愣了愣，还是毫无负罪感地出卖队友："你助理说的。"

"他？"

辛千玉怕宿衷一怒之下辞退汤玛斯，便回护道："他让我多留意你的心理状态，也是出于好心。"

"嗯。"宿衷轻声应着，心里不知在想什么。

辛千玉道："听说你是在我离开之后才去看医生的？你是因为我才出现了心理问题吗？"

"是的。"宿衷还是那副老实的样子。

辛千玉下意识地感到愧疚："抱歉。"

"你不需要道歉，你没有做错任何事。"宿衷说。

"说到底，你是因为我……"

"我应该感谢你。"宿衷说道，"我去接受干预，是为了解决社交障碍的问题。这个问题在认识你之前就已经存在了，但我一直没有正视它。是你让我选择面对它，并进行干预。"

辛千玉定定地看着他："所以，你是去治疗社交障碍？"

"是的。"宿衷回答，"你不用感到负疚，因为这本来就不是你引起的。这是我一直都有的问题。"

听到宿衷这么说，辛千玉心里的负疚感才消退了一些。

然而，辛千玉的眉头仍然紧皱："为什么之前一直不去接受干预？"

"大概是……"宿衷斟酌了一会儿才找到合适的词语来形容，"畏难吧。"

"畏难？"从宿衷的嘴里听到这个词语，辛千玉感到很意外。

"是的，畏难。"宿衷点头，"我向来学什么都很容易，在学习上从未遭受过任何挫折，但在社交方面却不是这样。我的情商真的太低了，学习社交对我而言太辛苦。我到现在都感到很困难，明明在别人看来是那么自然的事情，我却做不到。有时候，我都怀疑自己不是正常的人类……"

他越说越让人伤怀，辛千玉再次在他从来都像坚冰一样的眼中看到了裂痕。

辛千玉忍不住问自己，拿正常人的社交水平来要求宿衷，是不是有些太严厉了？

"我会努力的。"说着，宿衷有些哀伤地看着辛千玉，"你别嫌弃我，我可以做得更好的。"

辛千玉立即哽了一下："我不嫌弃你。"他的语气比自己以为的要温柔许多。

听到辛千玉这么说，宿衷松了一口气。

辛千玉纠结了好一会儿，才问他："你知道李莉斯要跟着你去亚洲分公司吗？"

宿衷道："她这么跟我说过。"

"对此，你有什么感觉？"辛千玉问。

宿衷说："我感觉她很奇怪。"

"……"辛千玉无奈一笑，说，"你知道李莉斯总看不起我吗？"

宿衷吃了一惊："我不知道。"

辛千玉叹了口气，说不上来自己是郁闷还是无奈。

宿衷觉得非常不安，他问道："这是从什么时候开始的？"

辛千玉答："从我和她第一次见面开始。"

宿衷很震惊："为什么？那么久的事了？那你为什么从来不告诉我？"

辛千玉哑然，半晌后说："因为我总觉得，即便我不说，你也应该知道……"

宿衷越发疑惑："你不说，我怎么会知道？"

辛千玉自嘲地笑了笑："小男生的思维吧，我不说，你就不知道了？那是因为你从来不打算了解我吧？"辛千玉耸了耸肩，抛开情绪回头看，发现当初的自己挺幼稚。

宿衷被这一连串的反问弄得有些蒙。

他郁闷地说：“我确实不太了解你，也不知道你喜欢什么。”

辛千玉摇摇头：“算了，说这个没意思。”

“可我觉得你也不了解我。”宿衷忽然说。

“嗯？”辛千玉愣了愣。

“你知道我喜欢什么吗？”宿衷忽然问。

“建模？分析？……”辛千玉皱眉，“数学？”

“不。”宿衷认真答道，“我喜欢和你交流的时光，感觉自由，放松，愉快。”

“……”辛千玉有点怀疑自己听错了。

“看，你也不知道。”宿衷又开始认真地讲起了逻辑，“那是因为我没说。你同意吗？”

辛千玉被宿衷刚刚那句话说得有些晕乎乎的，于是点了点头。

宿衷也满意地点头：“我以后会多告诉你我的想法，希望你也多和我说说你喜欢什么，不喜欢什么。”

辛千玉莫名有些感动。

宿衷看了一眼手表，说：“好了，预约的时间到了，我要见下一个客户，没什么事的话，你先回去吧。”

辛千玉的感动一瞬间就灰飞烟灭了：“呵，好。”

说完，辛千玉转身就走了。

宿衷接待完了客人，办完了公事，就打算处理一下私事。他终于察觉到了辛千玉不喜欢李莉斯，便想：以后自己负责玉琢业务，估计会经常去亚洲，李莉斯在的话，辛千玉肯定会不高兴。

为此，宿衷径直去了大老板的办公室，提议道：“我想让亚太总部的人力资源总监李莉斯调职。”

“调职？”大老板问，“调去哪儿？”

宿衷说：“无所谓，反正有我的地方不能有李莉斯。”

“我明白你的意思。”大老板点点头。

宿衷便离开了。

大老板随即将助理叫来，说："把亚太总部的人力资源总监李莉斯解雇了。"

　　助理点点头，立即下去办事，只是暗暗为李莉斯道一声惨。
　　李莉斯前途堪忧。一个干文职的在三十多岁的时候被辞退，想再求职，压力和阻力都非常大。
　　失业的打击对李莉斯这样的美国中产阶级来说非常大，医疗保险没有了，还要继续还房贷，而重新就业变得非常艰难，尤其是她已经习惯了坐办公室，很少加班却能拿数十万年薪。她根本想象不到自己失业了会是什么样子。目前经济不好，失业率太高，她原先看着"中产失业，昔日百万年薪如今开着奔驰领救济"之类的新闻，从来都只是给予廉价的同情，说一句"太可怜啦"，心里则毫不在意，觉得这一切离自己很远。
　　现在，她才知道自己即将成为失业大军的一员，惶恐的情绪像潮水一样瞬间淹没了她。
　　宿衷对这一切并不知情。他照常上班，中午去熟悉的咖啡厅吃饭，一抬头就见到形容憔悴的李莉斯向自己走来。
　　李莉斯双眼含泪地说："我不知哪里开罪了你，我们不是朋友吗，你为什么要让公司解雇我？有什么误会，不能说开呢？"
　　宿衷有些诧异："我没让公司解雇你，我只是说不想和你共事。"
　　李莉斯咽了咽口水，心里又惊又怕："你这么说，和说你想要辞退我有什么分别？"
　　李莉斯苦笑，说："你真是……你是不是不知道自己已经是一个随便一句话就能将别人置于死地的大人物了？"
　　"我当然知道。"宿衷回答得很平静，又理所当然。
　　李莉斯噎了一下，眼中闪烁着泪花："到底发生了什么事？你为什么不想和我共事了？我们不是朋友吗？"
　　"不是。"宿衷淡淡道，"因为你看不起小玉。"
　　李莉斯瞬间明白了过来，一颗心就像裂开了一样痛："你误会了，我……我真的是无辜的啊,我怎么会……"

"我不想,也不懂。"宿衷自认不擅长分析这些门道,"小玉说你是,你就是。"

李莉斯心中一阵刺痛:"你就不担心这样会冤枉了我?"

"我不担心。"宿衷说,表情是一贯的冷漠。

李莉斯现在才意识到,宿衷是一个极其冷漠、缺乏共情能力的人。

也不知道是天生的,还是后天形成的,宿衷的感情不但不充沛,还很干涸。他的心能产生的感情大概只能装满一个水杯,瞬间就会被风吹干。

宿衷对李莉斯毫无感情,偶尔表现得亲切些,也只是社交礼仪罢了。

李莉斯的脸瞬间像被抽空了血一样灰白,她没有一刻这么狼狈过,她觉得自己真是可怜又可笑。

她花了那么多心思,以为自己已经很接近宿衷了,以为自己在宿衷心里已经不是一个普通的同事了。然而,现实狠狠打了她一巴掌。

或许,李莉斯早就该清醒,在宿衷油盐不进的时候她就该抽身。然而,感情的投入让她越来越不理智,投入得越多,就越舍不得离开。就算偶尔有人追求她,她只要看一看宿衷,就会觉得追求者不堪入目。宿衷实在太优秀了,李莉斯看着近在咫尺的他,总认为她可以近水楼台先得月,自然瞧不上旁人。

直到这一刻,她才深切地明白,所谓的近水楼台先得月不过是一场镜花水月。

第九章　大白鲨

　　难得辛千玉放假，朱珠和朱璞便飞过来找他玩。

　　朱璞本来就是富贵闲人，他能力一般，也没什么野心，靠着亲戚关系在人事部混着。朱珠倒是有点本事，却因为辛千玉的退场而被投闲置散。所以，总体而言，朱璞和朱珠都是有关系的清闲人士，请年假去旅游不是什么难事。

　　辛千玉和他们好久没见了，很高兴地接待他们。

　　朱璞走进辛千玉的公寓，环视四周，几乎落泪："天啊，你居然住这么寒酸的公寓，简直就是家徒四壁！"

　　辛千玉嘴角抽了抽："这是极简风。"

　　喜欢富丽堂皇的朱璞是无法理解这种雪洞似的装修风格的。

　　朱珠指着一把放在客厅角落的椅子,说:"这是设计大师汉斯·瓦格纳的作品。"

　　朱珠坐在蓝色洗白的简约沙发上，说："这是英国产的 Ercol 的沙发。"

　　朱珠随手指了一下沙发旁边的立灯："这个来自西班牙的 Marset。"

　　朱璞听得一愣一愣的。

　　朱珠笑道："这些都是走简约风的设计品牌，你不知道也很正常啦。"

　　"我确实不知道。"朱璞撇撇嘴，"听你这口气，这些都很贵，那就说明小玉过得好。小玉过得好，那我就放心了。"

辛千玉竟有些莫名不安："这些东西很贵吗？"

朱珠吃了一惊："你不知道吗？"

"灯具我知道，因为是我自己买的。"辛千玉摇摇头，"这两把椅子、沙发和桌子都是宿衷送来的。他说这些都是助理汤玛斯从二手市场买来的，不值什么钱，我看着也挺好看的。我估摸着给他转了 5000 块钱，就全部收下了。"

如果仔细看，确实能看出这些简约风的家具都是二手的。

"5000 块钱应该够了吧？"朱璞松了口气，"我看这些确实是二手的，虽然保养得不错，但是应该也不值钱吧。"

朱珠叹了口气，说："就是二手才值钱。比如这张 Ercol 沙发就是 20 世纪 60 年代生产的，现在市面上基本上买不到了。"

辛千玉真没想到这一层："还有这个讲究？"

"嗯，算了算了，就当不知道吧！"朱璞劝慰道，"不然，你还想找一辆卡车把这些家具拉回去吗？"

辛千玉沉默了。

朱珠见辛千玉似乎有些沉重，便打圆场说："这些家具虽然是挺有价值的，但是在外行看来就是普通货色。就算是我这样喜欢收藏家具的，也不觉得它们很值钱。你自己买也买得起，用不着觉得欠他的。"

辛千玉倒不觉得是钱的问题，而是心意的问题。

他也不觉得宿衷送这些东西来，是为了让他觉得亏欠。宿衷的意图应该是很简单的，他就是想把好东西送给辛千玉。

辛千玉揉了揉额头："嗯，那是。"

朱璞倒是很快抓住了重点："你们现在关系很好？"

这话算是问到了点子上，辛千玉也不知该怎么回答。

这段时间，宿衷经常出现在他面前，完全复制了他当年的策略。

当年，宿衷说"好好学习，有精力多钻研专业知识，别在我身上浪费时间"，辛千玉认为自己是被拒绝了。不过他仍然没有放弃。

现在轮到宿衷可怜兮兮地求辛千玉关注。如同当年的宿衷，现今的辛千玉也无法硬起心肠将宿衷拒之门外。

朱璞愤愤不平地说："宿衷算什么东西？不会以为送两张椅子就能弥补他的过错吧？"

辛千玉吐出一口浊气，道："我觉得当年走到那一步，不完全是他的错。"

辛千玉一开始包装自己、接近对方，后来又只顾着自己生闷气，从不和对方沟通。如果说宿衷错在没有好好表达自己上，那辛千玉就错在没有好好表达自己的情绪上。

听到辛千玉这么说，朱璞吃惊得眼珠子都要掉下来了："小玉，你没事吧？你为什么要检讨自己？"

"我没有检讨，"辛千玉干咳两声，"只是冷静下来了而已。理性的成年人不能完全将错误推给别人啊！"

"管他谁对谁错呢？"朱璞无所谓地说，"反正咱们小玉是金枝玉叶，就该被捧着。"

朱璞真是发挥了护短的特性，完全不进行理性思考。

朱珠眉头一皱，发现事情并不简单："小玉，你进行这样的反思，还帮宿衷找补，是因为你想跟他和好吗？"

朱珠这话十分犀利，刺得辛千玉一阵心虚，他下意识地摇头："当然不是！"

朱珠看出来辛千玉有些不自在，便转移了话题，问他工作的事情："你确定要读完 MBA 再回国？"

"是的！"说到这个话题，辛千玉变得坚定而自信，"我一定会把学位拿到手。"

朱璞担心地说："可是你放心让辛斯穆负责上市项目吗？"

"你忘了吗？"辛千玉说，"M-Global 也要加入董事会。"

辛千玉对宿衷有一种信任感，他相信，只要宿衷在，就不会出事。

送走了朱珠和朱璞之后，辛千玉坐在那张 Ercol 沙发上，颇有些不安。

他拿起手机，拨通了宿衷的号码。

宿衷很快接了："小玉。"

辛千玉想问他沙发的事，转念又放下了，只说："我要在这边把书念完，只能拜托你受累回国一趟，盯紧项目。"

宿衷说："没问题，我会帮你处理好的。"

辛千玉下意识地想划清界限："什么叫'帮我'？你投进玉琢的 10 亿又不是我的钱。"

"是。"宿衷立即改口，"我是帮我自己。"

宿衷挂了电话，便去大老板办公室汇报："我想尽快回国，你帮忙安排一下。"

大老板的血压又上来了："衷，你玩我呢？我才安排你去亚太，你又要回来；我将你调回来，你又要回亚太！"

宿衷说："做我们这行的飞来飞去很正常。"

大老板气冲冲地说道："你再这样耍我，我还有什么权威可言？总之，除非你把我砍死在这儿，否则我不会答应放你回亚洲的！"

宿衷说："我回去是为了一个跨国企业的百亿 IPO。"

大老板说："那还不赶紧订机票！"

看着宿衷大摇大摆地离去，助理酸溜溜地对大老板说："要我说，宿衷也太目中无人了。像他这样行事，确实会挑战您的权威啊。如果放任他一直这样肆无忌惮，以后公司的管理就难了。"

大老板挑眉，问："那你有什么好主意？"

"我有个拙见。"助理低声说，"等他出了国，就慢慢削掉他手里的资源，封锁他的部分信息渠道，他的盘肯定就越来越小，不出三年，他的业绩就会缩水至少三分之二！"

"你真是个天才！"大老板摸着下巴，"等他的收入缩水到现在的三分之一，那我们的对手就能用市价的三分之一把他挖走啦！"

助理脸色一僵。

大老板拍着桌子说："你是不是有病？他那么能挣钱，为人单纯、不搞事、不争权夺利，简直就是世界上最棒的员工！他就算在我头上拉屎，我都不会有意见！你懂吗？"

助理立即冒出了一额头冷汗。

"以后不要让我听到任何针对宿衷的言论！"大老板喝令，"知道吗？"

"知道……知道。"助理赶紧点头。

由此可见，M-Global 的大老板和玉琢集团的老爷子完全是两种风格的管理者。

辛老爷子任人唯亲，而且不容忤逆。M-Global 的大老板则是看价值，对于价值低的员工，莫说是亲孙子，就是亲爷爷都叫他滚蛋。面对价值高的员工，他俯首甘为孙子，孙子不行就曾孙子。

正因如此，宿衷才能和他友好相处。

然而，这可能预示着宿衷和辛老爷子大概是处不来的。

毕竟，宿衷不可能给老爷子拍马屁，伺候他的脾气，而老爷子也很难放任一个外姓人插手集团事务。

这一点，其实辛千玉已经预料到了。

辛千玉给家里打了个电话问情况。

辛慕说："说出来你可能不信，宿衷来的第一天就把董事会的人得罪光了。"

辛千玉说："我为什么不信？"

宿衷能一开口就得罪整个董事会的人，是因为他搞制度改革，直接一刀劈下来，完全不做任何铺垫。

首先，他请了一个新的 CFO（首席财务官）来掌管集团财务。

CFO 是十分关键的岗位，董事会的亲戚们一听皮都绷紧了："账本怎么可以交给外人？"

作为家族企业，他们对财务还是十分敏感的。

辛千玉关照好了，辛慕自然站在宿衷这一边。她便站出来打圆场："不是说这个 CFO 只会干一年吗？他就是负责帮我们搞上市，上市了就会走的。"

亲戚们还是不大能接受。

爱唱反调的辛舅父先发言："说一年就是一年吗？"

辛慕咽了咽口水，宿衷开了口："说一年就是一年，时间长了你们也请不起。"

"……"辛慕噎住了。

辛舅父爱面子，哪里受得了这个，拍案说："你什么意思啊？看不起人啊？"

"这还是用分红做诱饵才请来的人，你们集团给的工资根本不够看。等项目完了他就会套现离场，一刻都不会多待。"宿衷就这么老实地说了。

这话说得很明显了，人家根本看不上玉琢，他们想留，人家还想走呢。

辛慕咳了咳，说："那他可真是个人才啊！"

宿衷点头："如果你们能找到一个比他更懂怎么和 SEC 打交道的 CFO，我无话可说。"

SEC 就是美国证监会，要赴美上市，少不得和 SEC 打交道。

为此，集团聘请一名专业的 CFO 也是无可厚非的事。

宿衷的话非常有道理，集团要赴美上市，不找个能和 SEC 对话的 CFO 是不行的。老爷子也就点头同意了。

CFO 上任后，大刀阔斧地进行改革，辞退了一批辛氏族人，搞得董事会的人怨声载道，意见很大。

老爷子默许了宿衷和 CFO 的行为，辛慕也从旁协助，因此，项目还是能够推进的。

从前，老爷子找咨询机构来做咨询的时候，好的机构都不肯接玉琢的案子，就是觉得玉琢内部太混乱，亲戚们搅得公司一团浑水，要想上市，就得大刀阔斧地改革，一般咨询顾问可不想接这种脏活。

宿衷这种身份的人愿意来做这个，真的很给面子了。

大家勉勉强强地完成了前期的一些改革工作。

然而，新的问题又出现了。

CFO 加入了董事会，并在一次会议上提出："我们公司内部董事人数太多了，一般上市公司董事会里的内部人员占比最好不要超过 1/3。"

这句话彻底点燃了董事会众人的怒火："你这是什么意思？这是我们辛家的产业，董事会都是辛家的人有什么问题？"

"如果你们不上市，就没有问题。"CFO 也是强硬派，"因为内部董事太多，所以董事会就只会挺老大哥，而不是服务股东。"

若说刚刚那句话只是触怒了董事会的辛氏族人，那么现在这句话就触怒了老爷子。

"董事会只会挺老大哥"是什么意思？

老大哥是谁？不就是老爷子吗？CFO 这话不就是说董事会不能只听老爷子的吗？

老爷子的脾气也上来了，他便纵容底下的亲戚们围攻 CFO。

这些三姑六婆，七嘴八舌，围着 CFO 叽叽喳喳地叫骂，CFO 一时很难抵抗。

眼看着场面越来越混乱，宿衷拿起文件夹，重重地往桌面上一拍。

大家一时怔住了，扭头看着宿衷。

宿衷这人不说话的时候浑身冰冷带刺，气势十分迫人，三姑六婆们一时都被镇住了。

会议室瞬间安静下来，宿衷缓缓开口："这就是每个咨询机构和你们说过话就跑，不肯接这个项目的原因。内部人太多，还不听劝。"

辛舅父第一个跳出来反驳："我看你是不安好心吧！这人就是想通过排斥我们家族成员，好叫你这大白鲨吞了我们的公司！"

宿衷有"大白鲨"之名，辛舅父也是最近打听来的。他还用这个名头吓唬了不少亲戚，说宿衷看着斯斯文文，其实是个食肉动物，很吓人。

面对辛舅父的指责，宿衷说："我没有。"

辛舅父冷笑："你说没有就没有？你怎么证明？"

宿衷看着对方："你想我怎么证明？"

辛舅父见宿衷有退让的意思，便昂起下巴，说："你把股份交出来我就信。就像辛千玉那样，只拿1%，大家就信你了。"

宿衷皱眉："我为什么要学他？"

辛舅父听见宿衷拒绝，立即指着他说："看吧，你果然包藏祸心！"

宿衷冷冷地看着对方："你可能对我的身份有误解。辛千玉是董事长的孙子，我不是。我是投资人，事实上，我才是你大爷！"

辛舅父一下愣住了，似乎无法想象宿衷这样的斯文人嘴里会说出"你大爷"三个字。

宿衷则十足"你大爷"的风范，修长的手指叩了叩实木桌面："你们要我持1%的股，那我就只出1%的钱。你们再有意见，我直接撤资。"

众人听到这话，脸都涨红了，有人更是受不了地大吼："你撤资就撤资！我们上市就发财了，还稀罕你那两个臭钱吗？"

宿衷面对叫骂毫无表情，只扭头看了看CFO。

CFO站起来，说："集团的财务状况大家还不清楚？如果没有注资，玉琢集团在三个月内就会面临资金链断裂的风险。如果大家有办法让玉琢集团在三个月内成功上市，或者找到一个比M-Global更慷慨的投资人，确实可以让我和宿衷立即滚蛋。如果不行，你们就闭嘴！"

众人真的很想叫宿衷滚蛋，但通通涨红着脸闭了嘴，并齐刷刷地用求救的目光看着老爷子。

老爷子从未有一刻如此烦厌这群无能的亲戚。

现在，谈判陷入僵局，辛慕咳了咳，笑道："我来说句公道话吧，我看宿衷是个好人，没打算图咱们的家产。他是真心实意想帮我们集团上市。"

大家只能点头附和。

辛舅父仍梗着脖子："是吗？我还是存疑。"

辛慕对辛舅父也没好脸色，冷笑道："他的身价是你的多少倍，花这力气搞你，图你个棒槌？"

辛舅父恼羞成怒："你没听说别人叫宿衷大白鲨？大白鲨当然都是吃身家比他低的鱼虾蟹啊，难道会吞鲸鱼？"

辛慕点头，笑道："好，你说得对。宿衷是鲨鱼，那就叫 M-Global 撤资，我们集团大概熬不过三个月就会破产。只要我们穷得像乞丐一样，就不怕别人来谋夺我们的家产了，你说是不是？"

辛舅父被气得直跳脚。

辛斯穆也说："其实，我也觉得引进外部董事是一件好事，我看大部分上市公司的内部董事占比都是 1/3。"

见辛斯穆也这么说，辛舅父瞪大眼睛，一时说不出话来。

辛慕说："为了证明我的公道，我第一个站出来表示我会退出董事会。"

既然辛慕退出董事会，辛千玉又只拿 1% 的股权，大家就更没立场攻击这对母子了。

最后，在资金压力之下，老爷子也同意了。众人商议决定，内部董事只剩下老爷子、辛千玉和辛斯穆。由于法律规定 CFO 必须是董事，所以 CFO 也在董事会，此外，外部董事还有宿衷以及老爷子请来的两位朋友。因此，董事会大部分还是老爷子的人。这样老爷子才能放心。

大洋彼岸，辛千玉还在 H 商学院攻读 MBA。

MBA 第二年的课程没那么紧凑，辛千玉却没有闲下来，因为除了学业，他还要关注公司的事情。

辛慕给辛千玉说了一下进展，辛千玉脑子里却满是宿衷谈判时的样子。

说起来，辛千玉真的完全想象不到宿衷谈判时会是什么模样。

在辛千玉看来，宿衷应该是一个完全不擅长谈判的人。

私下相处的时候，宿衷一直很少说话，要是辛千玉提出要什么，宿衷会立即答应。因此，他们之间并不存在谈判协商的情况。

想着这些，辛千玉躺在床上，渐渐沉入梦乡。

公寓楼下的四角广场中央有一盏路灯，宿衷每次都站在路灯下等他。

辛千玉说："这儿好冷的，你可以去便利店里等。"

宿衷说："可是，这儿是最显眼的地方。我不站在这儿，怕你看不到我。"

辛千玉迷迷糊糊地，睁开眼醒来，发现自己是做梦了。

他从床上坐起来，一脸呆滞，怎么会梦到宿衷？

一定是太累了吧，又要学习又要工作，还要担心宿衷情商低得罪人。

辛千玉昏昏沉沉，几乎是眯着眼睛下楼的。

宿衷就站在广场中央的路灯下等他。

辛千玉看到宿衷的身影，下意识地觉得是梦，嘟囔道："怎么又来了？"

宿衷朝他点了点头。

辛千玉看着宿衷这阴魂不散的样子，忽然来了气，一脚往他身上踹去。

宿衷蒙了。

辛千玉也蒙了。

北风扑在脸上，辛千玉打了个寒战，清醒了几分，才发现自己不是在做梦。

宿衷的白色裤子上有一个黑乎乎的脚印，是辛千玉刚刚踹上去的。

宿衷没有在意，只说："对不起！"

辛千玉很诧异："你做错什么了就说对不起？"

"我也不知道。"宿衷说，满脸委屈，"所以，你为什么踹我？"

辛千玉答不上来。

辛千玉原本想问宿衷怎么忽然来了。

辛千玉头脑昏沉，但心里意识到几分危险，觉察到宿衷对自己的影响越来越大了。

他退后半步，心里打定主意，无论宿衷说出什么令人感动的话，他都不接招，一律残忍拒绝。

打定主意后，辛千玉板着脸说："你来干什么？我要去图书馆，没空陪你玩。你说啥都不管用，我今天就是要去学习。"

宿衷说："招股书已经拟好了，我来找你一起看看有没有需要修改的地方。"

辛千玉绷不住了，讪讪地说："那……那上楼进屋谈吧。"

虽然他已经打定主意宿衷无论说什么都不管用，但是一说到IPO（首次公开募股）的事情，立马反悔。这也是没有办法的事情。

辛千玉一边上楼，一边咕哝："你怎么还跑来了呢？网上发、线上聊不就行了吗？"

"因为太久没见你了，"宿衷说，"想来看看你。"

辛千玉登时似被人从背后放了一支箭，大意了。

招股书是专业团队拟的，当然不会出现很大问题，其实也不用辛千玉这个外行人指导修改。不过，辛千玉决定下苦功，把差不多五百页的招股书读通、读透，每个细节都了解得清清楚楚，以免出现纰漏。

另外，辛千玉打算参加路演，所以更要对招股说明内容了然于心。

辛千玉一边准备学校的功课，一边研究招股书。这一个星期，辛千玉每天只睡三个小时，脑子好像都快转不起来了，他觉得自己处在变成智障的边缘。

辛千玉将一切精力放在手头的工作上，对外界的反应变得迟钝。所以，他花了好一阵子才猛然发现，宿衷已经住进来了。

在公寓里，宿衷一会儿帮辛千玉准备学校的课题，一会儿跟辛千玉讨论招股书的内容。到了饭点，他就给辛千玉做个三明治，和辛千玉一起啃。毕竟，复杂的菜式宿衷也不会。二人相处和谐，辛千玉便没想起下逐客令。

辛千玉一旦投入工作便是全神贯注，熬到深夜，忘了宿衷的存在。他自己随便洗漱一下倒头就睡，脑子也昏，根本没想起家里还有个人。

第二天起来，辛千玉刷牙洗脸，发现宿衷帮自己做好了早餐。他嘟囔："又是三明治？"

"你不想吃三明治吗？"宿衷说，"你一般早上吃什么？"

辛千玉坐在椅子上，有些呆滞，竟然没觉得宿衷一大早在自己家里有什么不妥。

辛千玉答："就来点普通的煎蛋、火腿片。"

"没问题。"宿衷将三明治的面包片、生菜拿走吃了，就剩下了煎蛋和火腿片，"喏，你要的煎蛋、火腿片。"

"……"

宿衷真不愧是宿衷。

辛千玉提前完成了课题报告，并跟导师请假。

同学好奇地问："你请这么久的假干什么？"

辛千玉说："家里有事。"

导师抬起头，说："他家公司要IPO。"

闻言，同学吃了一惊："你怎么知道？"

导师觉得很奇怪："我是咨询行业的，怎么会不知道？"

"……"同学噎住了。

导师顿了顿，又道："你该不会觉得大学教授就只是在学校里做研究的老学究吧？"

实际上，这位导师是波士顿某咨询公司的高管出身，是一个专家，也是一个实干家。

辛千玉本来不想在学校里说自家的事情，原本想低调一些，却不想原来所有任教的导师都知道辛千玉在研究IPO。因此，他们对辛千玉上课没精神的状态比较理解和包容。

导师给辛千玉批了假，还拍拍他的肩膀，说："祝你成功！"

辛千玉感激地点点头："谢谢教授！"

辛千玉请了假，和整个团队会合，一起紧锣密鼓地筹备上市的最后事项。

招股书通过之后，上市到了考虑定价的环节。整个团队决定暂时将价格定在9.5至11美元。然后，他们便开始准备上市路演。

这一切于辛千玉而言比坐过山车还刺激。

众人商量了许久，辛千玉提出："整个过程，宿衷的参与度是最高的，他的形象也好，不如让他主讲吧？"

CFO立即反对："怎么能让投资人主讲呢？肯定得总裁主讲呀！"

辛千玉想了想，也觉得有道理，但还是有些紧张："我就是有些紧张，随口说说。"

"没关系。"宿衷说，"其实你不用太紧张，一般来说，起决定作用的还是公司的硬实力，主讲不会对投资产生太大的影响。"

辛千玉没想到宿衷还能说出这么暖心的话，他还以为，以宿衷的情商，不给自己泼冷水就已经算好的了，没想到还能安慰自己。

CFO说："是这样没错，但是如果主讲回答不上来投资者的问题，或者主讲讲得很糟糕，也会影响投资者的信心。"

辛千玉眨了眨眼，发现这个一板一眼的CFO越来越面目可憎，怪不得董事会个个都当他是"衰神"。

这位"衰神"继续发言："当然，有个人魅力的主讲人能够让整个项目增色不少，甚至可以影响报价。"

宿衷便说："不用担心，小玉很有魅力！"

辛千玉有些忸怩地说："谢谢，你也很有魅力。"

宿衷摇头："和你比起来，我毫无魅力。"

辛千玉一时失语。

"能不能正经一点？"CFO看不惯他们俩这副模样，冷冷道，"你们是来讨论上市路演的还是来商业互吹的？"

被CFO这么一说，辛千玉脸都发烫起来。他清了清嗓子，立即将话题拉回到正事上："不知道你怎么看？你觉得我们这次能完成1亿美元的募资目标吗？"

CFO说："这个我不清楚，也不在我的职责范围内。"

宿衷道："一定可以的！"

辛千玉蹙眉："如果没完成呢？如果被我搞砸了……"

宿衷说："如果没完成，那也一定不是你的问题。全程都是我在参与，真出了问题，就是我的问题。我会帮你把这1亿美元补足。"

辛千玉别开脸："切，我又不缺这个钱。"

别的不说，辛千玉的投资公司收益不错，1亿还是拿得出来的。

宿衷道："你是不缺钱，是我自己想给你送钱。"

CFO心想：既然你们都不缺，干脆都给我好了。

其实，宿衷说的安慰辛千玉的话非常有道理。主讲对股票发行的影响不会很大，起决定性作用的还是台下的功夫，股民们看的是IPO资料上披露的硬性条件。换句话说，如果是一家非常有潜力的公司上市，那主讲人随便说说，投资者都会买。相反，如果这家公司缺乏足够的吸引力，那主讲人就算舌灿莲花，也很难扭转颓势。

不过，如果主讲讲得好，也能起到锦上添花的作用。

玉琢计划在美国进行十天的IPO路演。

第一场路演让辛千玉非常紧张，地点不出意外地定在了五星级酒店。

辛千玉穿上了定制西装，头发梳起，看起来风流倜傥。

尽管他内心一直紧张得打鼓，但走进酒店展厅的时候，他还是一脸镇定的笑容，步伐坚定，仿佛久经沙场。

辛千玉上场之前，宿衷对他说："你以前不是当过讲师吗？你就当是给学生讲课一样就好了。你讲课的时候很有魅力。"

辛千玉能坦然接受所有人的赞美，宿衷的除外。

辛千玉用手拨了拨鬓发，意图掩盖发红的耳尖："你说的什么鬼话？你又没看过我讲课。"

"我看过。"宿衷说，"我把你的录播课都下载了。"

辛千玉愕然地看着宿衷，随即转过身，往展厅走去。

辛千玉深吸一口气，在台上想着宿衷的话，就当是讲课好了……

这样的暗示好像确实有用，辛千玉很快找到了熟悉的状态。他还得感谢自己当讲师的那段经历，使他能在公众面前条理清晰、口齿伶俐地进行演讲。

台下的人也跟上大课的学生差不多，少部分人会认真地听讲并做出回应，大部分人则心不在焉。这并非因为辛千玉讲得不好，而是因为台下大部分人都是专业做投资分析的，来之前就已经将玉琢的 IPO 资料读透。辛千玉说的东西，他们一早就了解，所以不会听得很认真。

辛千玉完成演讲后，一点也不紧张了，只觉得酣畅淋漓，脸上露出了自信的微笑。

第一场路演，他们就完成了 1 亿的认购，虽然只是意向认购，但是这个数字足以让辛千玉无比振奋。

辛千玉原本的募资目标也就是 1 亿而已。

他们一路顺着计划好的路线在各大城市进行路演，也是一帆风顺。

最后一场路演在纽约，大获成功，他们总计募集了 50 亿，是原目标的 50 倍。

路演结束后，辛千玉和宿衷一起去了餐会，餐会中不乏各种投资人。辛千玉看着人影幢幢，忽然产生了一种恍若隔世之感。

他想起三年前自己和宿衷一起参加酒会的情景。

那个时候，他作为宿衷的附属品而存在，大家只看到宿衷而看不见他。众人说起投资的话题，他也插不上话。有一名求宿衷开专户的有钱人还把他口头羞辱了一番……

这些好像都是上一辈子的事情一样。

现在，辛千玉成了宴会上的中心人物，大家都很热情地和他攀谈。

他也早已不是那个听不懂金融行话的木头了，任何话题他都可以自如地加入。再说了，现在最常提起的话题还是玉琢 IPO。

辛千玉保持着矜持的微笑，比较少言。

三年前，大家暗自取笑辛千玉这样是木讷和愚蠢。

现在，大家则说辛千玉具备东方人特有的内敛和含蓄。

其实，辛千玉只是因为路演太累而懒得说话而已。

辛千玉躲过了人群，想去洗手间那边透透气，没想到竟遇到了一张熟悉的面孔。

辛千玉记得，当年这个人拿着 10 亿美元求着宿衷开专户，但宿衷以额度已满将他拒绝了。这个人不死心，跑到洗手间去堵辛千玉。遭到辛千玉拒绝后，他还十分无礼地羞辱了辛千玉。

辛千玉瞥了对方一眼，对方上前对他笑，好像已经忘了这回事。

想想也是，自己在对方这种有钱人看来只是一个小人物，而且事情发生那么久了，忘了也很正常。

辛千玉淡淡点头，正要走过，那人却很客气地进行了一番自我介绍。辛千玉点头微笑，时隔三年，他才知道这个人叫什么名字。

那人继续说："辛先生，我这几天不在纽约，刚好错过了你们玉琢的路演。"

"哦？是吗？那真是太遗憾了！"辛千玉说。

那人又和颜悦色地道："不过，我是很有诚意想要认购的。您看……"

辛千玉拿出了当年宿衷的高姿态，说："对不起，认购额度已经满了。我就算是总裁，也不能随便让人加塞。"

那人笑了："当然，得加钱，你开个价吧。"

辛千玉没想到他这么爽快。

要说，辛千玉还真不是宿衷。宿衷是"名额满了就是满了，你给我 10 亿我都不会让你加塞"，辛千玉则是只要钱给够，没什么不可以的。

辛千玉便说了一个数字，没想到那人很爽快地答应了："可以啊！"

辛千玉在惊诧之余，回头跟宿衷说起了这个事情，还调侃着说："我还以为他会砍价。"

宿衷说："他不会。"

"为什么？"辛千玉好奇地问，"因为他实在太有钱了？"

宿衷说："因为你值得！"

辛千玉尴尬地清清嗓子，说："是玉琢值得。"

"如果没有你，玉琢不会值这个价。"宿衷认真地说。

也许确实是这样吧，如果按照辛斯穆的方案，玉琢火烧火燎地在国内买壳上市，肯定不会像现在这么风光。

不过，这不仅仅是辛千玉的功劳。

辛千玉也放下了不少芥蒂，诚心诚意地看着宿衷："这句话也送给你。"

如果没有宿衷，玉琢不会值这个价。

这一刻，他们站在璀璨的灯光下，一样闪耀着动人的光芒，可以称得上"珠联璧合"。

这一刻，他们只是一对契合的伙伴。他们举起酒杯，看着对方的时候，眼里是欣赏，是认同，或许还掺着几分不在酒里的醉意。

宿衷垂下眼眸，道："这儿真无趣，我们要不要去拉斯维加斯？"

"拉斯维加斯？"辛千玉一怔，"这儿是纽约，怎么去？"

宿衷说："坐直升机，很快的。"

拉斯维加斯是一个不夜城。

宿衷和辛千玉到那儿的时候已经是深夜了，而深夜正是拉斯维加斯最热闹的时候。他们没去赌博，而是选了一家热闹的酒吧喝酒。

辛千玉一边饮酒一边看着台上的表演，眼神变得迷蒙，时光好像倒流了，他忍不住像老头子一样喋喋不休地谈论过往："你还记得吗？你加入 M-Global 后的第一个圣诞节，你就在拉斯维加斯，我在国内……说好了我要来找你的，但我手上的项目突然出事了。那个时候，我忙得焦头烂额，心里忍不住怨恨，你为什么能在拉斯维加斯风流快活……"

宿衷一怔："我没有风流快活。"

"哧……"辛千玉嗤笑一声，语气轻松不少，笑着摇头说，"没关系了。"

现在看起来，当初的白眼、挫折、困顿都是过眼云烟，鲜花和掌声是疗愈自尊心最好的良药。

辛千玉叹道："我已经不在乎了。"

宿衷看着灯光下辛千玉微红的双颊："我希望你在乎。"

辛千玉醉醺醺的，好像已经沉浸在酒液里，并没有回应宿衷，而是又喝了一杯。

一杯接一杯，就像喝水似的。

辛千玉很久没有这么放纵过。他知道不该喝这么多，但他扬起脖子饮下了一杯又一杯的烈酒。他说不出自己是因为高兴还是因为忧愁。此刻的他一半在海水里冰冷地浸泡着，一半在火焰里炽热地炙烤着。

很快，他半边身子都麻痹了，然后，他的脑子完全转不了了。

辛千玉眼前的东西都变成了意识流的产物。

像是海的平面翻涌起了浪花，原本的平静不复存在，倒映在海面上的星星也开始摇动、闪烁。

太阳和月亮都在，一边是温柔，一边是炽热。

拉斯维加斯的夜晚好像就是这样，容易使人迷醉。

每个人都过得那么浑噩又那么快乐，一切的行为举止都变得合理，再可笑的事情也不可笑了。

他想要旋转，想要飞奔，想要跳舞，但他发现自己最想要的是一个和解。

第二天，早上。

当然，这里说的是美国的早上，美国的白天正是国内的夜晚。

辛慕在国内，正坐在会所里喝酒，就接到了儿子的紧急电话。她找了个安静的地方接听："怎么了？"

辛千玉惊慌的声音隔着电话传来："妈，我犯了一个很大的错误！"

"怎么了？"辛慕担忧地问，"你的声音怎么回事？"

辛千玉喝杯水润了润干涸的喉咙，才说："我的声音没事，就是昨晚喝多了……"

辛慕猜测说："你和宿衷和好了？"

"嗯。"辛千玉又饮下半杯冰水。

"你现在在哪儿？"辛慕说，语气很随意，跟普通聊天似的。

辛千玉也放松了一点，说："我在酒店……拉斯维加斯……"

"拉斯维加斯？你不是在纽约路演吗，怎么跑到拉斯维加斯去了？你脑子里是突然长了一条马里亚纳海沟吗？"辛慕开始骂街。

这情形就好比用"这是小事，你承认了就好了啦，妈妈不会怪你的"之类的好言好语，从孩子嘴里套出了真话之后，家长立即变脸发飙拿起鸡毛掸子打孩子一顿。

辛千玉宿醉的脑袋瓜运转不良，一下就掉进沟里，被语言狂揍了一顿。

辛千玉的脾气也上来了，他发挥熊孩子的本质，不管有理没理就是要顶嘴："我打电话来是跟你聊的，你要是只是想骂人，我也没必要和你说话了！"

辛千玉也是翅膀硬了，辛慕奈何不了他。她只好叹了口气，摇摇头说："好了，骂你两句就受不了，说是儿子，脾气却像老子。行吧，这事你跟我细细讲讲，到底怎么回事？"

"我也记不太清了……"辛千玉感觉自己那聪明的脑袋瓜变成了核桃大的脑仁，一点也顶不上用。

辛慕无语："懂了，断片了，是吧？"

辛千玉也无语："嗯……"

辛慕想了想，说："那宿衷呢？"

"不知道，清醒过来之后我就跑了。"辛千玉一脸心虚地说，"他打了好多电话给我，我没接……我现在不想被他找到。"

辛慕"噗"地笑了："哟，还演一出翻脸不认人呢！"

"……"辛千玉脸都要抽搐了，"够了啊，辛女士。"

辛慕数落了一通辛千玉，又敷衍地安抚了几句，便挂了电话。

辛千玉挂了辛慕的电话后，IPO项目组那边的人便给他打来了电话，问他去哪儿了。

辛千玉尴尬地说："今天有工作安排吗？"

"那倒没有。"工作人员说，"就是在酒店没看到你，特意打电话问问。"

"我没事。"辛千玉顿了顿，说，"我现在有点事，先不回去了，有什么事情明天说……"

"好的，好的。"工作人员说。

辛千玉又道："如果宿衷问起，你就这么说。"

工作人员答应了，就把电话挂了。

就这样，辛千玉在酒店里躲了一天。

他也不知自己在躲什么，他的脑子昏昏沉沉的，不知道是被酒精摧毁了，还是被突如其来的变故压垮了。

辛千玉拉上窗帘躺在大床上，无所事事地躺着。

自从要搞IPO以来，辛千玉就没有放松过了，每天都跟给杨玉环送荔枝的千里马似的忙个不停。精神压力也很大，现在微微放松了一下，反而有些不知所措。

他陷入柔软的大床里，封闭了一切，彻彻底底地给自己放了一天的假。

一天的时间，远离工作，也远离宿衷。

无论是工作还是宿衷，都好像永远通不了的关卡一样，过了一关又一关，没有尽头。

辛千玉很难不为之感到疲惫，然而，当远离的时候，他又免不了挂念。

到了晚上，辛千玉就重新抖擞精神，在酒店浴室里洗了个澡，换上新买的衣服，坐上了回纽约的班机，清清爽爽地再次投入工作、面对宿衷。

辛千玉刚回到纽约的酒店就看到了一抹熟悉的身影，他下意识地绷紧了身体。

宿衷就站在辛千玉住的酒店房间门口，像等着主人归来的大型犬似的。一看到辛千玉出现，他的眼睛就立刻有了光。

那一瞬间辛千玉的心情十分复杂，说："你怎么在这儿？"

"我在等你回来。"宿衷回答。

辛千玉咳了咳，说："有什么事进房间聊吧。"

说完，辛千玉就打开门让宿衷进去。

辛千玉让宿衷坐下后，又去迷你吧台泡了两杯茶。

看着热水渐渐注满白瓷杯，他的心也冒着烟，只能借着泡茶的间隙来给自己做心理建设。

他深呼吸了几个回合，才将杯子拿起来，转身走到茶几旁边坐下，放下茶杯："来，喝点茶。"

语气自然不僵硬，他对自己的表现很满意。

宿衷拿起茶杯，认真地看着辛千玉："小玉。"字正腔圆。

辛千玉立即破功，几乎将茶泼出来。

宿衷眨眨眼，表情无辜。

辛千玉放下茶杯，搓了搓膝盖，干巴巴地说："其实吧，我喝多了，不是很清楚当时的情况……"

宿衷眼里的光渐渐黯淡了下来。

辛千玉殊为不忍，便别开视线，盯着天花板的吊灯，说："我看，咱们还是维持现状吧，来得及吗？"

"来不及。"宿衷答得快而准。

辛千玉十分诧异，目光旋即回到宿衷脸上："为什么？"

宿衷说："我已经发了微博，大家都知道了。"

辛千玉像炸毛的猫一样跳起来："你说什么？！你怎么不先跟我沟通一下？"

"我给你打了好多通电话，你没有接。"宿衷说。

辛千玉被噎住了，讪讪地端起茶杯，啜了口已经凉掉的茶。

宿衷垂下眼眸，过了半晌，才慢吞吞地重新开口："我明白你的意思了。"

辛千玉心口一紧，觉得嘴里的茶十分苦涩。

"不过，我想让你先听我说完我的意见。"宿衷道。

辛千玉放下茶杯，姿态端正地凝视着宿衷："好，你说。"

宿衷站起身，开始了主题为"社交媒体对拟上市公司的重大影响"的即兴演讲，痛陈股东在上市前乱发言的各种不利影响，甚至直白地提出了不少股东乱发言导致上市失败的惨痛例子："不少案例证明了高管乱发言会导致上市的失败，就算上市成功了，也有证据证明，在社交媒体上胡乱发言对企业估值具有显著的负面影响，对上市公司的股票市场产生显著的短期负向影响……"

辛千玉有些恍惚，觉得自己好像回到了 MBA 的课堂，听着导师引经据典、旁征博引，自己则点头受教，甚至还有一种拿出笔记本来记下重点的冲动。

最终，宿衷问："那你还想另外发条微博澄清吗？"

"不……不了吧……"辛千玉完全被忽悠了，过了半天才回过神来，他怎么一下就被说服了呢？

面对宿衷的劝说，辛千玉心情复杂。

如果宿衷动之以情，摆出一副"我还要继续求和"的姿态，势必会引起辛千玉的反感。

宿衷只是晓之以理，从集团的利益出发，辛千玉就能够理智地站在宿衷这一边了。

现在，辛千玉就是后悔。

在纽约好好庆功，完了回房间睡觉，不好吗？非要去拉斯维加斯干啥呢？去了就算了，怎么还喝那么多呢？

唉，现在真是骑虎难下。

宿衷和辛千玉决裂又和好的新闻上了热搜，众人纷纷打来电话表示关心。

朱璞也来电恭喜辛千玉重拾旧友。

辛千玉颇为诧异，说："你之前不是不看好我和宿衷做朋友吗？"

朱璞说："我现在也只能看好了，不然还能盼着你俩又绝交一次不成？"

辛千玉无言以对。

朱珠随后也来电恭贺，又小心地打听："怎么这么突然呢？你到底是怎么想的？"

辛千玉含糊地说："我自己也不知道。"

得不到辛千玉的回答，朱珠叹道："其实，这样也好，对双方都有好处。"

"你觉得……"辛千玉踌躇，"我们真的能回到从前吗？"

朱珠答："不要我觉得，要你觉得。"

第十章　数学青年别搞文艺

　　林春红离婚之后独自抚养宿衷，是一位单亲妈妈。宿衷能够成为一位亿万富翁，自然是她的骄傲。

　　一开始，她还兴高采烈地向邻居炫耀，然而，时间久了，她就被邻居的"你儿子这么有出息，为什么不带你去美国啊"之类的问题弄得心烦气躁。

　　一直重视面子的林春红只能梗着脖子回答："美国有什么好的？我不喜欢，还是喜欢自己家。"

　　"那也是，国内挺好的。"邻居表示同意。

　　林春红略略松了一口气，没想到邻居又开始第二轮发问："你儿子怎么都不回来看你呀？"

　　说起这个，林春红简直要心梗。

　　要说起其中原因，时间就得退回宿衷去美国以后。

　　林春红知道宿衷身边多了一个李莉斯这样的女性，不知道多欢喜。因此，林春红旁敲侧击地劝宿衷找个女朋友，赶紧生个孩子。

　　宿衷却不为所动。

　　春节，宿衷在林春红的强烈要求下回了家。林春红旧事重提，非要宿衷找女朋友，又念叨谁谁家的儿子都结婚了、孩子都上小学了，他怎么这么不懂事。

　　宿衷解释说自己心理有问题，林春红完全不相信。

　　最终两人大吵了一架。

　　然后，宿衷就走了。

然后，就没有然后了……

唯一让林春红没那么难过的事是，宿衷还是会定期给她打钱。

林春红一直知道自己的孩子和别人家的不一样，然而，她作为一个单亲妈妈，又要打工又要养孩子，实在没那么多时间、精力去关注孩子的心理问题。更何况，她很快就发现自己孩子智力超群、学习能力很强，因而不但不担心孩子的心理状况，反而很自信骄傲。当老师委婉地指出宿衷可能存在心理障碍的时候，林春红说："我家孩子是天才，当然和别人不一样！"

识趣的老师就点头称是，夸赞宿衷卓尔不群，比较老实的老师则会说："不过，宿衷这孩子确实有点异常……"

这时候，林春红就会气得跳脚："你是什么意思？你是觉得我家孩子有病吗？我看你才有病！像你们这种普通人怎么能理解天才的世界？你做老师的怎么可以这样说学生……"

老师立即闭上嘴，不敢多说什么。

小时候，宿衷有时候会问林春红："我为什么好像听不懂别人说话？"

林春红就会说："不是你不懂别人，是别人不懂你。你是凤凰，根本不用在意山鸡的看法。"

宿衷是林春红的骄傲。

宿衷必须是完美的，她绝不可能承认宿衷有任何瑕疵。

宿衷尝试向林春红求助，得到的回答永远是：你是最完美的，你是最好的，别人都不懂你，你只需要考虑你自己就可以了。

渐渐地，宿衷便习惯了自我封闭。

他越来越离群，变成一个对外界反应迟钝、近乎冷漠的人。

林春红觉得这样没问题，最好是这样，她和宿衷相依为命，宿衷不需要别人加入他的生活。宿衷那么完美，根本不用在意别人的想法。宿衷就是有资本目中无人，可以不把别人放在眼里。

直到后来林春红才发现，这个别人也包含了她。

宿衷是很有耐性的，一直未联系林春红，林春红却没有他这么有定力，终于耐不住性子给他打了电话，说要去美国找他。

宿衷答应了。

宿衷把电话挂了，转身走进了衣帽间，换上一套雪白的西装。

他经常穿白西装，因为辛千玉说他这样穿好看，像天仙下凡。

宿衷当时还说："天仙为什么穿西装？"

辛千玉被问住了，但当时的他还是那个卑微的"弟弟"，便嘴甜地回答："你就是天仙，你穿啥，天仙就穿啥。"

宿衷换好了衣服，来到辛千玉的酒店客房，说："辛董事长他们马上到了，我们该去接机。"

辛千玉点点头，两人虽然和好了，但还是有点别扭："嗯，走吧。"

因为要上市了，所以玉琢的不少高管都飞往了美国，与辛千玉、宿衷碰头。

老爷子到达后，几人寒暄了一番，便开始聊正题。

辛舅父跟辛千玉说："秋实抢在我们前头在国内上市了，市值差不多 100 亿……"

"什么 100 亿？"辛慕插口道，"才 96 亿！"

辛舅父努努嘴："那不就是差不多吗？"

"差了 4 亿还叫差不多吗？"辛慕不依不饶，"你给他补上啊？"

辛舅父冷哼一声，转移了话题："我记得，小玉在引进 M-Global 的时候曾经信誓旦旦地说能让玉琢的市值达到 150 亿，不知现在还算不算数？"

辛千玉含笑道："我说我有信心让市值达到 150 亿，我现在仍有这个信心。"

"信心？"辛舅父嘲讽他，"信心能当饭吃？"

"信心不能当饭吃。"辛慕翻了个白眼，"你的话能当饭吃。"

辛千玉看着辛舅父和辛慕针锋相对，老爷子在一旁假装慈祥，觉得非常无奈，明明是一家人，却因为利益搞得势同水火。

不过，辛舅父和辛慕的嘴仗很快偃旗息鼓，因为事实胜于雄辩，数字是最直观的，不会骗人。

玉琢集团在纽交所敲钟上市，上市首日即高开高走，截至收盘，股价较发行价上涨16.31%，总市值170亿元，大大超过了当年辛千玉承诺的150亿，更是将老对手秋实教育甩开了几条街。

老爷子就算心里疙瘩再大，这个时候也必须笑逐颜开地夸赞辛千玉和宿衷，又说："以后集团就看你们两个啦！"

辛舅父一脸嫉恨，忍不住插嘴说："前期的工作，小穆也付出很多啊……"

老爷子刚刚说那些话就是为了挑起辛斯穆的嫉恨，他点点头，给个巴掌赏块糖："嗯，小穆也是好孩子。"

辛斯穆温和地微笑点头，对辛千玉说："恭喜你！"

辛千玉也含笑道："都是一家人，有钱大家一起挣，没什么恭喜不恭喜的。"

庆功宴结束，辛千玉便和宿衷一起离开了。

待上了车，宿衷对辛千玉说："我妈来美国了，说想来看看我，有时间一起吃顿饭吗？"

辛千玉听到宿衷的妈妈要来，想起他们合租时宿衷的妈妈对他便没什么好脸色，就暗暗觉得不爽，却还是答应了。

辛千玉想着要招呼林春红就觉得挺麻烦的。他跟朱璞、朱珠抱怨，说："你们说，宿衷的妈妈过来，会不会像以前那样跟我阴阳怪气？说我带坏宿衷？"

朱璞点头："我看八成会。"

"啧，烦人。"辛千玉没好气道。

朱珠蹙眉道："你以前都是怎么和宿衷妈妈相处的？"

"我啊？"辛千玉说，"我以前都忍着她啊！现在要是让我忍，我还真忍不了。"

朱璞点头："当然啊！你干吗要忍她？直接开杠！"

"那好像不好。"辛千玉摇头，"毕竟人家是长辈。"

朱璞不同意："你还在乎这个？"

"我现在是上市公司高管，得要脸啊！"辛千玉发出了身不由己的感叹。

朱璞挠挠头："那就是拿她没辙呗？"

"那倒也不是。"辛千玉坐直身体，说，"只有魔法才能打败魔法，只有妈妈才能打败妈妈。"

朱珠眼前一亮："你要带你妈去？"

"不错！我是晚辈，说话不方便，但我妈和她是平辈，可以敞开说。"辛千玉说道。

朱璞闻言大惊，说："这岂不是传说中的'大炮打蚊子，AK狙蚂蚁'？"

这天，在 M-Global 办公室，宿衷穿上外套提起公文包走了出去，正巧遇上从外面回来的大老板。

大老板一看宿衷这个架势就知道他要外出，便随口问道："出去见客户吗？"

"不。"宿衷说，"去接机。"

"哇哦！"大老板夸张地说，"什么大人物能让你亲自去接机？"

"我妈。"宿衷回答。

大老板咽了咽口水，说："那……那替我向她问好。"

"她又不认识你。"

"……"

宿衷将工作和私人生活分得很开，他去接林春红的时候也没带上助理，就自己一个人。

林春红下飞机后见到只有宿衷一个人就有点不开心，说："就你一个人？"

宿衷说："我不让助理和秘书做工作以外的事。"

林春红没好气地说："电视剧里不都是这么演的吗？"

宿衷回答："这不是电视剧。"

"……"

宿衷带林春红去了酒店，给她开了一个房间。

林春红不太满意："怎么不带我去你家住？"

"以前也没让你到我家住。"宿衷回答得很干脆。

林春红咽了咽口水，确实如此。从前宿衷在国内的时候就没主动让林春红来住，倒是林春红死乞白赖地去了好几次，宿衷都不太欢迎。

林春红在沙发上坐下后才算放松了疲惫的身心，开始好好打量宿衷。几年不见，宿衷看起来更加成熟沉稳，一身西装笔挺，像杂志上的成功人士一样。啊，不，不是像，宿衷现在就是杂志上的成功人士。

林春红产生了一种虚妄之感。

她从来没想过自己的儿子能够这么成功，成功得她都够不着。

想起这几年宿衷的冷落，林春红越发生出一种恐慌，怕自己抓不住儿子了——就像她当年抓不住丈夫一样。

她拉着宿衷，声泪俱下地诉说自己这几年来是多么思念他，同时又埋怨他为什么这么狠心。

宿衷人生中很少有这样的瞬间——尴尬的瞬间。

作为迟钝的人，宿衷是很少感到尴尬的，但这一刻，他好像终于读懂了"尴尬"这两个字的含义。

林春红一把鼻涕一把泪地埋怨、打感情牌，枯瘦的手紧紧拽住宿衷洁白的袖子，就像守财奴攒住硬币一样。

宿衷清了清嗓子，他瞬间明白过来，怪不得那么多人和他在一起的时候会这样不自然地清嗓子，原来是因为尴尬啊。

"妈，"宿衷清完了嗓子，说，"我明白你的意思了。"

林春红扬起涕泗横流的脸，说："你明白了？那你说说我是什么意思？"

宿衷说："你希望我多和你见面，是不是？"

林春红喜悦地点头："是，就是这个意思！"

宿衷说："我明白了。"

趁林春红晃神的当口，宿衷不着痕迹地将袖子抽了回来。

安置好林春红之后，宿衷便去找辛千玉。

事实上，辛千玉也住在这家酒店。

宿衷进了酒店房间后，看着辛千玉照例帮自己泡茶。

每次迎了宿衷进房间后，辛千玉都会去迷你吧台泡茶。这其实不是辛千玉的待客之道，而是他的权宜之计。每次打开门后，辛千玉都需要一点时间来平复自己的情绪。

宿衷坐在沙发上，等辛千玉泡好茶后便双手接过，说："我妈已经来了，我给她安排的就是这家酒店的客房。"

"嗯。"辛千玉淡淡地应了声，"那就今晚一起吃顿饭吧，既然碰见了，也是缘分。

"你是不是觉得缘分这东西很玄乎？"

"我不觉得这很玄乎，这是概率问题。"宿衷说道，"世界上有 60 亿人，假设我们的预期寿命是……"

"打住！"辛千玉察觉宿衷好像要说什么奇怪的话了，赶紧打断，"你是不是想跟我说那个什么概率论？"

"什么？"宿衷愣了愣。

辛千玉打开手机搜了搜，然后对着屏幕读出来："人的一生会遇到 2920 万人……"

宿衷拧眉问："2920 万是怎么算出来的？"

辛千玉愣了愣，滑动一下屏幕，随后念出来："目前世界人口 60 多亿，人均寿命是 80 岁。那就是说，我们一生有 $80 \times 365 = 29200$ 天。而我们每天可以遇到 1000 个人左右，所以一辈子遇到的人的总数是 $29200 \times 1000 = 29200000$ ……"

"这显然是不对的。"宿衷说，"世界人口的预期寿命远远低于 80 岁，这个数字不妥当。退一步说，就算真的是 80 岁，也不能按 80 年算，因为我们在婴幼儿时期是很少有机会认识人的，减掉三至五年比较合理。此外，用 365 天计算也不严谨，因为这并没有算上闰年。算上闰年的话，每年的平均天数应该是 365.24……"

辛千玉握着手机，一愣一愣的："我悟到了……"

"你悟到什么了？"宿衷好奇地问。

辛千玉说："文艺青年别碰数学，数学青年别搞文艺。"

到了晚饭时间，辛千玉、宿衷一起去找林春红去餐厅吃饭。

林春红再见到辛千玉的时候，眼里闪过一丝惊讶。

虽然她已经听说辛千玉是玉琢集团的公子，但是因为太久没见了，辛千玉在她心里还是那个卑微柔顺的小老师的形象。如今重逢，她发现辛千玉容貌依旧，但气度不凡，所以感到诧异。

玉琢的新闻她一直关注着，听到有人分析说，玉琢上市前身陷财政危机，是宿衷出手才让集团转危为安。想起那些分析之后，林春红重新挺起腰杆，辛千玉再牛又怎么样，能超过她儿子吗？

三人在包间里坐好，辛千玉客客气气地问："阿姨坐那么久飞机过来很辛苦吧？"

林春红笑道："还行。"

林春红话音刚落，包间的门就打开了，一位珠光宝气的妇人笑盈盈地走进来，嘴里发出风铃一样的笑声，她半掩朱唇道："啊呀，我是不是来晚了？"

来的贵妇当然就是辛慕。

她就像一阵香风，一下就卷到了林春红身边，说："这位就是宿衷的妈妈吧？"

林春红出身小康家庭，从未见过真正的有钱人，见辛慕通身的气派，她自觉矮了一头，略有些不自然地站起来，笑说："我是宿衷的妈妈，叫林春红。您是辛千玉的妈妈吧？"

"嗯，春红，真是个好名字呢。我可以叫你春红吗？"辛慕握着林春红的手，亲亲热热地说。

林春红见辛慕这么热情，一下子有些招架不住，便点点头："好……好。"

"我叫辛慕。"辛慕顿了顿，又说，"春红属什么呀？"

　　林春红觉得辛慕不愧是个生意人，上了年纪的女人之间问年龄既尴尬又敏感，便改问生肖，可让人推算。林春红便老老实实地说了自己的属相。

　　辛慕一听，便说："哟，那妹子你比我小呢，你叫我一声慕姐就好啦。"

　　林春红完全被牵着走，便喊辛慕做姐了。

　　不过，林春红此刻也没觉得有什么，只是有些惊讶，辛慕居然比自己年纪大？辛慕看起来明明那么年轻！

　　林春红忍不住诧异地问："慕姐看起来很年轻啊，居然比我大？"

　　"这话真是的……"辛慕对自己的脸确实是十足自信，也是十足珍爱，做了法式美甲的手指轻轻拂过柔嫩的脸颊，说道，"都是钱堆出来的，一年光是做医美就要几十万。"

　　林春红闻言咋舌，以为自己听错了："几十万？"

　　"嗯，我这算是底子好的了。"辛慕摆摆手，"我认识很多夫人都是要在脸皮上花七位数的。"

　　林春红原本只是惊叹辛慕的状态，现在倒是有些发酸了，就好比一个学渣羡慕学霸，但当他发现学霸原来是花了几十万上补习班才考出这么高的分数，他可能就无法单纯地羡慕了，甚至会想："我要是有这个钱上补习班，我也能和他一样！他有什么了不起的，不就是有钱吗！"

　　林春红忍不住酸溜溜地说："是吗？我听说很多整容的、做美容的都会失败，有的明星甚至会把脸打成僵尸脸，慕姐你也要小心点……"

　　辛慕哈哈笑道："无事，无事，整坏了我也修得起。"言语间是全然的不在意，不知是不在意把脸整坏，还是不在意林春红的冒犯之语。

　　其实，要是旁人这么跟辛慕说话，辛慕一早就开骂了，考虑到她是宿衷亲妈，又是单亲妈妈，不容易，辛慕才愿意包容她。

　　宿衷是一个社交迟钝者，因此完全没听出辛慕和林春红之间的暗涌。

辛千玉倒是听出来了，但他选择装聋作哑，俗语有云："大人说话，小孩插什么嘴？"

他只管低头吃饭就好。

宿衷则认真地拆澳洲龙虾。餐厅的龙虾上来的时候是一大只红彤彤带壳的，配上一套银色的拆龙虾工具。宿衷十分熟练地使用工具拆壳，甚至将龙虾的钳子肉都剔得干干净净，神情认真、动作细致，不知道的以为他在贴膜。

看到儿子这个行为，林春红扯出一抹笑，说："儿子现在长进了，怎么不帮老妈剥呢？"

宿衷说："你不是会拆龙虾吗？"

林春红气笑了："我是会，小玉从小吃西餐不知吃了多少回，他应该也会拆龙虾吧？可以给阿姨剥一只吗？"

辛千玉就是烦林春红这一套阴阳怪气，不想理她。

辛慕笑了，说："是啊，我们家小玉就是娇生惯养，从小十指不沾阳春水，别说拆龙虾了，就是系鞋带都有人伺候。所以，当初他说要搬出去自己住的时候，我是很担心的。毕竟，咱们小玉这种的，家里没有二十来人照顾着，那可怎么行呢？可这孩子就是低调，我说，也行吧，就当历练历练。"

林春红看向辛千玉，只说："小玉，我说你也这么大了，也该学点生活技能吧？对你自己也是有好处的！"

辛千玉撩起眼皮，笑笑说："嗯，您说得对，我也有学习的，比如最近我就学会了用微波炉。"

辛慕立即配合着拍手掌："啊呀，真不愧是我的好儿子呀，居然连微波炉这么高科技的产品都会使用，妈妈太骄傲了！"

林春红震惊了，他们是智障吗？

辛千玉又说："不过，其实我和宿衷都忙，没什么时间琢磨生活技能，这方面我俩算是半斤八两。其实这些都是小事情，找帮佣就能解决。"

　　林春红见辛千玉给了台阶，便顺着下了坡，心里想着：确实如此，辛千玉和宿衷又不是寻常上班族，他们有钱嘛，像辛慕说的，请二十来个帮佣守在家里，保管他们连鞋带都不用自己系。

　　林春红败下阵来，只能这样自我安慰。

　　临走的时候，辛慕还拍拍她的肩膀，说："好啦，春红，时间不早了，你也回去吧。"

　　林春红已被打压得蔫了，只能低头道："好的，慕姐。"

　　林春红这次可谓"乘兴而来，败兴而归"，没抖落出几分威风，反抖得像落水的鹌鹑，只得灰溜溜地回国。

　　辛千玉在美国要处理的事情也处理得七七八八，让助理帮忙订了下周的归国机票。

　　得知辛千玉在国内尚未置业，宿衷沉默半晌，说："你要回来住吗？"

　　他的语气里有一丝紧张和慎重，就像问出了一个埋藏在心底已久的问题一样。

　　"回来？"辛千玉半晌没有反应过来。

　　"就是我们从前一起住的地方。"宿衷缓缓道。

　　辛千玉心中一紧："那儿……那儿还在呢？"

　　"当然在，又没有发生地震。"宿衷疑惑地问，"也没有拆迁，怎么会不在？"

　　辛千玉讪讪地说："没……我只是……只是想着过去好几年了……"

　　"也不过三年，"宿衷说，"房子没那么容易塌掉。"

　　"喀喀……"辛千玉心中一阵感慨，别开脸，故作从容，"过了这么多年了，房子是不是要打扫、重装一下才能住？"

　　"不需要。"宿衷说，"我在国内的时候都住那儿。"

　　辛千玉的心神更加恍惚。

时隔三年，辛千玉再次回到了他们从前共同住过的房子。

两人到了门口，宿衷左右手都拿着行李箱，没法开门。辛千玉看到熟悉的环境，不自觉地行动起来，径直将指腹按到指纹锁上。

很快，门就打开了。

辛千玉吃了一惊："我的指纹还能开这扇门？"

宿衷不明白辛千玉为什么会这么惊讶："你的指纹一直都能开这扇门。"

辛千玉进了公寓，一股熟悉的气味扑面而来。

这好像是一种奇怪的现象，一个熟悉的地方必然会有一股熟悉的气味，你很难形容这是一股怎样的味道，当你闻到了，你就知道，你回家了。

辛千玉恍惚半晌，眼前客厅的布置一如昨日，连那个他用得半旧的靠枕也依然放在原本的位置，静静地，仿佛他只离开了一会儿，三年的时光凝固在他离开前的那一刻。

卧室看起来有人定期打扫，十分干净，却不整齐。

辛千玉当年离开这儿的时候其实有点匆忙，出门前吹灭了烧到一半的香薰蜡烛，匆匆将衣服挂起来，并没有将衣服好好归类，拖鞋也随意地踢到墙脚。

此刻，这个房间完全是辛千玉离开时的样子，拖鞋歪歪地摆在墙脚，衣服凌乱地挂着，床上的枕头还是斜放着，床头柜上仍放着半截香薰蜡烛。

辛千玉指着蜡烛，开口："这……是你在用吗？"他说出口才发现自己的声音有些颤抖。

"不，就是你上次没烧完的那一根。"宿衷用的词是"上次"，就像辛千玉只是刚离开而已。

辛千玉的心跳得极快，许多沉寂的情绪随时会汹涌而出。他怕失态，用力捏了捏手心，故作从容地转换话题："啊，好累，坐长途飞机可真累人。"

"嗯，是，飞了好久。"宿衷按捺着情绪，尽量用平稳的声音说，

"总算回来了。"

当晚，辛公子自然是睡主卧。

辛千玉并不是个认床的人，再说了，就算他认床，也不该失眠，因为他该认得这张床。

这明明是他睡过很多年的旧床，这卧室里的一切也宛如昨日重现，是他最熟悉的模样。

然而，正是这份熟悉让他无所适从，让他难以入寐。

时至今日，他才不得不承认，他在宿衷心里的分量没有想象中那么轻。

如果说，当初辛千玉跟宿衷绝交是因为受不了宿衷的冷淡无情，那现在呢？

种种迹象表明，宿衷并非如此，他只是比较……笨拙和迟钝。

笨拙和迟钝当然也能伤人，但总好过冷淡无情。

之前，宿衷提出和好，辛千玉下意识地感到恐惧，是"十年怕井绳"的那种害怕，脑子不听使唤，条件反射地逃跑。

现在，那股劲慢慢过去了，辛千玉心中的恐慌散去，浮在心头的更多的是犹豫和困惑。

他到底该怎么面对这位迟钝、笨拙却打定主意要跟他和好的旧友？

辛千玉回到国内，直接以总裁的身份去集团上班，CFO 每天跟他念叨："你记得请人接这个 CFO 的位置，我一年后就要套现离场了。"

辛千玉也没有挽留他，因为确实知道玉琢留不住这位 CFO。要不是宿衷出面加上股权诱惑，恐怕人家还不乐意来玉琢。

不过，辛千玉只说："一年后套现啊……不如这样，你把手上的股权都转让给我的一个朋友吧。"

CFO 问："你说的那个朋友是不是就是你？"

辛千玉"噗"地笑了，并没有正面回答，只说："你开个价！"

CFO 琢磨琢磨，给出了一个报价。

辛千玉想了想，说："我回去和宿衷商量一下再答复你。"

财务上的事情辛千玉确实不太懂，他想着和宿衷商量商量。

还有一件事让辛千玉感到头痛，那就是写论文。

就算当上了总裁，功课还是不能落下。

最后半学期基本上没课，大家都忙着写毕业论文。开题报告通过后，辛千玉也索性回国，一边上班一边写论文。

写论文是苦工，工作也是苦工。辛千玉不知自己为什么会那么辛苦，可能这就是吃得苦中苦，方为人上人吧。

这天，集团突然发生了变故，当年在玉琢集团倒卖正版教材的陈主任被抓了。

原来，AA 协会的事情过去后，辛慕就出手将陈主任辞退了，并让他签下保密协议，不会透露曾倒卖教材的事情。

陈主任被辞退之后，索性不做正行，干起了做盗版的生意，这几年也挣了不少，结果就被抓了。

在警察的盘问之下，陈主任也顾不得签过保密协议的事，将在玉琢参与倒卖教材的事情也说了出来。

就这样，大家都知道之前传闻说玉琢集团仓库里存放盗版教材的事情是真的。

一石激起千层浪，舆论哗然。

AA 协会也听到了消息，非常愤怒地打电话来质问，并称考虑起诉玉琢集团。

也不知是谁走漏了风声，"AA 协会或起诉玉琢"的消息不胫而走，大大打击了玉琢集团的股价。

玉琢的高管们为此十分焦心。

大家坐在一起开会的时候，辛慕表示十分无辜："这是陈主任的个人行为啊，怎么说得像是我们集团卖盗版教材一样？说起来，我们玉琢也是受害者！我们是真金白银地从 AA 协会买正版教材，而且是我们公司的财产被陈主任偷去倒卖了，我们才是亏本的那个啊！"

"现在大家并不这么看。"辛斯穆冷静地分析，"大家只会看到'玉琢员工倒卖教材'，更极端的人只会看到'玉琢倒卖教材'。这个情况对我们是很不利的。"

辛舅父这时候也忍不住发言了："这说起来都是当初辛千玉做事不够谨慎惹出来的祸！"

辛千玉早料到辛舅父会这么说，也不怎么意外，毫无诚意地说："我当初确实不够谨慎，不过，现在还是先想想解决问题的办法吧。"

老爷子掀起眼皮："小玉能负起责任就好。"

辛千玉和辛慕听到老爷子这句话，心里都"咯噔"一声，老爷子这句话的潜台词就是"这是辛千玉的锅，他必须背"。

辛千玉只说："我正好回学校准备点东西，索性飞一趟美国，跟 AA 协会解释清楚吧。"

"嗯。"老爷子点头，"我相信你一定能够解决这件事的，毕竟你是总裁。"

这话真是诛心，仿佛在说，如果解决不了，这个总裁就别当了。

辛千玉谦逊地点点头，散会之后和辛慕一起回办公室。

辛慕担忧地问："你确定能完成任务吗？我看老爷子的意思是要逼你立军令状。"

"这还是表面的。"辛千玉眨眨眼，说，"上市成功的时候，他不分我股权，就口头夸两句。现在股价下跌，他立即拿我开刀。由此可见，他根本不希望我坐稳这个位子。就算今天 AA 协会的问题化解了，以后就一定没新的问题吗？每次出问题都要我立军令状，成了我顶多仍是总裁，不成就立即出局。"

辛慕也挺不满，但老爷子是自己老爸，她也拿他没办法。她叹了口气，说："你是他亲孙子，继承人就只有你和辛斯穆，现在看来，辛斯穆那丫头比不过你……老爷子打压你，有什么意义？"

"我也不知道。"辛千玉说，"他可能自己都没想明白。"

"妈，如果我说……"辛千玉顿了顿，用郑重的语气说出一个假设的句子，"如果要'改朝换代'，你怎么看？"

辛慕闻言有些惊讶，过了几秒她便笑了："你妈是什么人你不知道？比起'大公主'，我当然更适合做'皇太后'啊！"

周一。

玉琢董事长的秘书快步走进董事长办公室，额头上还冒着汗，红着脸对辛老爷子说："董事长，有一个好消息和一个坏消息……"

老爷子听到这话，抿了抿嘴唇，说："你先说好的吧。"

"好消息是集团的股价反弹了！升了30%！"秘书用非常高兴的语气对老爷子说。

老爷子果然十分高兴："很好！很好！"

之前，因为AA协会的事情，玉琢股价大跌，让老爷子饭都吃不香。

他一把年纪，真的玩不起心跳了。

老爷子很快沉静下来，说："那坏消息是什么？"

秘书咳了咳，说："其实也不算坏消息，只能说是股价反弹的原因。"

"哦，是什么原因？"老爷子问，"AA协会那边还没松口，为什么股价会反弹？"

秘书答："因为宿衷增持了3%的股票……"

"……"老爷子沉默了半晌，说，"拨通宿衷的电话。"

股东增持股票确实能提振投资者的信心，从而带动股价上升，更别说宿衷在投资界声望甚高，他的决策当然更有影响力。

在他大幅买入玉琢股票之后，股价就立即节节攀升了，真是吹喇叭都没那么响。

老爷子对此确实喜忧参半，喜的是股价反弹了，忧的是宿衷手里的股权更多了。

打通宿衷的电话，老爷子寒暄两句之后，又问："听说你买了很多玉琢的股票啊？"

"嗯。"宿衷说，"买了之后我也发了公告。"

"你这孩子！"老爷子用和蔼的语气说，"买之前怎么也不跟我说一声呀？"

"法律上没有这个规定。"宿衷回答，"公司章程也没有写。"

"……"老爷子怀疑宿衷是故意气自己，语气也僵硬起来，"你这样一声不吭就大举买入也不太合适吧？"

宿衷说："你不满意的话，我可以现在就卖掉。"

"我不是这个意思啊……"老爷子有些头痛，发现宿衷这人很难沟通。

宿衷答："我猜你应该也没有这个意思，因为如果我现在就卖掉的话，股价恐怕会跌 70%。"

"……"老爷子气得咬牙，这小子是在威胁他吧！

宿衷很无辜，他明明只是简单而不带感情地陈述事实。

老爷子忍着怒气挂了电话，他脸色铁青，显然被气得不轻："这小子太目中无人了！"

"可不是吗？"秘书在旁边附和，"他自以为有几个臭钱就了不起啦！"

老爷子听到这话，情绪反而稳定了："有几个臭钱确实了不起啊！"

"……"秘书接不上话了。

老爷子深思一番，敲了敲桌子，说："我也有钱啊，我是不是也可以增持？"

秘书忙点头："当然可以，我马上去安排。"

说完，秘书就离开了办公室。

过了一会儿，秘书又匆匆跑回办公室，流着汗说："董事长，有一个好消息和一个坏消息，您要先听哪一个？"

老爷子心中涌起一股不祥的预感，但仍平和地说："先说好消息吧！"

"好消息是，AA 协会松口了，官方发言说会保持与我们集团的友好合作！"秘书兴高采烈地说。

"这果然是好消息！"老爷子松了口气，"那坏消息呢？"

"坏消息是好消息太多，我们的股价涨疯了，现在您想增持也买不了多少了，还是不买比较划算。"秘书道。

"……"老爷子一阵心塞，甚至想吃速效救心丹。

他喝了一口参茶，满嘴苦涩，想了半天，说："小玉那孩子办事也真够利索的，那么快就说服了 AA 协会。"

秘书点点头："是啊，我听说 AA 协会会长和宿衷很有交情，估计是看在宿衷的面子上吧。"

老爷子冷笑道："怪不得小玉这两年越发肆意了，看来是因为找了个大靠山啊！"

辛千玉在美国说服了 AA 协会，达成和解，便坐飞机赶回国内。

辛千玉一下飞机就打开了手机，手机立即响起来。

辛慕焦急的声音从电话另一端传来："你又上热搜了，记得走机场 VIP 通道，直接坐专车回家！途中不要露脸！"

"又上热搜？！"辛千玉真没想到，自己就是个做生意的，怎么热搜上得比明星还频繁？而且次次都没好事！

辛千玉听从辛慕的建议，坐着专车离开。

专车里，辛千玉打开社交账号，果然看到非常劲爆的热搜标题——"辛千玉去会所"。

辛千玉眼前一黑，一边点开话题，一边在心里默默祈祷这个会所是正经会所。

然而，网友才不管他去的是不是正经会所。

爆料者要搞臭他是不用尊重事实的，只要有张图就行。这张图就是辛千玉出入会所的照片，爆料者根据这张图编了一个辛千玉声色犬马的故事。

其实，这个会所挺高级的，辛慕是这个会所的会员。有时候，辛慕会把辛千玉叫到会所谈事情。所以，辛千玉确实出入过这家会所好几次，媒体发布的照片也证实了辛千玉去过会所。

然而，在网友看来，凡是会所必然是不干净的，辛千玉肯定是在里面干了些见不得人的勾当。

辛千玉想自证清白很难，不过，公告还是要发的。

公关那边立即发布公告，表示辛千玉去会所只是正常消费，希望大家不信谣、不传谣，公司会追究造谣者的法律责任。

这一套公关下来，不少营销号都删帖道歉，但这个新闻的影响力很大。

这个新闻的重点其实不是辛千玉疑似在会所进行隐形消费，而是他与宿衷可能决裂了。

正常人是不会在朋友爆出丑闻后依旧力挺对方的，像宿衷这样有头有脸的人更是格外爱惜羽毛。

辛千玉真的头痛，回到家之后放下行李就给辛斯穆打电话："公司需要我现在回去吗？"

"你先别回来，老爷子在发脾气。"辛斯穆说。

辛千玉叹了口气："秋实教育怎么回事？他们没有自己的事情要忙吗？之前 AA 协会的事情使绊子就罢了，怎么连我的私生活都爆料？"

"之前是秋实使绊子没错，但这次……你真的觉得是秋实干的吗？"辛斯穆淡淡地说，"那家会所挺私密的。"

辛千玉心头一紧："你是什么意思？"

"我没什么意思。"辛斯穆顿了顿，说，"你跟宿衷解释清楚了没？"

"……"辛千玉怔住了。

辛千玉脑子里乱糟糟的，但还是拨通了宿衷的电话。

然而，电话没有打通。

辛千玉立时恐慌起来：他为什么不接我的电话？他是不是也看

到了新闻，觉得我是那样的人，对我失望了？他愤怒了？

自重逢以来，辛千玉从来没产生过这样的不安全感。

毕竟，自从他们再次相见，宿衷都表现得很需要他。

辛千玉后知后觉地发现，原来这些日子以来，宿衷给了自己那么多安全感。

安全感是很珍贵的东西啊！

辛千玉顾不得那么多，立即下楼，驱车去 M-Global 的办公室。

他到了 M-Global 之后，立即成为大家关注的焦点。

毕竟，他可是热搜上的男人啊！谁不想多看一眼呢？

辛千玉刻意忽视他们，径直走向前台，问道："宿衷在哪儿？"

前台露出甜美的微笑："宿总现在在开会，要不您先等一下？"

"好。"辛千玉点点头，心里放松了一点，原来宿衷在开会，怪不得不接电话。

秘书按捺住好奇，脸上挂着职业的微笑，目不斜视地带着辛千玉去接待室。

辛千玉独自在接待室里等待，心里颇为煎熬。

不知过了多久，接待室的门再次被打开，宿衷走了进来。

辛千玉紧张地站起来，脱口而出就是一句"你要相信我"。

宿衷眉头一皱，好像没听懂似的。

辛千玉也发现自己太唐突了，便缓了一口气，再说："你看到热搜了吗？就是说我去会所的新闻……"

宿衷点点头，神色还是淡淡的。

辛千玉叹了口气，说："那个新闻都是乱写的，我根本没有……没有进行那种交易。"

"我想也是。"宿衷说，"而且你已经发了公告，我也看了。我相信你。"

听到宿衷这么说，辛千玉的内心五味杂陈，为他的小人之心，也为宿衷对他的信任。

这时，"咔嗒"一声门打开了，汤玛斯说："老板……"

然后，汤玛斯就对上了宿衷的目光。

汤玛斯的背脊顿时凉飕飕的，眼前跑过走马灯，他仿佛看到了逝去的光阴和年终奖。

这时候，辛千玉忽然推了宿衷一把，硬邦邦地说："宿衷，我没你这个朋友！"

宿衷转头看向汤玛斯，目光如刀。

汤玛斯心想：你瞪我干什么？我……我就开了个门啊！是不是我开门的方式不对？

"对不起，我先回去了。"汤玛斯立即低头，退了出去，关上了门。

宿衷也愣住了，一脸错愕地看着辛千玉："你刚刚说什么？"

辛千玉笑笑，说："闹这么一出，估计就是想逼我们决裂。如果我们真的闹掰了……"

"我们不会真的决裂。"宿衷打断他。

"对，不会。"辛千玉安抚性质地拍拍宿衷的手背，"假的。"

宿衷看着辛千玉，可怜巴巴的。

然而，宿衷无法违拗辛千玉，只得在辛千玉离开之后，再次将汤玛斯唤进了办公室。

第十一章　完美儿子

没多久，辛千玉和宿衷决裂的小道消息就满天飞……

众所周知，这种小道消息是能直接影响股价的。

玉琢的股价又跌了。

短短一周之内，玉琢的股价从飞升到倾泻，普通的股民切实体验了一把云霄飞车，玩的就是心跳。

老爷子也急了，打电话命令辛千玉带着宿衷回来澄清传闻。

辛千玉在电话那头说："不行啊，宿衷现在怎么会理我？我给他打电话他都不接，不如你直接找他比较快。"

辛千玉说着这话的时候，宿衷正在旁边削苹果。

老爷子听到辛千玉亲口承认他和宿衷闹崩了，便道："怎么会这样？难道他也听信谣传？"

事实上，辛千玉的丑闻就是老爷子让人放出去的。

老爷子的目的确实是让辛千玉和宿衷闹崩，他认为辛千玉最近能这么猖狂，都是仰仗宿衷的财力，一旦与宿衷离心，辛千玉就不可能再这么狂妄了。

"你要是想找宿衷，不如直接召他去开会吧。他在工作上很敬业的，不会缺席。"辛千玉淡淡说完，就挂了电话。

辛千玉斜瞥了正在削苹果的宿衷一眼，道："我不要兔子，给我削个孙悟空大闹天宫吧。"

宿衷蒙了，还能削孙悟空大闹天宫？

辛千玉见到宿衷那呆滞的表情，"噗"地笑出声来："我跟你开玩笑的。"

受辛千玉与宿衷决裂传闻的影响，玉琢集团的股价持续下跌。

老爷子紧急召开会议，将宿衷也喊了回来。

当然，辛千玉也在。

二人面对面，假装已经反目。

老爷子重重叹气，说："小玉，这次的事确实是你不对。现在你的事情闹得街知巷闻，很多家长和股东对你的意见很大！"

辛千玉气鼓鼓地回道："反正我没做过，我没错！"

"你还不认错？"老爷子拍着桌子说，"你不认是吧？那口出狂言、骂街打人呢？"

辛千玉年轻的时候经常揍人，正如辛慕所言，"辛千玉撕过的人，三天三夜都数不完"。他不但在学校打架，还在老家脚踢亲戚，活脱脱一个飞扬跋扈的富二代。

现在，老爷子暗中出手，让网上传播辛千玉的这些"黑历史"，将他塑造成一个为富不仁的公子哥，引起大众的不满。

如果辛千玉是干别的行业，恐怕还好些。

偏偏辛千玉是干教育的，这个行业对于人品问题比较敏感，丑闻缠身的辛千玉确实会影响教育集团的品牌形象。

"是啊，我是打过人，也骂过人，但也是他们先打我。"辛千玉白眼一翻，一副天不怕地不怕的样子，"总之，错的不是我！"

"你还不知悔改！"老爷子大力拍着桌子，"你自己引咎辞职，还是我辞掉你的总裁之位，你自己选吧！"

辛千玉冷笑道："我是来当总裁的，早知道做教育集团的总裁得是圣人，我才不干呢！"

说完，辛千玉直接甩出一封辞职信，摔门而出。

老爷子看起来十分生气，痛心疾首道："这孩子太让我失望了！"

然而，老爷子心中暗爽：孙子就是孙子，根本玩不过爷爷。

辛千玉走的时候也挺爽，再也不用装孙子了。

受辛千玉丑闻的影响，玉琢集团的股价跌到扑街。

就在这时候，玉琢集团发声明辞退辛千玉，辛千玉将不再负责集团事务，同时也发了道歉公告。

趁着股价下跌，老爷子大举入手，增持玉琢的股票，刺激股价。就这样，老爷子志得意满，他手上现在持有玉琢集团67%的股权。这样，他就可以绝对控制玉琢，公司任何事项都可一言而决。也就是说，谁也动摇不了他在玉琢的地位。

为了挽回集团名声，老爷子亲自上阵，在节目里讲述自己是怎么培养辛千玉的，现在又对辛千玉如何失望。他决定大义灭亲，免除辛千玉的一切职务，让其好好反省。他原本已经打算退休了，现在只能毅然白发挂帅，重整集团旗鼓，再次执掌大权。

在舆论造势之下，玉琢集团老掌门人复出力挽狂澜，老骥伏枥的故事便流传开来。

为了造势，他又召开了媒体发布会。

在发布会上，老爷子精神矍铄，穿着一身藏蓝色的织锦唐装，意气风发，看起来风度十足。

他在会上发言称，玉琢集团明年将布局亚洲新项目，斥资25亿，兴建多所学校。

消息一经传出，集团的股价再次上扬。

老爷子也以"被不肖子孙逼得再次出征的金牌老将"身份获得一波好感，而且这个故事也让投资者非常买单。

上市这件事让他害怕失去权力，现在，他又变回玉琢集团无可争议、无可动摇的掌权人。

安全感让他眉目慈祥，他终于又想起辛千玉的好处，便对外叹息说："这孩子就是脾气太倔了，其实我还是挺看好他的。也好，让他借着这个机会磨磨性子。"

大家便都感叹，老爷子真是慈祥，辛千玉就是个顽劣的不肖子孙，不懂得老人家的苦心。

这个传闻中的不肖子孙正和宿衷出国公务旅游。

这次公务旅游，是辛千玉要去的。

辛千玉虽然辞去了在玉琢集团的一切职务，但是不代表他就是一个无业游民。

其实，他更喜爱的是他那家日进斗金的投资公司。

只是，人怕出名猪怕壮，经历了这么多曲折之后，辛千玉更不想让人知道自己就是滚滚投资公司的幕后老板。

所以，他在这方面比较低调。

圈子里的人都知道有家滚滚投资，取的是"财源滚滚来"之意，靠投资飞跃手游发家，后来接连投资了几家科技公司，收益都相当不错。滚滚投资不像 M-Global 那样把摊子铺得很大，毕竟也没实力那么做。滚滚投资虽然做的是风投，但是进取中带着谨慎，走的是小而美路线，投资有的放矢，因此亏得少、挣得多。

这回，飞跃手游的创始人亲自找到辛千玉，说："我有一个同学，技术很强，就是情商不怎么样，所以寻求投资屡屡碰壁……"

辛千玉听到"技术很强但情商不行"，忍不住瞥了宿衷一眼，说："那我看看吧。"

这位技术很强但情商不行的同学名叫晓聪。

晓聪的专攻方向是智能家居，他们的产品种类繁多，包括智能门锁、智能洗衣机、智能净化器、新风系统、智能灯、电动窗帘、智能安防传感器、空间检测仪等。此外，他们的智能系统还能嵌入养老院、疗养机构以及高端酒店，提供 2B（企业与企业之间通过互联网进行产品、服务及信息的交换）的技术服务。

辛千玉想去体验一下，宿衷便跟着一起去考察。

晓聪得知滚滚投资和 M-Global 的大佬都要来，紧张得很，请他们参观了智能样板套间，并请他们入住体验。

辛千玉点点头，说："那给我们两间房吧。"

晓聪像电视剧里的客栈老板一样说："抱歉，这边只有一间房。"

"怎么会？"辛千玉很讶异。

晓聪挠挠头，说："样板套间要嵌入最高级的全套全屋智能设备，造价极高，我们公司又那么穷……"

晓聪说的确实是大实话，整个套间都是按最高级别布置的，造价不菲。

晓聪顿了顿，又说："反正你们都是大男人，住一屋应该没关系吧？"

辛千玉原本以为宿衷算是情商低，现在明白了什么叫作"一山还有一山低，家雀也敢啄山鸡"。

晓聪见他俩没拒绝，就说："我就在附近住，你们有什么问题可以直接给我打电话，五分钟之内我就能到。"

晓聪交代完就走了。

辛千玉和宿衷留在套间里面面相觑。

辛千玉揉了揉鼻子，说："要不我睡客厅吧。"

宿衷问："为什么？"

辛千玉道："这个套间只有一间卧房。"

"那我睡客厅。"宿衷说。

一夜好梦，智能样板间设定了时间，到了早上八点，窗帘自动打开，阳光洒在床铺上。窗户边缘的扬声器开始播放大自然的声音，鸟啼、微风……用这样的森林之音和阳光唤醒床上的人。

辛千玉很快醒来了，宿衷起得比辛千玉还早，已经在盥洗间里洗漱，他面前的那面智能镜子尽职地播报着晨间新闻。

听到辛千玉的声音，宿衷扭过头，神色平淡："早。"

"早。"辛千玉从容地走进了洗手间。

这洗手间挺智能的，辛千玉一进去，马桶就自动打开，还播放起流水潺潺的音乐。

辛千玉确实不太习惯这么主动的马桶，他还是喜欢那种安静、含蓄的传统马桶。

不过，这是智能嘛！

辛千玉坐在马桶上发呆，也不解手，就在那儿恍惚地坐着。

就在这时，马桶发出声音："主人，主人，长时间蹲马桶会引起便秘！"

辛千玉十分愤怒："闭嘴！"

马桶回答："好的，现在为您播放《闭嘴》……"

辛千玉气得想找关闭键把它关闭，结果关闭键没找着，不小心将手机掉进马桶里了。

马桶再次发出声音："主人，您今天排便的重量是 162 克，属于正常……"

"我……"辛千玉没想到自己有生之年居然会对一个马桶如此生气并大骂脏话。

晓聪科技会议室。

辛千玉严厉批评了智能马桶。

晓聪大为惊讶："怎么会？这是我重点设计的产品啊！"

辛千玉顿了顿，说："你的技术没问题，但我觉得你真的要找个好点的产品设计师……"

宿衷坐在桌子旁，一言不发。

晓聪从宿衷身上嗅到了与自己这种社交障碍技术宅相似的气息，求救道："您……您觉得呢？"

宿衷说："我觉得不错，尤其是沙发很舒服。"

晓聪"哇"的一声哭了："那是我前任设计的。"

辛千玉虽然狠狠批评了产品设计上的问题，但还是确定了投资的意向。

然而，令辛千玉没想到的是，晓聪的"聪明马桶"一上线就受到了好评。"聪明马桶"的"奇葩"设计引来不少好奇者打卡，很多博主还录制了和马桶聊天的视频，"聪明家居"一时间成为网红品牌。

晓聪的前任也回来帮他打理推广业务，开展了"聪明家居 × 人气潮牌""聪明家居 × 网红酒店"的线上线下跨界推广活动，把"聪明家居"打造成了知名品牌。

宿衷和辛千玉没过上几天平静的生活，就又迎来了一次波折。

　　林春红打电话来抱怨宿衷多年没回家过年了，实在令人牵挂，一边说一边哭。

　　宿衷却气定神闲："我不回去了。"

　　林春红一听就急了："哪儿能这样呢？"

　　"为什么不能？"宿衷觉得疑惑。

　　林春红说："这可是春节啊！春节怎么可以不回家？"

　　"我好几年没回家过春节了，"宿衷说，"并没有什么恶性事件因此出现。"

　　林春红自觉无法反驳，她无法把宿衷拉进自己的逻辑里，在宿衷的逻辑里，没有人能打败他。

　　辛慕打电话给辛千玉，说："你今年如果在辛家过年会尴尬，你自己找地方过年吧。"

　　宿衷和辛千玉便原地不动，留在住处过年。

　　没想到，林春红这回是"山不就我，我来就山"。她带着一大家子来到了市区，拨通了宿衷的电话，只说："我知道你不喜欢我们上你家去，但我们大老远来了，你总得出来陪着吃顿饭吧？"

　　宿衷只好应了，顺便拉上了落单的辛千玉。

　　包间里坐满了人，全是林春红的亲戚，一个个让宿衷恭敬地叫他们舅舅、姨妈、表哥、表嫂……

　　原来，林春红自认为和宿衷"破冰"了，现在宿衷在国内又出了名，林家都知道宿衷是有钱人了，因此亲戚们便热情地走动起来。

　　从前，林春红和宿衷孤儿寡母的时候，无人问津。现在，宿衷飞黄腾达了，亲戚们便都来找林春红串门了，真是"穷在闹市无人问，富在深山有远亲"。

　　林春红恰好是那种缺爱型的，从前疏远她的兄弟姊妹爸爸妈妈肯再来关心她、捧着她，她喜不自胜、激动不已，又与这些人重归于好。

　　久未见面，大家便热热闹闹地说起家长里短。

说着说着，表哥表嫂便腼腆地说起自己学历不高，难以在城里找到好工作，舅舅、姨妈又谈起老人家没有医保，看病都没钱，唉声叹气。

宿衷像木头一样，只说："学历不高当然难找工作。"

表嫂脸都僵了，讪讪地笑道："是……是……但学历不高不代表没有能力呀！"

"当然。"宿衷说，"我只是说学历不高难找工作，没说学历不高能力就低。"

表哥忙顺着话头说："是啊，其实我这样的人社会经验足，比大学生机灵多了。说起来，你们公司有空缺吗？"

宿衷说："有。"

表哥一脸喜色："有适合我这个学历的吗？"

"有。"宿衷说，"可以来扫地。"

"……"表哥差点骂人。

表嫂忙扯着表哥的袖子，示意他别轻举妄动得罪富亲戚。表嫂笑着对宿衷道："其实，保安也行吧？"

"不行。"宿衷说，"我们公司的保安是从专业保安机构聘请的。"

表哥的拳头硬了。

这时候，舅舅叹了口气，说起老人没医保的事。

宿衷便说："怎么没给老人家投保？这是你们做儿女的不对。"

舅舅的拳头也硬了。

辛千玉忍不住笑了，便说："老人家没保险怎么行？放心，这个包在我身上。"

舅舅看辛千玉的眼神慈爱不少："当真？"

"当然啦。"辛千玉含笑说，"这也算是我这个做朋友的给老人家的一点心意。"

对辛千玉而言，只要能花钱解决的都不算事。

辛千玉又问亲戚们现在住哪里，亲戚们说住在快捷酒店。

辛千玉立即打了个电话，让助理将林家亲戚安置到五星级酒店。

这群亲戚很快发现，自家人宿衷是铁板一块，在宿衷那儿是很难捞到好处的。辛千玉则比较懂人情世故，也愿意给人脸面，能从手指缝里漏一些出来帮衬。

　　因此，大家迅速喜欢上了宿衷这位人傻钱多的朋友。

　　春节假期快结束了，大家又聚在一起吃饭。

　　吃着吃着，宿衷的舅舅忽然说："这几天，二娃和你挺投缘的，我想把他留下来跟着你多见见世面。"

　　辛千玉心里"咯噔"一声，低着头不说话。

　　宿衷似乎无法理解，只说："二娃又不是孤儿，我为什么要收留他？"

　　听到这话，舅舅的脸都绿了。

　　辛千玉忍不住想笑，但还是憋住了。

　　姨妈在一旁说："这是什么话？亲戚之间这点小事都不肯帮吗？"

　　宿衷有点难以理解这件事："姨妈愿意效劳吗？"

　　"……"

　　场面实在有点难看。

　　众人都知道宿衷是根不讲情面的木头，便眼巴巴地看着辛千玉，希望他能劝劝宿衷，说句好话。

　　辛千玉笑道："好啊，就试试看吧。"

　　众人似乎都没想到辛千玉这么好说话，一个个又惊又喜。

　　送走了亲戚们，辛千玉便将二娃带回了公寓。林春红像是怕辛千玉使坏似的，说："我也一起留下来吧，毕竟你们两个大男人没带过小孩。"

　　辛千玉答应了。

　　宿衷非常不乐意。

　　他不喜欢别人进入自己的领地，妈妈就算了，一个几乎陌生的小孩确实使他不喜。

　　宿衷每天都冷冰冰的，宛如行走的大冰块。

　　辛千玉对孩子倒是挺关注，主动认领带孩子见世面的任务，一

232

口气给小孩报了四个培训班。

不仅如此，辛千玉还找来营养师给小孩制订营养食谱，因此，孩子每天都要吃清淡的营养餐，而且不能碰任何零食、糖类饮料。

此外，专业的礼仪老师也到位，全天陪伴二娃，监督他的行为举止是否符合规范。

二娃哪里见过这个阵仗，不足三天就大哭大闹要回家。

林春红看着也心疼，劝辛千玉说："不要把孩子逼太紧！"

"我从小就是这么过来的。"辛千玉淡淡说，"这在我们这样的人家是很正常的。如果做不到会被人笑话的。阿姨，宁愿让孩子在家里辛苦一点，也好过在外头被人嘲笑。"

林春红无言以对。

二娃熬不过一个月就离家出走了，他刚走到小区门口就被门卫逮住了。

辛千玉恨铁不成钢地说："你居然有心思离家出走？看来是作业不够多！"

二娃憋不住了，大骂道："我恨你！我讨厌你！"

林春红脸都绿了，赶紧按住二娃，但这回怎么都按不住，二娃张口就咬人，满嘴脏话。

闹成这样，宿衷提出将二娃送回舅舅家也是名正言顺的。

末了，辛千玉还悠悠叹气："其实，我挺喜欢这孩子的，就是没有缘分啊……"

待将二娃送走了，林春红寒着脸坐在沙发上。

看到母亲坐在那儿，宿衷疑惑地说："妈，你怎么还不收拾行李？你打算什么时候走？"

林春红觉得自己要气死了："你要赶我走？"

"不是。"宿衷摇头，"你不是为了陪二娃才留下来的吗，现在二娃走了，你怎么还不走？"

要不是宿衷是她从小带大的孩子，她知道宿衷的思维就是这样，并没有恶意，她真的会被直接气死。

林春红原本是可以接受宿衷这样近乎"不孝"的冷淡，因为她总是对自己、对他人说"宿衷是天才，天才就是不一样，他对所有人都是淡淡的，对我这个当妈的算够意思了"。

　　然而，这一阵子她观察下来，发现了一个令人震惊的现实：宿衷不是对所有人都一样。

　　宿衷对辛千玉是不一样的。

　　宿衷不是冰块，他是有温度的，辛千玉做到了林春红这个当妈的都做不到的事情。

　　林春红的内心充满苦涩、愤懑与不满。

　　她看着辛千玉的眼神充斥着显而易见的怨怼："我知道，你不喜欢我待在这里，也不喜欢二娃那孩子。你不喜欢就直说，怎么使出那样的阴招呢？孩子多无辜啊！"

　　林春红知道自己是拿二娃的事情做文章，事实上是故意朝辛千玉发难。

　　辛千玉无意与长辈起争执，便一脸无辜地说："您在说什么？我听不懂。"

　　宿衷在旁附和："我也听不懂。"

　　若只是辛千玉这样就罢了，宿衷竟自觉站在辛千玉那边，林春红一下子就炸了。她也顾不得风度了，直接撕破脸指着辛千玉的鼻子骂道："别以为我不知道你是什么人！我儿子单纯，看不透你，被你骗了！你是什么样的人，现在全网都知道，只有我的傻儿子还拿你当朋友……"

　　这时候宿衷开口说话了。

　　从前林春红对辛千玉冷嘲热讽，宿衷很少说什么，不是宿衷不愿意为辛千玉说话，而是宿衷听不出好话歹话，并不知道林春红在讽刺辛千玉。

　　现在，林春红说出了这么难听的话，完全撕破脸了，宿衷再闻不到火药味那就真的有智力问题了。

　　宿衷站到辛千玉身边，对林春红说："你的话太过分了。小玉是很好的人，外界对他的污蔑，你怎么可以相信？"

林春红气得后槽牙都要咬碎了："他这么不尊重我，你还护着他？"

"明明是你先辱骂他，怎么变成了他不尊重你？"宿衷无法理解地看着林春红。

林春红一时竟不知是更气宿衷还是更气辛千玉，她就算再气宿衷，也舍不得对宿衷说重话，心里想着：宿衷是个好孩子，都是被辛千玉带坏了。

这么想着，林春红看向辛千玉的眼神就更含怨愤了："都是你！你太过分了！仗势欺人……"

林春红既然都撕破脸了，辛千玉也懒得和她唱戏。

辛千玉冷笑道："我仗势欺人？你别说笑了，我要是真的仗势欺人，你今天绝对没法站在我面前指着我的鼻子骂！我要是你的话就见好就收。"

林春红脸色一白："你敢威胁我？"

辛千玉冷笑，不语，表情倨傲。

辛千玉毕竟是一个成年男子，腰杆子一挺，气势上就能压过林春红。

林春红的傲气瞬息打了个七折，脑袋一缩，她又眼巴巴地看着宿衷："你就这样看着别人欺负你吗？"

宿衷道："是你先辱骂他的。"

林春红又气又怒，最后所有愤怒都化作无力，她什么都做不了，只能气愤地收拾行李，灰溜溜地离开。

送走林春红之后，公寓才回归了安宁。

辛千玉则坐在沙发上，懒洋洋地看电视剧。

宿衷便也在沙发上坐下，说："我没想到母亲对你的意见这么大。"

辛千玉无奈一笑："从一开始她对我的意见就挺大，是你没发现而已。"

宿衷很讶异："那你怎么不告诉我？"

"……"辛千玉咽了咽口水，半晌哂笑，"我从前没告诉你的事多着呢，也不差这一件吧。"

"那也是。"宿衷点头，"从前你确实对我隐瞒甚多。"

辛千玉噎了一下，这一点确实是，他从前对宿衷就不够坦诚。

"嗯。"辛千玉点头，"你是不是觉得我很不真诚？"

"不。"宿衷道，"是因为我让你无法信任，你才会选择闭口不谈吧。"

宿衷其实比谁都明白，坦诚是需要足够的信任才能做到的。

小时候，他曾经选择向母亲坦陈自己的缺陷，换来的是母亲的拒绝——

"不可能，你怎么会有缺陷呢？你是最完美的。"

"不会的，不会的，别说这样的话……"

"你在胡说什么？你知道你在说什么吗？"

"小孩子家家的，说什么傻话？别胡思乱想了。"

"你为什么总是拿这种小事来烦我？你知不知道妈妈很累！"

……

宿衷曾经很焦虑，也很无助，最后，他选择沉默。

宿衷想起了这些尘封已久的往事，试着去代入辛千玉，就能理解辛千玉了。

辛千玉望着宿衷，也从他眼里看到了脆弱与不安。

辛千玉默默地摁着手中的遥控器，漫无目的地换着台，装作认真看电视的样子。

几天后，媒体朋友给辛千玉打来了电话。

在上过几次热搜之后，辛千玉也深刻认识到媒体朋友的重要性。所以，他最近跟媒体方面有了更加密切的接触，还花钱投资了一家媒体公司。

花钱买来的朋友虽然没什么忠诚度，但是很有效率。

这个媒体朋友第一时间打来电话告诉辛千玉："林春红打算曝

236

光你的恶行。"

"我有什么恶行啊?"辛千玉眉毛一挑,"说给我听听。"

媒体朋友便将林春红说的话大概复述了一下。林春红原本只说辛千玉非常不礼貌,接待她的媒体人觉得这样不够刺激,便引导她添油加醋、歪曲事实,最终把辛千玉描述成一个恶毒的人,还说他真的在会所进行过隐性消费。

媒体朋友呵呵笑道:"一听就知道是假的,咱们辛公子人美心善,怎么会是那种人呢?"

辛千玉说:"可不是吗?"

媒体朋友说:"就怕不明真相的网友相信了。"

"这么刺激的故事,网友怎么可能不相信呢?"辛千玉说。

辛千玉把电话一挂,又给林春红打了个电话。

接到辛千玉的电话,林春红还是挺惊讶的:"你怎么有我的号码?"

辛千玉说:"我不但知道你的号码,还知道你准备编故事来黑我呢。"

林春红听到这话,心里一沉,冷笑道:"你还真是神通广大!"

"还行,就是认识一些朋友。"辛千玉道。

林春红很淡定:"你打来电话是为了什么?想堵住我的嘴?我告诉你,不可能。"

"你说得没错,我没法堵住所有人的嘴。"辛千玉承认了这一点,随后话锋一转,"其实我很好奇,你为什么要这样做?黑我就算了,黑宿衷有什么好处?"

林春红心念微动,想起媒体人曾经告诫她:如果辛千玉打电话给你,你要小心说话,他可能会录音。你一定不能承认自己胡编乱造、恶意抹黑,必须坚定地说自己只是说了实话。不然的话,对方要是录音了,一发到网上,那么麻烦就很大了。

因此,林春红嘴硬地说:"我只是说出事实。"

听到林春红这么说,辛千玉有些意外,冷笑一声,道:"什么事实？网上那些谣言？"

林春红脸都气红了："你！你太恶劣了！"

"恶劣的是你。"辛千玉道，"你造谣抹黑我就算了，难道你没想到，你这样做的话，宿衷也会受到伤害吗？"

林春红一怔。

辛千玉继续道："近墨者黑，你说我道德低下，不就等于宣告宿衷也不是什么好人？你有没有想过，宿衷发现自己妈妈恶意抹黑自己朋友时会是什么感受？"

林春红咬着牙，说："我只是想让他认清你是个怎样的人。"

"哈，这种话都说得出口，我好佩服你。"辛千玉冷笑，"你这样做的时候，根本没考虑过宿衷的感受吧？你只想为自己出一口恶气。"

这话像一把刀捅向了林春红的心口，林春红无法反驳，一句话不说就匆匆挂了电话。

她挂了电话后，手指还直哆嗦。

这时候，手机振动，弹出了一条信息："改变主意了就来找我。"

林春红冷笑着回复："休想！"

她是不会向这个恶毒的男人屈服的！

朱璞和朱珠得知辛千玉遇到的事情后也大为震惊："她为什么往自己儿子朋友头上泼脏水？"

"谁知道呢？"辛千玉道，"可能她到更年期了吧。"

"更年期的女人也不会这样啊！"朱璞说，"这是什么心理疾病吧？"

朱璞冷笑："管她呢！让她告去！待她闹大了才好，到时候你再告她诽谤、造谣！最后，没脸见人的一定是她，不是你！"

辛千玉摇摇头，说："别了，这种事闹大了，谁都不好看。"

朱珠闻言，挑眉问道："其实，你是在为宿衷着想吧？"

辛千玉看了一眼朱珠，不置可否。

也许，像辛千玉说的，林春红确实存在某种心理障碍，她已经魔怔了。

林春红相信，全国那么多媒体，一定有一家能帮她把故事发出去。

就在她策划着怎么让辛千玉看清自己的能力时，有人找上门来了。

来者不是别人，是她最亲爱的哥哥姐姐还有亲妈亲爹。

林春红没想到他们会上门，吃了一惊："你们怎么来了？快进屋。"

他们一坐下就开始念叨："你是不是和辛千玉闹翻了？"

林春红脸色一白："这是什么话？"

亲人们立即七嘴八舌地说起来：

"你在想什么？你侄子上学的事还要靠他呢！"

"对啊，你是不是忘了，老人的保险还是他掏的钱？"

"今天单位打电话给我，说要查我的考勤，我还寻思发生了什么事呢。你是不是疯了？这工作还是辛千玉给我介绍的！"

"辛千玉对我们家这么好，你居然要抹黑他！你还有没有良心啊？"

……

林春红被他们一人一句说得无可辩驳，她在辛千玉面前还能勉强撑得住，在自家人面前却噤不了嘴。

看着她的亲人为了外人纷纷指责自己，林春红眼眶都红了："你们怎么不替我想想？他根本不尊重我！"

"他怎么不尊重你啦？你说说啊。"

林春红噎住了，她说不出来。

刨去那些抹黑造谣的部分，辛千玉确实没有对林春红做过什么过分的事情。

林春红噎住了。

送走了一大家子后，林春红拿起手机，又看到了之前收到的那条短信。

一股深深的无力感袭上林春红心头，她总算明白辛千玉说的是什么意思了。

果然是胳膊拧不过大腿，活人争不过死鬼。

林春红整理了仪容，便上门去向辛千玉道歉。

辛千玉看到的林春红是疲惫而憔悴的，仿佛没有生气的木头一样。

看到这样的她，辛千玉倒是挺感慨的，这个女人确实为宿衷付出了全部。然而，她付出全部的时候，竟然要求宿衷也为她付出全部。

她被丈夫抛弃，也被娘家看不起，在漫长的岁月里，她感情的寄托就只有一个儿子。

宿衷没有朋友，没有爱好，在很长的一段岁月里，生命里最重要的人就是母亲。尽管他看起来比较冷漠，但已经足够满足林春红这个可怜女人的情感需求了。

现在，她发现儿子其实没那么冷漠，儿子有热情，只是他的热情没有全部给她，她便发了狂。

辛千玉看着林春红，说："好了，我知道了。"

林春红仿佛没有生气一样，只是机械地说："请你不要为难我的家人。"

"我没有为难他们，也犯不着。"辛千玉淡淡地说，"你也不用跟我道歉，你最应该道歉的人是宿衷。"

林春红像被针扎了一下似的抬起了眼。

这时候，宿衷从外面回来了。看到林春红，他微微有些吃惊，问道："妈，你怎么在这儿？"

林春红的心又裂开了一块，她是他妈，他为什么要用这样的语气跟她说话？

"我……"林春红眼巴巴地看着宿衷，"我跟你……道个歉。"

"你不用和我道歉。"宿衷说，"你最应该道歉的人是小玉。"

听到宿衷说出了和辛千玉一样的话，林春红一阵恍惚，她发现她人生里最重要的东西好像流沙一样从指缝间流逝了。

林春红的眼眶顿时变得温热，泪水随时要喷涌而出："儿子……"

她用脆弱无助的眼神看着宿衷，而宿衷的回应是迷茫、疑惑，甚至有些尴尬。

没错，当她悲痛地看着儿子的时候，儿子看起来困惑又困窘。

林春红更恐慌了，她抓起宿衷的手臂，颤声说："我什么都没有……这么多年来，我什么都没有，只有你！你是知道的，你是我的儿子啊……这么多年来，我所有的心血都花在你身上。我没有朋友，也没有家人，我只有你了！"

这样的话，林春红不知说过了多少回。

宿衷原本就十分冷淡、迟钝，还被动地听了类似的话许多年，实在很难感动起来。

当然，他也是感恩的，便说："谢谢，我明白。"

这样的反应让林春红无比失望。

她要的不是一句淡淡的谢谢，而是对方给予自己同等热烈的感情回应。

林春红顿时变得愤怒起来，手指颤抖着，伤人的话语随时要脱口而出。辛千玉抢先一步拉开了林春红，神色淡淡地说："有件事我上回就想说了。"

"什么？"林春红攒起来的情绪骤然被打断，显得有些困惑。

"上次吃饭的时候你为什么给宿衷夹了芥蓝？以前也是，你给他夹了好几次芥蓝。"辛千玉道，"宿衷不喜欢吃芥蓝，你不知道吗？"

林春红的脸色僵了一下，随后浮现出不可置信的神色："乱讲！他怎么不喜欢吃芥蓝？他从小就爱吃……"

辛千玉扭头看向宿衷，问："你爱吃芥蓝？"

宿衷答："我从小就吃，但我不爱吃。"

林春红的表情一下就僵硬了："怎……怎么会？"

辛千玉看着林春红，道："我倒是看出来了，您是挺喜欢吃芥蓝的，基本上出去吃饭都必点一道炒芥蓝。"

林春红神色迷惑。

辛千玉道："所以，喜欢芥蓝的人不是宿衷，是您自己吧？"

林春红讷讷地说："我……我是喜欢的，但我儿子……"

宿衷还是那副无动于衷的模样，林春红越发心虚起来，拔高声音说："他不说，我怎么知道？"

辛千玉扭头问宿衷："你有说过你不喜欢芥蓝吗？"

宿衷答："有。"

林春红反驳："我可不记得有这回事！"她语气焦急，像是想极力证明什么。

宿衷的反应倒是很平淡："你不记得也是很正常的，因为那是很久之前的事了。"

宿衷小时候曾告诉林春红自己不爱吃芥蓝，林春红却强硬地把菜夹到他碗里，并说："这个好吃！快吃！不要挑食！"

久而久之，宿衷就不反抗了，林春红给他夹什么，他就吃什么。

类似的事情还有很多，比如宿衷穿的衣服、用的东西，他自己喜欢的不算，林春红觉得好的才可以。

宿衷看中 5 块钱的小算盘，林春红却非要给他买一辆 100 块钱的玩具车，并拿着玩具车对他说："这可是妈妈花了一个月工资给你买的……"

宿衷当时的表情也是困惑又迷茫，最后他只能说："谢谢妈妈。"

辛千玉目光如炬地看着林春红，说："您既然是那么伟大、无微不至的母亲，那能说出十种宿衷不喜欢的食物吗？"

林春红想说"宿衷从不挑食"，但话未说出口，她又咽了回去，她竟然不敢确定，到底是宿衷没有不喜欢的食物，还是自己没有在意，只是将宿衷不喜欢的食物硬塞给他，而宿衷没有反抗。

不过，林春红不肯示弱，说："我也是为他好，小孩子家家的挑食行吗？"

"我知道，只有小孩子才挑食，大人是不会挑食的。大人不爱吃，那叫忌口。"辛千玉一笑，"别误会，反应也别那么大，我不是说您不爱他，您确实是一位了不起的单亲妈妈，但不可否认，您实在是有点过激了。您六亲无靠，就把宿衷当成了一个自我投射的对象，您认为什么是好的就要他接受，您认为他应该做什么他就要做什么。这不是爱，或者说，这不是纯粹的爱。"

这些话是用平静的语气说出来的，却比粗言秽语更戳林春红的心窝子。

林春红几乎跳脚："你懂什么？！你知道我多么辛苦才将他养大吗？你知道我是怎么无微不至地照顾他的吗？"

宿衷沉默许久，拿起了一张名片，递到林春红面前。

林春红低头一看，发现竟是一张心理咨询师的名片，顿时脸色发白："你……你觉得我有病？"

宿衷拍拍林春红的肩膀："我在看这位医生，从小就困扰着我的心理问题已经缓解了很多。"

林春红的眼眶一直湿润，忍到这一刻，眼泪才坠下："从小就困扰着你的……心理问题？"

将那张名片捏在手里的时候，林春红才敢面对自己，自己不是一个完美的妈妈……

与此同时，宿衷完美儿子的形象也破碎了。

就像镜子里映照的从来不是真正的宿衷，而是林春红的心理投射。

假象破裂的时候，她便被割得鲜血淋漓。

最终，她还是拿走了那张名片。

她生于一个重男轻女的家庭，哥哥占据了最好的资源，她在潜移默化中接受了这样的分配。嫁人之后，她便充当起贤妻良母，一心相夫教子，没想到迎来的是丈夫的厌弃和背叛。离婚之后，她只得一个人打工育儿。然而，她的儿子却和正常的孩子不太一样……

对她来说，生活是很辛苦的。她不对自己撒几个谎，就很难笑着坚持下去。

"对啊，哥哥是男人嘛，男人当家嘛，都是这样的……"

"我老公人挺好的，愿意养我，谁家老公不是这样呢？"

"我儿子不是迟钝，只是不爱说话……"

"谁说我孩子有问题？你家孩子没问题，跟我儿子一样考一个100分试试看？"

……

第十二章　棉花糖

入夜，夜色晕出暗蓝的色彩，映在透明的玻璃窗上。

辛千玉拉上了天鹅绒的窗帘，回头看了一眼宿衷，问他："你觉得林春红爱你吗？"

宿衷看了一眼辛千玉："嗯。"

辛千玉叹了口气，在宿衷的身边坐下："你觉得她真的懂怎么爱你吗？"

"无论如何，被人爱着都是一件好事。"

辛千玉笑了笑："当然。"

宿衷沉声道："但是……可能我不值得被爱吧。"

"胡说。"辛千玉最听不得宿衷这可怜兮兮的语气，正想开导宿衷几句，辛慕的电话就打了过来。

电话一接通，辛慕便说："CFO套现离场了，这事你知道吧？"

"我知道。"辛千玉一听是工作上的事就精神了，"怎么了？"

辛慕道："老爷子知道他把股份转给你了。"

辛千玉笑道："我就是要让他知道，就是想看他急。"

"捣蛋。"辛慕宠溺地说，"老爷子确实急了，喊你回去吃饭呢。"

大年三十晚上老爷子都不管辛千玉回不回去吃饭，现在倒是喊人回家了，真是有趣。

辛千玉点头："行，大过年的，我就回去给他老人家添添堵吧。"

说起来，辛千玉已经很久没有回辛家老宅了。

对权位有执念的人，多半也有很重的仪式感，老爷子也不例外。

老宅是他权威的象征，相当于皇帝的寝宫，只有他自己能住。当然，用人也可以住，但用人在他的观念里不算自己人。

他的孩子成家后都搬出老宅，孙子们更不会在老宅居住。

偶尔他说起有点想念哪个孩子了，就让那孩子来住两天，这是莫大的尊荣，表现的是他对那个后辈的偏爱。

多年来，辛舅父和辛慕暗暗比较着辛千玉和辛斯穆谁更受老爷子喜欢，谁在老宅能多住几晚、多吃几顿饭。

辛千玉也曾陷入这样的争宠怪圈之中，努力地表现，尽力地扮演一个更符合老爷子心意的小孙子。

辛斯穆恐怕也是如此。

老爷子的孙子其实不少，就算是堂表亲家这种隔着一辈的孙子，只要足够乖巧伶俐，他也会给予几分慈爱。所以，当最受宠的孙子的竞争是非常激烈的。

本家的、旁支的都会使出浑身解数去争宠，通常是大人小孩齐上阵，跟宫斗差不多了。

最后的赢家就是辛斯穆与辛千玉，他们得到了老爷子最多的宠爱，但不满足于此，又拼命去抢那唯一的继承人席位，因此形成了对立的局面。

现在，辛千玉长大了、成熟了，回头再看，只觉得自己争宠的姿态颇为可怜又可笑。

老爷子看到的大概并不是儿孙绕膝，而是恶狗抢肉。

老爷子享受的不是天伦之乐，而是年轻的一辈围着自己这个垂暮老人打转，争夺，抢肉骨头。

最终权位给谁，他心里恐怕早有定论，只是从来不跟人说，就是想给大家希望，看大家争抢。

大家越争，他就越稳。

想到这些，辛千玉的脸上掠过嘲弄之色，又像风拂过一样瞬间消失。

老宅的用人一边将辛千玉和辛慕二人迎进屋，一边说："大家都等着大小姐和小公子呢。"

辛千玉听到"大家"两个字后，问："里面还有谁？"

"大少爷和斯穆小姐都在。"用人答。

"哦。"辛千玉点点头，辛舅父和辛斯穆都在啊。

估计这也是老爷子的心术，他就是想让辛斯穆到场和自己咬，辛舅父到场和辛慕咬。

辛舅父确实是完全被老爷子掌控着，指哪儿打哪儿，还以为是自己在影响老爷子。

至于辛斯穆……

辛千玉看着那位气质优雅的表姐，脸上露出微笑。

辛斯穆也朝他微微点头："有阵子不见了，最近还好吗？"

"不错。"辛千玉点头，客气地寒暄。

这时候，老爷子姗姗来迟，亲切地和辛千玉说起话来，问他的近况。老爷子此刻的样子真像一位和蔼的老人家，全然不是那个使计将辛千玉的名声弄臭，并将其逐出公司的狠心当权者。

众人闲话一阵子，老爷子又说："最近公司在扩张，布局全亚洲，这个你有关注吗？"

"当然。"辛千玉笑着答，"好歹我也是股东啊！"

老爷子便说："你有海外项目的经验，小穆就没有这个经验……小穆遇到问题，也可以跟小玉交流交流。"

辛斯穆闻言点头，看起来没有丝毫不悦。辛舅父就不开心了，冷笑道："小玉现在这个情况，还是不适合插手公司的业务吧！"

辛慕白眼一翻："咱家小玉什么情况啊？小玉的情况好着呢！"

"什么情况还要我明说吗？"辛舅父嘲笑一声，"现在，他名声败坏，连累集团，集团都发公告说不会让他任职了……"

"那只是一时之策而已。"老爷子淡淡地说，"小玉是我的孙子，我怎么可能真的不要他呢？其实，我认为把他放到海外去做项目是最好的，一来可以让他长长经验，二来可以暂避风头。等过几年，大家都忘了这事，他仍可以回到董事会。"

听到老爷子的打算，辛舅父脸色大变，仿佛无法接受。

辛千玉则只觉得好笑，这算什么？给个巴掌再赏一颗蜜枣？

老爷子和蔼地笑着看向辛千玉，脸上隐隐有自得之色，仿佛在等着辛千玉"谢恩"。

辛千玉懒得和他演这一出大戏，便耸耸肩，说："我看辛舅父好像有话说啊？"

本来，老爷子发话，辛舅父是不敢提出异议的，但辛千玉都提到自己了，他也就憋不住了，便说："这事情才过去多久，就又让辛千玉回来？这样怎么和公众交代呢？再说了，辛千玉因为个人作风出问题也不是第一回了，有了第二回就会有第三回……"

老爷子"嗳"一声，道："你这话就不对了。小玉年纪轻，做事轻浮也是常事。现在，他吃了教训，就会学乖，以后必然会好的。"

辛舅父仍旧愤愤不平，但不敢反驳老爷子的话，只一脸不忿地盯着辛千玉。

辛千玉缓缓笑道："老爷子太高看我了。我这个性格是改不了了，也没法学乖，我可能会叛逆一辈子。"

听到辛千玉这么说，老爷子露出吃惊的神色。

辛千玉自顾自地说下去："一家人不妨打开天窗说亮话，我这个人太有性格了，不适合做教育集团的掌门人。玉琢集团我不准备碰了，董事会也好，总裁也罢，都不关我的事。"

此言一出，就连最淡定的辛斯穆也挑起眉头，仿佛无法相信。

事情的发展出乎老爷子的预料，失去掌控的感觉让老爷子不太舒服。老爷子干咳两声，笑道："你这是闹小孩子脾气呢？"

"我都多大了，还是小孩子吗？"辛千玉道，"其实，上回您让我离开董事会的时候我就说了，我早知道管玉琢集团得做圣人、做道德楷模，那我肯定是不会答应的。这是我的真心话，不是气话。"

上次辛千玉留下辞职信离开董事会的时候确实说过这样的话，当时大家都以为他只是意气用事，没想到他说的是真的。

难道他真的因为太有个性而放弃这偌大的家业？

这……确实太有个性了。

大家面面相觑，都感到难以置信，辛千玉则气定神闲。

老爷子感觉事情脱离掌控，竟有些不安。在他的预计中，辛千玉应该会像上次那样高高兴兴地回来继续卖命，谁知道……

"喀喀。"老爷子干咳两声，说，"小玉，你来我书房，咱们爷孙俩好好谈谈。"

辛千玉点头答应了。

老爷子的书房古色古香，带着几缕黄昏的气息。

辛千玉从前觉得这儿十分肃穆，说话都不敢太大声。现在，他反倒嫌这儿陈旧，就连空气中飘着的檀香气味都让他觉得沉闷。

老爷子敲了敲桌子，说："小玉，告诉我，你是怎么想的。"

"我已经说了。"辛千玉似乎感到烦厌，语气里也带着几分不耐烦，"接二连三的舆论事件让我不胜其烦，我不想背负这个枷锁。对我来说，最紧要的就是开心。要是不能为所欲为，做有钱人又有什么意思？"

老爷子呵地一笑，说："真是孩子气！我知道，你不是一个幼稚的孩子，你是成熟的大人了，难道你甘心做一个从信托基金领零花钱度日的米虫？"

辛千玉挑眉，说："我只是不甘心做一个被人呼之即来、挥之即去的打工仔。"

"什么打工仔？"老爷子摇头，"你是我中意的继承人。"

辛千玉觉得好笑，要是换作两三年前，他听到老爷子说出"继承人"三个字时，肯定会无比欢喜，但现在……

"表姐比我适合。"辛千玉说，"她做事认真，一板一眼，为人踏实，挺好的。我这个人是无尾飞蛇，干不了这个。"

听到辛千玉这么说，老爷子更觉得意外，他已经拿不准辛千玉是真的不想要继承权了，还是在欲擒故纵。

老爷子进一步说："她不如你聪明机敏，我更看好你！"

248

"你看好我？"辛千玉笑了，"那我做总裁的时候，你为什么
在我背后捅刀子？"

辛千玉这话过于直接，且毫无铺垫，就像天外飞来一刀，砍了
老爷子一个措手不及，老爷子的表情都绷不住了，脸上掠过一抹惊
愕羞怒之色。不过，老爷子毕竟是老狐狸，一秒就变回慈祥模样："你
怎么可以这么说我？我一直都是最看好你的！你想想，每次你闯祸，
董事会容不下你，都是我保住你的！"

这表面和平恐怕保不住了。

辛千玉冷笑："我知道，我这次的传闻是您放出去的。"

老爷子心神一动，脸上表情未变："你这样太伤我的心了。难
道你不知道你一直都是我最喜爱的孙子？"他的眼神带着几分痛心，
跟真的一样。

辛千玉一边佩服老狐狸的演技，一边笑着说："您是喜欢我，喜
欢我的聪明乖巧。可惜，我现在长大了，变得太过聪明又不够乖巧。"

老爷子心中暗自承认，辛千玉说的确实是对的。他很中意辛千
玉的聪明，却不满辛千玉不够乖巧。

老爷子沉声道："你是我的孙子，我对你的喜爱是不会变的。"

"我知道，所以您虽然对我有了忌惮和不满，但是并没有放弃
我。您打压我，不是为了赶走我，而是为了驯服我。"说着，辛千
玉手掌收拢，做出一个拉狗绳的动作，"您想通过这一收一放，让
我明白，大权永远在您手上，我必须听命于您，才能在玉琢立足。"

老爷子被说中心事，沉默了两秒，才道："你的个性就是太锋
利了，我打磨打磨你，也是为你好。"

辛千玉嗤之以鼻："您不就是希望我一辈子做您的乖孙？等您
老得走不动了，我再感激涕零地接过您施舍的权柄，继承您的千秋
大业，用一生奋斗为您延续辉煌。"

老爷子不语，这确实是他的计划。

辛千玉笑了："您还真当自己是皇帝，可以生杀予夺？"

说完，辛千玉站起身来，转头道："您的那点江山，我还真瞧

不上。"

老爷子看着辛千玉离去的背影，握拳冷笑："拿着外公的钱当富三代，却说瞧不上我的江山？是不是有点端起碗吃饭、放下碗骂娘的嫌疑？"

辛千玉停下脚步，转头一笑："董事长，您是不是搞错了什么？上市项目是我搞起来的，M-Global是我找来的，但我只拿1%的股权！您随便出去找个职业经理人，谁都不会接受这种条件。这1%完全是亲情价。不是我拿了您的分红，是您亏待我这个大功臣！端起碗吃饭、放下碗骂娘说的不是我，而是您！"说完，辛千玉大步走出了这间摆设陈旧的书房，呼吸了一口新鲜空气。

待辛千玉离开了，老爷子才收起那假装镇定平和的表情，露出愤然之色，一张老脸绷得死紧。

他已经很久没被这样挑衅过了，尤其对方还是他的孙子。

他实在忍受不了这等对他权威的挑战，于是暗下决心：非要逼得辛千玉低头认错不可。

这一顿饭，众人吃得相当没滋味。

老爷子又试图让辛慕劝劝辛千玉，辛慕却说："儿大不由娘啊，他现在哪儿还能听我的呢？"

老爷子懂了，现在辛慕也是站在辛千玉那边的。

他更气愤了，不孝女！

没过几天，辛慕就打电话跟辛千玉诉苦："我为了维护你，得罪老爷子了。"

"是吗？"辛千玉问，"怎么回事？"

"你还不知道？"辛慕顿了顿，道，"老爷子把我们的信托停掉了。"

"哦？真的吗？"辛千玉真不知道，因为他没留意。

他钱太多、工作太忙，根本没注意。

辛家是有家族信托基金的，辛千玉从前的零花钱都是从这儿领的。从成年起，他每个月能领二三十万零花钱。因为辛千玉已经不在集团任职，所以在老爷子看来，辛千玉唯一的经济来源就是家族信托。

而辛慕已从集团离职了，虽然有些别的收入来源，但是失去这一笔信托对她而言是很大的损失。

她便跟儿子抱怨说："哎呀，我现在被经济封锁了，还怎么花天酒地啊？"

"嗯，我知道了。"辛千玉说，"我待会儿就投一个亿，给你建个'品酒基金'，行吗？"

"好嘞！"辛慕如愿以偿，"真有孝心，妈妈爱你！"

辛慕顿了顿，又说："其实……你说你对玉琢集团不感兴趣了，可是真心话？"

"你说呢？"辛千玉反问。

"我认为……"辛慕淡淡一笑，"你既然说过要让我当皇太后，应该不会让我失望吧？"

辛千玉笑答："我只说了改朝换代，可没答应让你当皇太后。"

"啊？"辛慕一顿。

辛千玉道："我要当太上皇，你要是皇太后，辈分不就乱了？"

辛慕越听越糊涂了，顺着儿子的思路说："无论你要做什么，你都得先搞定一件事。"

"什么？"辛千玉问。

"股权。"辛慕说，"股权如兵权，你没这个在手里，别说是当太上皇，就是当皇上皇都是白搭。"

这个道理倒是很浅显，在现代企业，股权就是一切。

老爷子比任何人都懂得这个道理，所以推动公司上市后，他抓紧时间收拢股权，目前持有 67% 的股权，这个比例是无人能敌的，就算宿衷、辛千玉他们加起来也无法与他抗衡。

正是因为拿着那么大份额的股权，老爷子才有资本朝辛千玉发难，直接下令断了辛慕和辛千玉母子的财路。

老爷子认为辛千玉没了零花钱，肯定会焦头烂额，他志得意满地对秘书说："辛慕没有接济他儿子吧？"

"看起来是没有……"秘书看了看发回来的报告。

老爷子点头："也是，辛慕自己的钱也压在生意上，活钱并不多。"

他对自己女儿的经济状况还是很了解的。不过，他对辛千玉的经济状况却是自以为了解。

在老爷子眼中，辛千玉还是那个年轻气盛、根基尚浅的黄毛小子。

他根本想不到，辛千玉现在已经是名副其实的隐形富豪了。辛千玉经历了几番舆论风波，十分喜欢隐形富豪的低调奢华有内涵，才有了想做"太上皇"而非"皇帝"的想法。

老爷子觉得，金钱是最容易让人屈服的手段。辛千玉没有钱，就不能这么横了。

如果真想对辛千玉实行全面的经济封锁，老爷子就必须解决一道难题，那就是辛千玉和宿衷之间的关系。

老爷子盲目自大，自以为可以封锁辛千玉，但他还没有膨胀到以为自己可以封锁宿衷的地步。

老爷子考虑许久，还是让秘书去请宿衷。

宿衷没有推搪，约老爷子午餐时会面。两人在私密包间里坐着，老爷子直接打开天窗说亮话："最近你和小玉的关系怎么样？"

宿衷反问："这和您有什么关系？"

老爷子已经大约知道宿衷的说话风格，便不以为忤，呵呵一笑，说："他是我的外孙，我当然会关心一下。"

"嗯。"宿衷道，"还好。"

宿衷本想说决裂的事情纯属子虚乌有，但辛千玉交代过，无论谁问起他们的关系，都要给出模棱两可的回答，不能直接否认，也不能承认，反正就是说"还好""照常"这类的话，从而让人看不清虚实。

老爷子听到这类回答，确实没法摸清，就进一步试探，问他最近可有什么需要帮忙的地方。

"你这样关心我，"宿衷道，"是想从我身上得到什么吗？"

老爷子道："股份，我要将你手上的股份收回来。"

宿衷并不觉得意外，只说："你误会了，那20%是属于M-Global的，不属于我个人。"

"这种话大家都知道是骗人的。"老爷子呵呵一笑，说，"你再考虑考虑吧。欢迎你随时来找我这个老家伙喝茶。"

说完，老爷子就站起身离开了。

宿衷前脚刚和老爷子吃完饭，后脚就把这事一股脑地跟辛千玉说了。

辛千玉让宿衷假意答应和老爷子合作，探探他的虚实，看他有什么本事。

"这个……"宿衷面露难色。

辛千玉疑惑地说："怎么？探个口风这么难？"

"是。"宿衷点头，"我不太会演戏。"

宿衷确实不太会演戏。老爷子是老狐狸，相处久了，恐怕会看出端倪来。

辛千玉摸摸下巴，说："那你尽量少说话，不知道说什么的时候就酷酷地冷笑就好了。"

宿衷说："一直笑？那会不会很像神经病？"

"……"

既然是辛千玉的要求，宿衷还是无法拒绝。就算演技不好，他也得硬着头皮上。

所以，没过几天，宿衷便给老爷子打了个电话，邀请他见面。

这次，老爷子自认为占了上风，就晾了宿衷几天，才约宿衷到自己的主场——玉琢集团董事长办公室见面。

宿衷似乎没有身处客场的自觉，来了就坐下。

老爷子摆出主人的高姿态："不用拘谨，当自己的地方就好了。"

"我是大股东兼董事会成员，这本来就是我自己的地方。"宿衷道。

老爷子咽了咽口水，笑道："是……是……我的建议你考虑得怎么样，愿意把股份让出来吗？"

"可以，但要收钱。"宿衷说，"毕竟，这是 M-Global 的股份，我不能白送，还是得正常买卖。"

"当然！"老爷子很慷慨地说，"我会以比市价更高的价格回收你手上的股份，不会让你吃亏的。"

宿衷点点头："那么，辛千玉那边呢？你有什么计划？"

老爷子笑道："这你就不用问了，只需要等着就是了。"

宿衷眉头微蹙，有些担心辛千玉。他不知该说什么，便开始装酷冷笑："呵呵呵……"

老爷子见宿衷忽然发出奇怪的笑声，觉得还挺瘆人的，便开口打断："小玉那孩子确实被娇纵坏了，不知天高地厚，又从社会上学了奸猾的做派，是挺难缠的……"

听到老爷子这样说辛千玉的坏话，宿衷顿时不爽了，说："小玉明明很好。"

老爷子一怔："你不是要和他分道扬镳了吗？"

"……"宿衷又开始装酷冷笑，"呵呵呵……我的身家更重要。"

老爷子也呵呵笑道："确实，什么都比不过金钱！"

老爷子的如意算盘打得很响。

和宿衷联盟，是他的一石二鸟之计。表面上，他是帮助宿衷打压辛千玉，以回收玉琢股权。实际上，他是要打压辛千玉，就算宿衷不把股权卖给他，他也会这么做。

他找了宿衷，就等于确认了盟友，还能卖个人情、回收股权，连老爷子自己都觉得自己很机智。

很快，老爷子就朝辛慕出击了。

辛慕名下的酒庄被查处了，原因是里头有些洋酒没有贴中文标识，违反国家规定，因此被罚款 100 万，并停业整改。

老爷子很快给辛慕、辛千玉母子发出预警：这只是一个开始，如果你们依旧不识抬举，就只能面临破产失业的困境。

辛慕嘴上说："好怕啊……呜呜呜……"实际上，那家酒庄本就挣不了几个钱，现在出了事，她索性把酒庄卖掉，然后继续用辛千玉的品酒基金醉生梦死。

不过，辛千玉能看出来，辛慕其实是很伤心的。

她伤心的不是自己的生意被打击了，而是老爷子的狠心。

"他真的是我爹吗？"辛慕叹道，"我会不会是捡回来的？"

辛千玉拍拍辛慕的肩膀，不知怎么安慰，只能干巴巴地说："听说有家会所的酒不错，您喜欢的话就包了，算我账上，儿子爱你！"

辛慕倒是不客气，马不停蹄地去品酒了。

见辛慕不开心，辛千玉也挺难过的，只能说，在老爷子心目中，权威比亲情更重要。

辛千玉看起来不开心，宿衷便提议道，"我们去看电影吧，怎么样？"

"怎么忽然想去看电影？"辛千玉还是第一次从宿衷口中听到这样的提议。

宿衷说："这不是年轻人常见的娱乐活动吗？"

辛千玉无奈一笑，嘴上说："谁和你是年轻人？"实际上，他还是和宿衷一起去了电影院。

为免招摇，二人去的是私人电影院。

这种私人影厅一般放映的都是老电影，而且设备比不上大电影院，辛千玉看得昏昏欲睡。电影才播到一半，他就睡着了。

这家私人影院外有自媒体人蹲点，那人原本是来蹲出轨明星的，没想到蹲到了辛千玉和宿衷。

这可是大新闻！

那人喜不自胜，在自己的社交账号上发布了辛千玉和宿衷出入私人影厅的视频。

辛千玉和宿衷明明传出决裂了，现在却被拍到一起看电影，确实让人好奇又疑惑，难道他们和好了？

在这样的传言之下，网友们更觉得惊讶，宿衷这人心真大，辛千玉的人品都差成这样了，还和他做朋友！

有一些宿衷的颜粉替他心疼，这么一个大帅哥，可惜瞎了眼！

老爷子看到新闻后也很震惊，立即打电话问询。

不过，宿衷并没有回复他。

老爷子这才明白，自己被摆了一道，宿衷根本不打算帮自己，宿衷这是和辛千玉一起唱戏呢！

明白自己被耍了之后，老爷子十分愤怒。

秘书在一旁说："宿衷看起来老实，没想到也会耍这样的滑头。"

"这也罢了，无奸不商。"老爷子摆摆手，敲了敲实木桌，"再去添两把火，我就不信他不跟辛千玉闹掰。"

秘书点点头。

老爷子道："做得干净点，不要留下把柄。"

秘书笑道："这都是舅老爷做的，横竖和我们没关系。"

老爷子点头，脸上露出满意的微笑。

尽管辛千玉的公关团队百般澄清，并状告造谣者，但"辛千玉私生活混乱"的新闻还是流传甚广。

因此，宿衷和辛千玉和好的消息传出后，大众的第一反应都是唾弃辛千玉。

对于自己的丑闻，辛千玉已经见惯不怪，但令他比较生气的是网友对宿衷的恶意。

宿衷倒是心平气和。

辛千玉不禁问他："你真的不受影响？你是怎么做到的？"

问完之后，辛千玉便有些懊悔，想必宿衷又要说"我相信你""因为你是我的朋友""我不在意风言风语"之类的话。

谁知道，宿衷说："我把微博卸载了。"

"这还真是保持心平气和的好办法呢。"

毕竟，以宿衷的地位，只要他不去看、不去听，就不会有人跑到他面前去说。

他的下属肯定不敢到他面前乱说话，而和他地位相当的人又都是人精，就算背后嘲笑，在人前还是讲体面的，谁都不会故意跑到他的雷区上起舞。

辛千玉咽不下这口气："说我就算了，说我的朋友算怎么回事？我一定要让这个人付出代价！"

事实上，辛千玉已经公关过了，却发现有人在背后推波助澜。

辛千玉索性在媒体圈直接悬赏1000万，就是要找出那个在背后点火的人。

所谓重赏之下，必有勇夫，既然你钱给够了，我也就不讲什么江湖道义了。

媒体圈子其实也不大，一个个串起来，还是能找到源头的。最后，一开始散播谣言的黑公关被辛千玉揪了出来。

黑公关知道惹不起辛千玉，便痛哭流涕地道歉："辛公子，我错了！我不是故意的！我也是拿钱办事啊！"

辛千玉冷笑一声："是谁？你说出来，我饶你不死。"

那黑公关眼露精光："真的？"

"当然。"辛千玉说，"我辛某人说话算话。你看，我说悬赏1000万，不也给了？好像是你的好兄弟卖了你吧？"

说到这个，黑公关脸如土色，确实是他的好兄弟为了1000万而把他出卖了。

辛千玉拍拍他的肩膀，说："你们的友谊很值钱了，不要伤感。"

黑公关想着这个世界上没有信任了，就将答案吐出来："是你舅舅……"

"是他？"辛千玉挑眉，"仔细说说。"

黑公关便一股脑招了，说辛舅父找到他，让他去会所盯人、拍照，然后乱编故事……

黑公关招了之后，辛千玉转手就将这份口供录音发到网上。

很快"辛千玉被亲舅诬陷"就荣登热门话题第一位。

要压过一个有趣的故事，就需要一个更有趣的故事。

现在辛千玉给出了一个更劲爆的故事，就是他是被舅父诬陷的，原因是辛家内部争夺家产，辛千玉无辜受害，被踢出董事会。

这样的故事引人入胜，很容易引起讨论，并迅速传播。

辛舅父惶恐不已，找到老爷子求助："爸，我也是听你的话才……"

"不要胡说！"老爷子疾言厉色，"你自己惹下的祸，还打算拉扯上我？"

辛舅父哑口无言。

实际上，辛舅父造谣抹黑辛千玉都是老爷子通过秘书授意的。辛舅父就算想跟人说这是老爷子的意思，也没有证据。

黑公关那边则有聊天记录、电话记录和转账记录，证明辛舅父就是幕后黑手。

这下，辛舅父真是有苦说不出，他惊惶地看着老爷子："爸，我是你的儿子，你不能见死不救啊……"

老爷子没有见死不救，立即让人删帖。

不过，这回他们感受到了辛千玉的执着。

他们删多少，辛千玉就让人发多少。

删帖的行为很容易引起网友的反感，他们越删，网友就越觉得这是真的，就越要说。

迫不得已之下，辛舅父让人发律师函，警告大家不要造谣。

谁知道，辛舅父前脚发了律师函，辛千玉后脚就直接起诉辛舅父，热门话题第一便是"辛千玉告亲舅造谣诽谤，索赔5000万"。

这下真是炸开了锅，大家都认为辛千玉是受害者了。

顺带着，网友们都感叹宿衷真是好兄弟，在风言风语之下仍保持信任，对兄弟不离不弃。

就在舆论风波达到高潮的时候，辛老爷子再次让辛千玉到老宅去。

辛千玉愉快地答应了。

他到了老宅，辛老爷子和辛舅父已在书房久候了。

辛千玉笑盈盈地说："怎么？舅父已经等不及在法庭见，现在提前见面？"

辛舅父一股气堵在心头，但不敢发出来，只瞪着眼说："我好歹是你的长辈！"

"既然是长辈，就得有长辈的样子，不然就是为老不尊，带坏子孙。"辛千玉看着是在讽刺辛舅父，目光却落在老爷子身上。

老爷子噎了一下，才说："一家人还是和和气气最重要。有什么事情，关起门来说清楚，闹上法庭像什么样子？不是被外人看笑话吗？"

辛千玉笑了笑，说："那也是，其实，我的诉求很简单，就是让辛舅父当众道歉并赔偿5000万，如果他能爽快答应，我也不想上法庭。"

"5000万！"辛舅父大吃一惊，"你还不如去抢劫！"

"看来是谈不拢了。"辛千玉冷笑，"那就算了，法庭见吧。"

"小玉，你要明白，就算真的上了法庭，法官也不可能判他赔你5000万。"老爷子沉声说，"你为了一时之气做出这样的事，会不会得不偿失？"

辛千玉眨眨眼，说："我觉得挺值的。忍一时风平浪静，退一步越想越气。我就是不想退。"

老爷子脸色发青，道："看来你是打算彻底和辛家闹翻了？你想过后果吗？以后你不能从我这儿得到一分钱！"

这句话已经相当重了，也是老爷子能想到的最厉害的武器。然而，这武器打在辛千玉身上不痛不痒。

"你已经把我从信托里踢出去了，还有什么钱能拿？"说着，辛千玉又眨眨眼，"您说的该不会是遗产吧？"

老爷子脸色一沉。

辛千玉道："老爷子还这么硬朗，我可不像舅父那样每天想着遗产分割的事情，多晦气。"

辛舅父眼珠一瞪："你说什么！你别……别胡说！"

"行了，既然你们没有诚意，那我也不说了。"辛千玉摆摆手，"法庭见吧。"

说完，辛千玉转身就走。

看着辛千玉离开的背影，辛舅父十分心焦，求助般看着父亲，说："爸，您说……"

"让他走！"老爷子重重地敲了敲拐杖，"他不就是告你吗？让他告去！谁还请不起律师？"

辛舅父忙不迭应声，心里还是很紧张。毕竟，这是他第一次被告上法庭。

看辛千玉那架势，还挺认真的。

如果辛千玉真的把自己告倒了，老爷子会帮自己吗？

想到这些，辛舅父急出了一额头的汗。

辛千玉缓缓走出老宅的时候，被一个人拦住了。

这个人就是辛斯穆。

辛斯穆看起来依旧沉稳如水，对着辛千玉开门见山道："你和我都知道，我爸不是元凶，他只是被利用了。"

"是吗？我不知道啊！"辛千玉一脸无辜。

辛斯穆咽了咽口水，说："你怎么可能不知道？"

辛千玉笑了："你拿出证据来，我才好说呢。"

"你的意思……"

"小穆姐，你在老爷子身边那么多年，又是个心细如发、有城府的人，我相信你一定有办法。"辛千玉摆摆手，"我先走了，拜拜！"

辛千玉迈着六亲不认的步伐走向停在路边的车。然而，回看老宅的时候，辛千玉还是生出了感慨。

车门打开，宿衷坐在驾驶座上，请辛千玉上车。

辛千玉坐上了副驾座，淡淡地说："我觉得自己越来越冷酷无情了。"

"并没有。"宿衷说，"你越来越有趣了。"

辛千玉别过头，想起当年苦苦隐藏真我、假扮柔顺的自己，一

260

时间觉得恍若隔世。

在辛千玉愣神的时候，宿衷已经发动了汽车。

辛千玉问："去哪儿？"

宿衷答："到了你就知道了。"

宿衷开车把辛千玉带到了游乐场的门口。

辛千玉远远看着就知道宿衷包场了。

现在是游乐场闭馆时间，一般来说，这个时间用来包场是比较划算的。

因为是包场，所以有专门的引导员接待他们。

其实，这样反而不利于体验各种项目。

旁边有两个接待员殷勤地笑着，随时问他们有什么需要，这样他们很难放松。

逛了一个多小时后，宿衷问引导员："就这些吗？"

引导员微笑回答："接下来你们可以去体验旋转木马，之后就可以结束这次愉快的旅程了。"

宿衷不高兴了，说："棉花糖呢？"

引导员愣了愣，答道："现在是闭馆期间，棉花糖的摊位没有开……"

宿衷露出了失望的表情。

引导员忙说："不过，我们可以叫人来开机……"

这时候的宿衷像耷拉着耳朵的大狗狗，辛千玉立即对引导员说："带我去，我来开！"

宿衷的眼神立即被点亮了。

引导员叫了人来开机，还找了一个会使用棉花糖机器的员工在旁待命，就怕辛千玉只是逞强，根本不会做棉花糖。

没想到辛千玉这位公子哥居然真的会做棉花糖，手撒砂糖，木棍缠丝，勾搅之间竟也真的圈出一团软绵如云的棉花糖。

他将蓬松的棉花糖递到宿衷手边，说："喏，怎么样？"

宿衷十分高兴："小玉真厉害！"

员工也称赞道："辛先生的手真巧！"

辛千玉笑道："没什么，这又不难。"

辛千玉会学做棉花糖，是因为他以前跟宿衷闲聊时问宿衷小时候爱吃什么，宿衷说喜欢吃棉花糖。

因为宿衷这一句话，辛千玉特意去买了一台棉花糖机器，自学棉花糖的做法。

然而，他和宿衷相熟之后，从没见过宿衷吃糖果，便渐渐忘了这件事。

现在，手握棉花糖的他蓦然想起这件事来。

辛千玉问道："我都不知道你喜欢吃甜食。"

"我看到棉花糖，觉得它很有趣，想试试，母亲不允许。因为不被允许，所以我好奇它是什么味道。"宿衷道，"原来是这样的甜味。"

辛千玉问："那你现在还喜欢吗？"

宿衷道："喜欢。"

旋转木马的灯光下，他们一人骑着一匹，在音乐里起伏转圈，宿衷手里仍握着那一根棉花糖。

一曲终了，二人从各自的旋转木马上下来。

引导员笑问："体验怎么样？"

宿衷摇摇头："不怎么样。"

引导员脸色一僵："是……是有什么需要我们改进的地方吗？"

宿衷说："和你们没关系，就是旋转木马本身不好玩。"

"……"引导员保持微笑，"嗯嗯，对成年人来说可能这样的游戏比较无聊吧。"

辛千玉怕引导员尴尬，便打圆场道："其实还不错，挺有意思的，谢谢你！"

回家途中，辛千玉从宿衷手上的棉花糖上撕下一块，放到自己嘴里嚼了嚼。

是甜的。

第十三章　家产大战

辛家老爷子那边却是苦涩的。

因为辛千玉的反击，现在很多人都在讨论辛家的争产大戏。

之前是辛舅父找人上节目黑辛千玉，现在轮到辛千玉上节目了。

主持人问："现在网上都在传你是被排挤出集团的，你是怎么想的？"

辛千玉语气温柔地回答："我什么都不想了。对我来说，没什么比亲情更重要。我和妈妈都从集团离职，也不再从家族信托领取一分钱。"

这个简直是爆炸新闻，主持人看到了收视率飙升的信号，立即追问："这是你们个人的选择吗？"

辛千玉悠悠一叹，说："是，是个人选择。我不想将事情搞得那么复杂。你知道，我从小就被当大少爷养着，是在蜜罐里泡大的，所以一直对别人没什么防备，也不够聪明。走到这一步，只能怪我自己。"

主持人忙说："您的意思是，您是被算计了吗？"

"啊，我没这么说。"辛千玉十分无辜地摇头，"我不想说任何人的坏话，只是想澄清一件事。"

"什么事？"主持人问。

"就是网上说的争家产的事情，我要澄清。"辛千玉道，"别人我不知道，但我和妈妈绝对没有争夺的心思，我们母子只想快快乐乐地过日子。就是出于这样的想法，我们才主动退出董事会。别的什么都不在乎，我们就是想安安静静地过日子。"

这个访谈再次将"辛家秘辛"推上热门话题。

辛千玉将自己塑造成与世无争、惨遭亲人陷害的小少爷，确实颇有成效，不少网友都对辛千玉大为改观。

毕竟，辛千玉斯文秀气，装乖的时候还是很像那么一回事。

大家浑然忘了前不久才大骂辛千玉纨绔子弟、道德败坏，现在则纷纷喊起了辛公子、"傻白甜"大少爷……

一说起辛千玉的丑闻，大家都倾向于是辛舅父做局害他。

老爷子很头痛。

其实，这些传闻影响不了老爷子，因为都是辛舅父在当挡箭牌。

老爷子将辛舅父撤职，一如之前对辛慕和辛千玉那样不留情面。

不过，老爷子心里挺不舒服，自觉被辛千玉反将了一军。

事情越来越脱离掌控，别说是辛千玉了，就是平常对自己俯首帖耳的辛舅父眼神里都有了怨愤。

老爷子越发不平，更想压制辛千玉了。

秘书在一旁为老爷子顺气，道："管辛千玉干什么？他这个小子能成什么气候？"

事实上，秘书也觉得老爷子不应该对辛千玉赶尽杀绝，说到底，辛千玉是老爷子的外孙。再说了，辛千玉不成气候，老爷子手握67%的股权，集团发展势头良好，老爷子根本什么都不用担心。

然而，老爷子是一个十足的控制狂，越老越是如此。

"是啊，小玉成什么气候？他都是靠着宿衷才这么神气。但外人怎么靠得住？"老爷子道，"安排到宿衷身边的人怎么样了？"

老爷子想破坏辛千玉和宿衷的关系，便想出这个损招，找人去挑拨。

秘书叹了口气，说："情报没错，宿衷是个死心眼，派人去挑拨真的很难起作用。"

"嗯……其实，我也没抱多少希望。"老爷子自己是接触过宿衷的，觉得宿衷确实不是一个容易被动摇的人。

这也让老爷子很难想象宿衷和辛千玉的关系能够这么好。

宿衷比木头还呆，而辛千玉比猴子还精，两人根本不是一类人。

老爷子道："既然从宿衷这边没法突破，就从小玉那边入手，怎么样？"

秘书点点头："我看这样成功的机会可能比较大。"

当然，辛千玉不是傻子，随便找个人接近他并不现实。

不过，老爷子早有谋划。

辛千玉从前当转学生的时候被人欺负，当时有一个男同学对他比较友善。比如，辛千玉的作业本被扔掉了，那个男同学会私下给他一个新的作业本；辛千玉被反锁在宿舍，男同学会帮他开门……在当时，那个男同学算是少数愿意对辛千玉释放善意的人，而且这哥们长得还帅、成绩又好，算是校草级别的人物。

老爷子觉得，这样的人应该能接近辛千玉，因为这是他曾经经历的阴霾岁月里出现的一丝光。

老爷子觉得，就是记忆中的这一抹光才能摧毁辛千玉这样坚强的人。

最近，辛千玉接到了一个电话，是当年的班长邀请他参加老同学聚会。

辛千玉一听班长的声音就不爽，想起当时转学后被欺负的日子。

他对电话那头说："不好意思，我没空。"

班长笑笑，说："是吗？很多人都会去，像是和你关系不错的安校草也会来呢！"

这个安校草就是老爷子选中用来接近辛千玉的"工具人"。

辛千玉听到"安校草"三个字，说："什么校草？难道校草不是我？"

"……"班长愣了愣，说，"就……就安羽生。"

"哦。"辛千玉印象中确实有这么一个人，好像长得确实还可以，但比起自己还是差远了，"如果安羽生是校草，那我岂不是校树？"

"……"

班长心想：辛千玉还是一如既往地讨人厌呢。

不过，班长是受人委托必须请到辛千玉，便软磨硬泡起来："来嘛，我们都挺想你的！"

辛千玉说："嗯，我也挺想大家的，但我就是没空。"

班长心想：你现在都被老爷子革职了，怎么会没空？根本就是不想来吧！

班长半开玩笑地说："啊呀，现在你是辛公子了，排面大了，我叫不动了，也不给老班长一个面子！"

辛千玉可不爱听这话。要好好说还行，但来阴阳怪气那一套，辛千玉就不客气了，笑说："啥面子不面子的，我是真有事，那天我要参加一个酒会，就是高净值人群去的那种……要不你让老同学们一起来吧，只要在那家银行里存个 2000 万就能参加。"

"……"

辛千玉挂了电话之后，也没把这当一回事。

没过几天，辛千玉逛商场的时候就"偶遇"了安校草。

这个安羽生当年在校园里也是一个风云人物，品学兼优的那种好学生。他对辛千玉也有所关照。

后来，辛千玉反击霸凌者，对谁都不客气，但对安羽生还是可以的。

其实当年，那些小打小闹辛千玉也不在意，真的踩到他的底线了，他就反击回去，绝不吃亏。

辛千玉当年虽然叛逆，但还是能分出好歹。安羽生虽然啰唆，但带着善意，所以辛千玉不会说什么。

这就形成了"辛千玉对班上其他人不假辞色，唯独给安羽生好脸色"的局面，也导致一些人误以为辛千玉会对安羽生心存感激。

当时安羽生还是少年，现在已是青年模样，脸上生出成熟的轮廓，比从前英俊了好几分，加上来自社会的锤炼，更有几分成熟男人的气质。

辛千玉见到这样的安羽生还是有些惊讶的："好久不见啊……"

安羽生温柔一笑："是啊，好久不见。上次同学会怎么没见你？"

辛千玉说："没空嘛，就没去。"

安羽生点头："这么巧碰到，喝一杯咖啡？"

辛千玉没有拒绝，就和他一起坐下喝咖啡。

安羽生口齿伶俐，比从前多了几分圆滑世故。辛千玉和他聊天也很自在，很快就发现了彼此的共同爱好。

安羽生和辛千玉在玩同一款游戏，两人联机打了一局，辛千玉觉得手感还不错，对安羽生好感大增。

这个安羽生进退有度，打完一局就要告辞。

辛千玉还在兴头上呢，便拉着他说："先别走，再打一盘呗！"

安羽生看了看腕表，笑道："抱歉，我约了客户，实在不能迟到。"

辛千玉感到惋惜："那就没办法了。"

安羽生说："我们加个好友，今晚回去我发条信息给你，到点了一起上分。"

"行啊！"辛千玉同意了。

安羽生又说："要不要再叫个朋友一起？宿先生玩这个吗？"

辛千玉笑了："他不玩这个。"

安羽生有些惊讶："是吗？我没想到。"

辛千玉觉得奇怪："这有什么想不到的？"

"你这么喜欢这个游戏。"安羽生微笑道，"我以为好朋友都会有共同的爱好呢。"

不知怎的，辛千玉竟从这句话里品出一丝挑拨的意味，但看着安羽生清俊的脸庞，他又怀疑自己多心了。

辛千玉现在不用上班，大部分时间都能自由支配，这和宿衷十分不一样。

宿衷还是每天上班、看行情、监督下属的工作，当然，还有改进他的数据模型。

这么比起来，宿衷的工作量是很大的，他也很忙，不可能有时间打游戏，而且他看起来也不是喜欢打游戏的人。

不过，安羽生看起来也不太像。

在辛千玉的记忆中，安羽生是一个三好学生，而且目标非常明确，不会将时间和精力花在多余的事情上，打游戏显然就属于多余的事情。

安羽生的游戏打得那么好，让辛千玉挺惊讶的。

辛千玉和安羽生成了游戏里的朋友，老爷子那边急了，希望安羽生更进一步，便说："为什么不跟他提起上学时的事情？"

安羽生摇头："辛千玉是一个很骄傲的人，提及他被人欺负的事情会引起他的反感。我故意避而不谈，反而能让他觉得我识相。"

老爷子没有反驳，只说："你确信就好。"

安羽生的猜测并没有错，辛千玉确实觉得他不提过往挺好的。

两人就是打打游戏，偶尔喝杯咖啡。

过了几天，安羽生约辛千玉出来吃饭，并让他叫上宿衷。

于是，三人便第一次碰头了。

安羽生表现出和辛千玉十分熟稔的样子，在饭桌上大聊游戏。被排除在话题之外的宿衷心里忽然产生一种不舒服的感觉，但具体是怎么回事他自己也说不上来。

幸而，辛千玉不会一直晾着宿衷，聊了几句游戏就将话题拉了回来，挑一些宿衷也了解的话题来聊。不过，宿衷向来寡言，就算是他了解的话题，他也不会多发言。所以，一直是辛千玉和安羽生说得比较多，宿衷则较为安静。

安羽生突然对辛千玉说："我上次帮你代购的游戏周边寄丢了，真的很不好意思。退钱给你，你又不要，所以我想着买一份小礼物给你赔罪。"

说着，安羽生从手提包里拿出一小瓶香水："我看你好像喜欢这个牌子的香水，刚好我去专柜买东西的时候得到了赠品，借花献佛了，你可别嫌弃这是非卖品。"

辛千玉接过小样，有些意外："你还知道我用这个牌子的香水？"

安羽生笑道："上次和你打游戏的时候闻到了。"

宿衷也很意外："你的嗅觉真灵敏，和缉毒犬一样厉害。"

"……"

安羽生拿不准宿衷是真心夸赞还是在损自己，但他宁愿宿衷是在损自己，因为他的目的就是挑起宿衷和辛千玉的争端。因此，安羽生笑容灿烂，没有一点被冒犯的样子："我对这些东西还是有点研究的。如果你下次想送人礼物，可以来问我意见。"

这种话其实很容易惹对方反感，我送人礼物为什么要问你的意见？你以为你是谁？我跟你很熟吗？

然而，宿衷觉得非常好使："那我们加个好友吧？"

安羽生一时拿不准宿衷的目的。

宿衷和安羽生加了好友后，一顿饭也吃得差不多了。

宿衷看了一下手表，说："我先回公司了。"

辛千玉说："没问题，我自己回去吧。"

安羽生立即说："那我送你吧。"

辛千玉微微一笑，答应下来："好啊！"

宿衷也点头。

安羽生笑着送辛千玉上车后，问辛千玉："像宿衷这种身居高位的人，上班时间会比较灵活吧？"

"谁知道呢？他这样的职位，经手的资金分分钟几十亿上下。"辛千玉从后视镜里看自己的脸，"你很难明白的。"

安羽生没想到辛千玉的攻击性突然变得这么强，意识到自己可能有些操之过急了，忙软下语调，说："嗯，那是。他这样的成功人士真的让人很羡慕。"

"你不用羡慕他。"辛千玉笑答，"毕竟，你羡慕也没有用。所谓人比人，气死人，你别这么想不开。"

"……"安羽生明白自己应该是踩到辛千玉的雷区了，现在的辛千玉简直就像吃了火药。

安羽生决定安静地送辛千玉回家,到达目的地后,辛千玉从包里把香水小样拿出来,说:"这个我不能收,你拿回去吧。"

安羽生意识到自己的计划要彻底黄了,便有些慌,忙说:"这是非卖品,不值什么钱……"

"就是因为不值钱,我才不要啊!"辛千玉眨着大眼睛,说,"你看我像是捡破烂的?"

"……"

辛千玉下了车,回到公寓里,打开了游戏页面,准备删掉安羽生。他忽然想到了什么,划开安羽生账号的主页,发现这是两个月前才开的新号,一直疯狂练级,练到和辛千玉一样的段位后就放缓了速度。

辛千玉皱眉,心想:难道他玩这个游戏是为了故意接近我?如果仅仅是这样,他需要做到这个程度吗?

就在这时,辛千玉想起了自己和安羽生的"偶遇"。

在"偶遇"之前,他接到老班长的电话……

辛千玉脑子里忽然闪过一抹灵光。

原本辛千玉是要直接将安羽生删除拉黑的,但现在他决定将计就计、顺水推舟,看看他背后的人是不是老爷子。

安羽生本来就是受命而来,怕把事情搞砸了,忙又发了一条信息跟辛千玉道歉:"我不知道自己做错了什么,但我想让你知道,我很珍惜你这个朋友……"

辛千玉只觉得他在放狗屁,回复他:"没什么,其实我也是把气撒在你身上了。"

"什么意思?"安羽生忽然眼前一亮,他原本以为计划要黄了,没想到居然柳暗花明,自然无比振奋,"是谁惹你不高兴了?"

辛千玉便说:"不说了,没意思。打一把游戏吧。"

安羽生赶紧答应,和辛千玉打了一把游戏。

以前辛千玉是挺好的队友，但今天辛千玉好像变了个人一样，不停骂队友，将安羽生骂了个狗血淋头，安羽生还得忍着，好声好气地奉承他。

晚上，宿衷回来之后，辛千玉问他："你觉得安羽生这个人怎么样？"

宿衷有些迷惑，说："我觉得他说话没有什么失礼之处，但我感到被冒犯了。"

这方面，宿衷倒是意外的坦诚。他并不会像从前的辛千玉那样，将对别人的不喜欢藏着掖着，假装很大度。

宿衷并不明白这份冒犯感到底从何而来，所以才会这么迷惑。

辛千玉看着宿衷的眼神，觉得好笑又无奈，只得解释说："因为他太过'绿茶'了。"

宿衷更不解："什么'绿茶'？"

辛千玉没有继续解释，只是给他一个"你自己体会"的眼神，说："你不是很擅长查资料吗？你为什么不自己进行搜索呢？"

辛千玉给宿衷留下"绿茶男"三个关键字便走开了。

宿衷便开始进行资料搜集。

"绿茶"是一个浅显的网络用语，比宿衷从前的调查研究要简单不少，动动手指头就能得到答案。然而，宿衷发现这门功课玄之又玄，竟无从下手。

这都是因为他在社交方面太不擅长，才让他无法很好地理解这些。

宿衷回到办公室后，问汤玛斯："你知道什么是'绿茶男'吗？"

理工直男汤玛斯说："是很喜欢喝绿茶的男人吗？"

宿衷用失望的眼神看着汤玛斯："没事了，你出去吧。"

汤玛斯很失落，他的答案有什么问题吗？为什么老板对他不满意？

于是，汤玛斯也开始了"绿茶"研究，务求能够跟上老板的思路。

汤玛斯认真地研究了半天，说："这是啥玩意？我为什么要学这个？"

宿衷看了半天"绿茶"理论，中午带汤玛斯出去吃饭。

汤玛斯跟在宿衷身后，认真地说："老板，我去了解了一下'绿茶男'的定义。"

宿衷回头，说："你才理解了定义吗？我已经开始对'打败绿茶'进行研究了。"

汤玛斯愕然："就这还要研究呢？揍他一顿不就行了吗？"

宿衷道："斗殴是违法行为。"

宿衷在餐馆坐下，手机振了一下，收到了一条来自安羽生的信息。

其实，他们加好友还是宿衷自己先提出来的。安羽生说自己擅长挑礼物，所以宿衷就加了他好友，昨天还发消息询问安羽生的建议，安羽生便推荐了一些牌子。

今天，安羽生又发来一条消息，是一张奢侈品衣服的照片，附上文字："我觉得小玉会喜欢这个！"

宿衷："哦。"

安羽生看着那个"哦"字，也拿不准他是什么想法。

上次激怒辛千玉的教训还在眼前，安羽生便见好就收。

宿衷将安羽生发来的服饰图片转发给辛千玉，问："你喜欢这个吗？"

辛千玉回复："还不错。"

宿衷说："安羽生说你会喜欢。"

辛千玉回复："这家伙的眼光还挺毒的。"

宿衷和汤玛斯一起吃了午饭，然后顺道去了商场。

汤玛斯觉得很奇怪："为什么要逛商场？"

宿衷工作的时候很拼命，午饭吃完就该回去工作了，有的时候甚至在办公室吃个三明治，一边吃一边工作。所以，汤玛斯很难想象宿衷居然出来吃午饭，吃完还逛街。

宿衷说："我想看看衣服。"

宿衷和汤玛斯逛到了一个门店，那个安羽生竟然也在。

安羽生看到宿衷也很惊讶："宿先生，这么巧？"

272

宿衷点头："今天看到你发的图，就想来看看。"

"呵呵，我也一样，想给小玉买个礼物。"安羽生拿着手机晃了晃，叹道，"不过店员说没有这个款。"

店员一脸抱歉地说："这个款确实很火爆，全城只有两件。"

宿衷好奇地说："既然有两件，为什么说没有？"

店员说："因为都被预订了。"

宿衷看了汤玛斯一眼，汤玛斯马上会意："好的，我马上去办。"

于是，汤玛斯就开始打电话，也不知打给谁。

宿衷在店内坐下，安羽生则坐在他对面。

安羽生笑道："你那位朋友认识时尚圈的人？"

宿衷道："不清楚。他不是我的朋友，是我的助理，负责帮我处理事情。"

"嗯……"安羽生点点头，"那我想他应该有办法。"

宿衷忽然问："你为什么打算给小玉买礼物？"

安羽生笑道："他的生日不是快到了吗？"

这时候，汤玛斯打完电话回来了，对宿衷说："老板，事情已经处理好了。"

没过一会儿，专柜店长就亲自走出来，恭敬地对宿衷说："您是要那件衣服吗？"

宿衷点头。

店长说："这件衣服全城只有两件，两件都被预订了。"

宿衷淡淡说："这句话我已经听过两次了，不希望听第三次。"

"当然。"店长忙点头，"宿先生很想要的话，我们可以从其他市的门店给您调过来。"

"今天衣服能到吗？"宿衷道，"钱不是问题。"

"当然没问题。"店长点头道。

既然钱不是问题，那当然就没有问题了！

安羽生看着宿衷这种有钱人的姿态，心里还是挺酸的。他当年也是高才生，但毕业后只能在大公司里挣扎求存，丝毫没有辛千玉或者宿衷这样的肆意。在他看来，还是自己命不够好。

辛千玉能活得那么痛快，是因为他家境富裕。

至于宿衷……

安羽生下意识地认为宿衷一定也是一个富二代，不然怎么可能年纪轻轻就积累了那么庞大的财富？

宿衷看了安羽生一眼，那眼神居高临下，配上他那神仙一样的相貌，安羽生立刻产生了又自卑又嫉恨的心理。

宿衷忽然问："这件衣服就是你说的小玉会很喜欢的衣服，你想买下来送给他，是吧？"

"嗯，是……"安羽生点点头。

宿衷问："你有没有想过为什么你无法买下来送给他？"

安羽生噎住了。

宿衷站起来："因为你不配。"

说完，宿衷转身就走了。

汤玛斯紧跟而上，焦急地说："老板，还没买单啊！"

这件限量版的衣服不在这个门店，因此，宿衷付款后不能立即拿到衣服。

当然，店长已经知道宿衷来历不凡，所以就说衣服到了会直接送到他家里，不需要他来回奔走。

宿衷又带着汤玛斯扫了一遍门店，按照自己的眼光挑选了几件衣服。

"你觉得我选的衣服好看，还是安羽生选的衣服好看？"宿衷问汤玛斯。

汤玛斯说："我觉得您选的好看！"

宿衷道："那可不妙了。"

晚上。

宿衷将买来的衣服送给辛千玉。

辛千玉直接略过宿衷选购的衣服，目光落在安羽生推荐的那件限量版外套上："真买下来了？听说挺难买的。"

宿衷说："世上无难事，只怕有钱人。"

辛千玉笑道："这衣服图片好看，实物也不错。"

宿衷道："这是安羽生选的，他认为你会喜欢。"

辛千玉虽然不喜欢安羽生的为人，但是不得不客观地点头称赞："他眼光不错。"

宿衷登时吃味，说："我买的衣服不好看吗？"

辛千玉不能昧着良心说好看，只能说："这不也是你买的吗？"

"……"宿衷沮丧地说，"看来他真的比我更了解你喜欢什么。"

辛千玉立即心软了，忙安慰他："这有什么？我的造型师比他还懂呢。"辛千玉无所谓地一笑，又说，"没什么好在意的。"

宿衷没被安慰到，又闷闷不乐道："他还会打你喜欢的游戏。"

辛千玉咽了咽口水，半晌才说："你不觉得安羽生有点问题吗？"

"嗯，所以呢？"宿衷不解。

辛千玉低声对宿衷说："我们不是一直抓不到老爷子的狐狸尾巴吗？"

"嗯？"宿衷望着辛千玉，"是的。"

"说不定这次能抓到。"辛千玉说。

从前，辛千玉被算计，直接动手的人都不是老爷子。老爷子煽动辛斯穆和辛千玉内斗，或是唆使辛舅父抹黑辛千玉，都不经老爷子的手，老爷子也不留一点痕迹。可以看出来，老爷子是一个非常谨慎的人。

辛千玉想斗倒老爷子，第一步就是抓到他的把柄。

辛千玉希望安羽生是老爷子直接派来的，那样他就能拿到直接威胁老爷子的证据了。

安羽生是"茶艺"高手，手法过于熟练，看起来是个"惯犯"。辛千玉让人去查安羽生的经历，调查结果让他吃了一惊。

安羽生的家境比较普通，当年他能入读辛千玉所在的私立学校是因为拿了奖学金。他在学校的时候成绩不错，长得阳光，又善于社交。因此，在富家子弟遍布的校园里他也能成为焦点，这让他自命不凡。然而，当他读完书，情况就不同了。

　　他在学校里靠着长得帅、打篮球、弹吉能让自己成为焦点，但在职场上行不通。其实，他获得的工作机会比一般人都好很多，他却不满足，因为他不是和普通人对比，而是和富贵人家的老同学们对比。

　　就在他最困惑、沮丧、自我怀疑的时候，曾经暗恋他的女同学找到了他，请他吃饭饮酒。安羽生明知"醉翁之意不在酒"，还是无法拒绝这样的捷径。

　　他刚工作的时候，每天加班加点，为领导分忧解难，结果领导只觉得他是个好用的工具人，有问题就抛给他解决，有好事从来轮不到他。尽管他很努力，但升职总比同期的富二代慢。

　　当他勾搭上了富二代老同学时，人生立即变得顺风顺水，上班不用忙，业绩自然来。

　　从前对他呼之即来挥之即去的领导也使唤不动他了，反而对他和颜悦色。

　　安羽生清楚地知道这样的关系是不能持久的，富二代老同学不可能和他修成正果。因此，他通过老同学的关系网认识了更多的富二代。他就在这些有钱人之间辗转，谋取利益。

　　当然，他也不会一直成功，但这次不成功他就找下一个，广撒网，总有成功的。

　　见安羽生这边没什么进展，老爷子急了，天天逼着安羽生赶紧行动。安羽生说："我觉得辛千玉对我还是比较戒备的，还得从长计议。"

　　老爷子嗤之以鼻。

　　安羽生其实也是有自己的骄傲的，面对老爷子的嘲讽，他也不甘示弱地反讽道："我知道在你们这些有钱人眼里，我什么都不是，

276

但我做事也讲原则。你们这种大人物连自己亲人都算计，心够狠！"

老爷子最在乎权威，被安羽生如此驳斥，更觉脸上无光，一时发了狠，道："辛千玉那小子翅膀硬了不听我的就算了，你一个收钱办事的也敢跟我叫板？"

安羽生凭着多年经验，已经在公司做到了销售总监，他当然不会为了一点钱而犯法。谁知道，拒绝了老爷子之后，他就厄运连连。

首先是他准备签的单子黄了。

不仅如此，接二连三有人上门辱骂他，贴海报宣扬他傍有钱人的事迹。

公司里自然议论纷纷，老板也对安羽生进行劝退。

安羽生当然知道自己被整了，但胳膊扭不过大腿，只能灰溜溜地去找老爷子求饶。

老爷子看到安羽生变成这样便高兴了，假装慈爱地拍拍安羽生的肩膀，说："你说的是啊，小玉是我的亲孙子，我怎么会真的害他？我也没想让你真的把他怎么样，拍几张照片就行了。"

安羽生犹豫再三，说："好。我只负责拍照，别的事情我都不会做。"

"我也不希望你做别的事。说到底，他是我的亲孙子。"老爷子严肃地说。

"当然。"安羽生乖巧地点头，"那我的工作……"

老爷子和蔼地笑道："事成之后，我立马让人给你安排一份新工作，待遇不会比你之前那份差。"

就这样，安羽生再次约见了辛千玉。

一直关注安羽生动态的辛千玉自然也知道安羽生最近遭遇了什么挫折。

辛千玉暗道："看来老爷子急了。"

安羽生是怀着焦躁不安、被迫无奈的心情来的，大有一种逼上梁山的紧迫感。因此，他很难保持平和的心态，像往常那样悠然，举止间也破绽颇多。

辛千玉故意装瞎，顺着安羽生的步调走。

二人在酒店包间里吃饭，辛千玉离座上洗手间的时候，安羽生便拿出老爷子给的药，放进了辛千玉的茶杯里。

辛千玉回来后，安羽生便笑着看他。

辛千玉拿起茶杯，仿佛要将茶喝下去。

安羽生一直盯着辛千玉，看见辛千玉准备啜一口加料的茶，心情也十分复杂。

就在这时候，辛千玉重重地将茶杯搁下，说："这里面是什么东西？"

安羽生脸色大变："你……你说什么？这里面当然是……绿茶啊！"

"我知道是绿茶。"辛千玉冷笑，伸手指了指墙角，"那儿放着摄像头，已经把你做的事情拍下来了。"

这时候，包间的门被打开，宿衷从门外走了进来，手里拎着一个平板电脑，电脑里正播放着摄像头记录的画面。

安羽生见状，哪里还不明白？

这是一个局啊！

安羽生以为自己给辛千玉做了局，谁知道辛千玉也给他做了一局，这就是局中局！

宿衷将门关上，并把电脑放到安羽生面前，在他眼前播放了他下药的画面。

安羽生的脸色发青。

辛千玉将茶杯拿在手里，说："我现在报警，让警察来化验这杯茶，你认为你会担一个什么罪名？"

安羽生连日来被打击得头昏脑涨，现在终于绷不住了，再也维持不了淡定，急急忙忙地说："我错了，辛公子、宿先生，我错了！都是辛董逼我的！"

安羽生仰头看着辛千玉与宿衷两人，高高在上，更让他自惭形秽："你们要相信我啊……"

辛千玉将加料茶放到一个角落，这个时候他还是提防着安羽生，怕对方会冲上来毁灭证据。

不过，辛千玉很镇定，看不出迫切感，放下茶杯后又走到安羽生身边，拍拍他的肩膀，说："我当然信你！"

辛千玉微微一笑，道："不过，你不告诉我实情，我怎么帮助你呢？"

安羽生这时心态崩了，已经分不清辛千玉是真心还是假意，希冀地看着辛千玉："你真的会帮我？"

"当然啊！我们不是朋友吗？"辛千玉温和地说，"我真的无法相信你会是那样的人，你告诉我，你有什么苦衷？我一定会帮你的！"辛千玉声音柔和。

安羽生看辛千玉就像看着救命稻草，终于将事情和盘托出，指出是老爷子指使他接近辛千玉，挑拨辛千玉和宿衷的关系。由于事情进展太慢，老爷子便让安羽生铤而走险，拍辛千玉的照片。

"我真的不想的……我都是被迫的！"安羽生恨不得指天发誓，"辛董把我的工作和名声都毁了，如果我不听他的，就只能饿死了。"

"我懂了。"辛千玉仍然保持着温和的微笑，"我当然知道你本性不坏，只是被迫无奈。这样吧，我给你安排一份合适的工作，这样你就不用愁了。"

安羽生见辛千玉这样慈善，反而一下清醒过来了。他可是要下药害辛千玉啊，辛千玉怎么会轻易原谅他？还给他提供帮助？怎么可能有这种好事？再说了，辛千玉可是一开始就设好了局，装好了摄像头，叫上了宿衷来对付他，才不是什么"白莲花"呢！

安羽生略带警惕地看着辛千玉："你……你需要我做什么？"

辛千玉柔和一笑："你放心，我不会让你太为难的。你只需要告诉我，辛董是怎么和你联系的，以及他给你汇钱的账户。"

安羽生十分苦恼："辛董做事很谨慎，虽然会和我打电话，但是电话里什么重要的事情都不会说。他每次都是在私人会所和我见面，那是很私密的地方。此外，他不会直接给我钱，而是给我其他好处，比如一些订单，或者介绍客户什么的，反正他做事谨慎。"

辛千玉点点头，看了看宿衷，露出"果然如此"的表情。

第二天，老爷子正在家中坐着，忽然接到了安羽生的电话，虽然觉得有点不对劲，但他还是接起了电话。

"辛董，我已经拍了照片。"安羽生说，"你查收一下。"

老爷子当然不会将自己的邮箱给他，安羽生直接把图片发到老爷子的手机。

不过，老爷子为人谨慎，不会在电话里说真心话。因此，他装作糊涂地说："你发这个给我干什么？你是什么意思？"

"辛董，别装了。"安羽生说，"照片我已经拍好了，不过为免你拿到手就不认人，我将照片打了码。如果你想要真东西，那就给我打钱吧！"

"安羽生！"老爷子没想到安羽生会来这一套。

"现在，要么你直接给我打钱，要么我直接勒索辛千玉。我相信，你们之中肯定有一个人愿意买下这批照片的。"

老爷子心下一紧："你别做糊涂事！你这是勒索！"

"我事情都做了，还怕勒索吗？"安羽生冷冷道，"我想明白了，你能够毁掉我的工作和名声一次，就能毁掉第二次。就算你给我介绍工作又有什么用？想来想去，还是钱最好使。你直接给我打钱吧，我拿了钱就出国，不会和你们再有什么牵扯。"

老爷子道："你这样是犯罪！"

"我就是犯罪也是你唆使的！"安羽生恼怒地说。

老爷子是不可能承认任何事的，只说："我不懂你在说什么！"

"你好自为之吧！12小时内，如果你不把钱打到账上，我就去和辛千玉做交易了。"说完，安羽生就把电话挂了。

老爷子被挂了电话，愣了愣，见安羽生又发了一条信息来，上面附上了收款账号。

老爷子冷哼一声："这算什么？这猴崽子还想来个黑吃黑？"

老爷子立即叫人去查安羽生现在在什么地方，吩咐一定要把安羽生逮回来。

去查探的人回来说："我们查到安羽生买了凌晨的飞机票，现在恐怕已经离开亚洲了。"

老爷子一怔，没想到安羽生走得那么利索。

这大大超出了老爷子的预料。

他以为自己已经拿捏住了安羽生，没想到安羽生竟能反将一军，转过头来问自己要钱。

老爷子十分生气，然而又拿对方没有办法。

秘书心想：还不是您把人的工作、名声都毁了，他急了也很正常嘛……

不过，秘书也不能把心里话说出来，便说："他估计是被您之前的雷霆手段吓到了，直接跑了。我想，他既然有您想要的东西……"

老爷子哪里不知道，但一时咽不下这口气，只道："我再考虑考虑！"

辛千玉也知道，老爷子不会立即答应，毕竟，这样太没面子了。

不过，他相信老爷子只是需要时间，最终还是会答应下来的。

果然，安羽生给老爷子限定了 12 个小时，老爷子在 11 个小时的时候妥协了，把钱打了过来。

老爷子发信息给安羽生："我要的东西呢？"

安羽生秒回："对方开启了朋友验证，你还不是他（她）朋友。请先发送朋友验证请求，对方验证通过后，才能聊天。【发送朋友验证】"

老爷子愣了半秒，问秘书："这是什么意思？"

秘书也目瞪口呆："这是……七旬老人遭遇电信诈骗？"

"……"老爷子气得高血压都要发作了。

即便如此，老爷子也没疑心这是辛千玉设的局。

老爷子充其量只是被骗了一笔钱，这对他而言其实是不痛不痒的，倒是自尊心受到的伤害比较大。

老爷子并没有在电话或者信息里说出不利辛千玉的话。他说的都是"我要的东西呢""我们聊聊",从头到尾他连"辛千玉"三个字都没提过。打钱给安羽生的账户也不是老爷子的,所以就算安羽生真的被抓了,也牵涉不到老爷子。

老爷子觉得自己还是安全的。

安羽生把打款账号发给了辛千玉,辛千玉立即让宿衷着手查这个账户。

宿衷看着账户信息,说:"这个账户并不在辛董名下。"

"当然。"辛千玉说道,"他又不傻,不可能实名做坏事啊!"

宿衷道:"那你希望我查什么?"

"查查这个账户什么时候开的,有什么资金往来。"辛千玉说,"这个账户说不定是老爷子拿来做黑心事的秘密账户。"

原来,辛千玉从来不是想知道老爷子和安羽生的瓜葛,这些都是小儿科。他知道老爷子这些年干过的坏事不少,做坏事就必定要和金钱挂钩。

他是想从账户顺藤摸瓜,找到真正能打击老爷子的利器。

宿衷明白过来,立即拜托这方面的专业人士去查。

处理完后,宿衷又转过脸来问辛千玉:"那我们现在干什么?"

辛千玉笑道:"去玩吧。"

宿衷一怔,随即沮丧地说:"我还没有做好策划。"

根据前两次的经验来看,每次出门之前宿衷都会做好准备,比如去电影院要包下影厅,去游乐园要提早包场……

辛千玉笑道:"不用这么费神,咱们就随便逛个书法展吧。"

辛千玉从抽屉里拿出一张传单:"我刚好想看这个。"

宿衷虽然对书法没什么研究,但是也欣然点头。

第十四章　局中局

宿衷和辛千玉到了展厅门口，遇上了米雪儿和朱璞。

四人一起进了展厅，米雪儿问他们："你们也喜欢这位书法家的作品吗？"

"什么书法家？"朱璞耸耸肩，"我就是来陪你的。不就写几个字吗？有什么好看的？"

米雪儿白了他一眼："范先生可是很厉害的当代书法家，这是他的书法作品展。范先生不但是书法名家，对诗词歌赋也很有研究，是一位名副其实的国学大师。你看，这个展厅挂着的基本上都是他抄写的名篇诗句，从中能看出他对诗词的感悟。"

"当代书法家？"朱璞眨眼，"那就是还没死啰？一般这种人的作品不怎么值钱。"

米雪儿对他很无语，说："怎么不值钱？他的作品可贵啦！"

朱璞跟土财主似的问："多少钱一幅？"

"一听就知道你不懂行，书画作品不是按幅计算的，都是按平尺计算的。"米雪儿对这个不懂艺术的男友很无语，"范先生的书法作品每平尺要上万元。"

"那么贵！"朱璞瞪大眼睛，看着满场挂着的书法作品。

米雪儿又道："这还算好的了，有些大家的作品每平尺要十几二十万元，而且他们都还活着。"米雪儿的语气带着嘲讽。

朱璞点头："怪不得那些字画那么多留白呢，都是钱啊！"

米雪儿真没好气了。

辛千玉笑道："留白也是艺术的一种。"

米雪儿点头："可不是吗？"

宿衷问辛千玉："我从不知道你喜欢书法。"

辛千玉淡然笑道："我自己不太会写，但是喜欢看。"

辛千玉瞥向一幅挂在角落里的字，眼神仿佛凝住了。

米雪儿顺着他的目光望去："这是诗句吗？"

"是，出自唐代的《白头吟》。"辛千玉答道。

"唐代？"米雪儿疑惑地问，"《白头吟》不是卓文君写的吗？"

辛千玉指着那幅字，说："你看这个，不是卓文君写的《白头吟》，而是李白写的《白头吟》。"

"李白？"米雪儿对着那幅字仔细看，确实是李白所写的《白头吟》：

锦水东北流，波荡双鸳鸯。

……

东流不作西归水，落花辞条羞故林。

……

覆水再收岂满杯，弃妾已去难重回。

古来得意不相负，只今惟见青陵台。

米雪儿叹道："这句'两草犹一心，人心不如草'说得可真好！"

朱璞看不太懂，便挑了一句自己看得懂的评论："我觉得这句不错，'覆水再收岂满杯'，就是一杯水泼出去了，怎么还能完全收回来呢？"

米雪儿解释道："这句扣的是'东流不作西归水，落花辞条羞故林'。东流之水是不可能返回西边去的，凋零落败的花朵也不能重返故林，感情就像覆水，就算重新收回了也不能满杯。"

覆水再收岂满杯……

辛千玉颇有些感慨，又念了一遍："东流不作西归水……覆水再收岂满杯……"

宿衷问道："东流不作西归水，覆水再收岂满杯，这说的是感

284

情吗？"

"当然！"朱璞说，"简单来说，就是决裂了的人就算和好了，感情也不圆满了……"

宿衷对此不太认同："这是什么道理？"

"这没道理！"朱璞赶紧改口，"这也不是我说的，是李白说的。"

宿衷不太认同李白的想法，他转脸看向辛千玉，问道："小玉觉得呢？"

辛千玉并不想在大庭广众之下讨论这么深刻的话题，便岔开说："首先，'东流不作西归水'体现的是我国地貌西高东低的特征。俗语说'人往高处走，水往低处流'，中国地形由东往西高，所以水往东流而不西归。至于覆水重收不满杯嘛，也是一个十分科学的概念，符合热力学第二定律……重点是，我觉得范先生写的字很好！"

朱璞和米雪儿都露出迷惑的神色："您说啥？"

宿衷沉吟半晌，一脸了悟："我明白了。"

辛千玉反而觉得惊恐，他明白了什么？！

辛千玉刚刚说了一大堆，结束语是"重点是，我觉得范先生的字很好"。宿衷觉得既然有重点，那他就抓重点——小玉喜欢这幅书法作品。

于是，宿衷主动将那幅字买回家。

辛千玉回家后发现白墙壁上明晃晃地挂着一幅《白头吟》，一下惊呆了。宿衷在沙发上坐下的时候，那幅字刚好悬在头顶上，那画面有点诡异。

辛千玉很疑惑："你为什么要买这幅字？"

宿衷也很疑惑："你不是喜欢这幅字吗？"

"是，也没错……"辛千玉竟然不知该说什么。

辛千玉看来看去觉得不太对劲，但宿衷不这么觉得，还经常端详那幅字，认真研究，看看那幅字到底妙在哪里，能让辛千玉那么赞许。

不仅如此，宿衷还买了一套文房四宝放在书房里，闲暇时练习书法，临摹范先生的字。

辛千玉走进书房的时候，看到满纸的字就觉得头疼。

宿衷认认真真地写了一帖又一帖，看得辛千玉哭笑不得。

宿衷还问他："你觉得我的字写得怎么样？"

辛千玉便凝神细看，点头道："写得不错啊！你以前练过？"

"小时候学过，但许久不写，有些生疏了。"宿衷答道。

辛千玉见宿衷这么用功，也不好意思打消他的积极性。

宿衷抬起头，说："哦，对了，老爷子账号的事情有眉目了。"

辛千玉立即来了精神，问道："那个是他的神秘账户吗？"

之前，他们通过安羽生获得了老爷子的打款账户。然而，那个账户并不是老爷子名下的，很难关联到老爷子本人。所以，宿衷托专业人士去查，查到这个账户在打钱给安羽生之前收了一笔钱，那笔钱是从另一个账户转来的，而另一个账户又和一个海外账户有往来，那个海外账户又跟另一个海外账户有往来……就这样剥洋葱似的，最终查到了瑞士银行的一个账户。

"那个账户在瑞士银行？"辛千玉顿感棘手，"那就难办了。"

"我就知道狐狸尾巴不是那么好抓的。"辛千玉咬咬牙。

宿衷说："这其实是个好兆头。"

"为什么？"辛千玉反问。

宿衷答道："正常人不会把资金往来搞得那么复杂。老爷子这样藏头露尾，恰恰证明了你的猜想是对的，他确实有问题。"

"谁不知道他有问题？"辛千玉叹了口气，"但没有证据能拿他怎么办？"

宿衷说："老爷子学的是金融专业吗？你觉得他的金融知识怎么样？"

"嗯……"辛千玉顿了顿，道，"不怎么样……"

宿衷点头，说："既然如此，凭他自己肯定办不成这件事，必然有专业顾问帮忙，我们先找到那个人，其他的就好办了。"

听宿衷说得头头是道，辛千玉也茅塞顿开："你说得对啊！"

"那个人一定是他非常信任的人。"宿衷道，"从这一点来看，需要排查的范围很窄，很容易找到'嫌疑人'。"

辛千玉看着宿衷，连连点头，看来只要谈到工作，宿衷的分析能力还是挺强的。

如果要找出这个人，辛千玉和宿衷第一时间都想到了那位已经套现离场的 CFO。

CFO 听说宿衷有事找他，很爽快地答应了，说自己不在本地，让他们去他所在的地方见面。

辛千玉和宿衷收拾一下就出发了。

CFO 所在的地方离本市不远，是邻市远郊的一处庄园。庄园颇为古色古香。CFO 现在供职的公司想要买下这处庄园，将其改造成假日酒店，因此，CFO 也跟随团队过来考察。

庄园依山傍水，砖木结构，配有精致的人工山水园林。由于荒废已久，看起来有些萧条，人工湖都干涸了，草木也凋零了。

辛千玉环视四周，说："这个地方挺没意思的。"

CFO 说："还在想怎么改造呢……要是和庄园的主人谈不拢，可能就不买了。这儿既偏僻，条件又不好，庄园主人还想高价出手。"

辛千玉点点头，说："确实不太值。"

说话间，CFO 带着辛千玉和宿衷拐了个弯，走进另一条长廊。辛千玉抬眸一看，见前面有一扇月洞门，两旁粉墙黛瓦，墙后探出一丛幽绿纤竹，中有茂盛的桂花树半遮半掩，隐约可见淡雅山茶。辛千玉不觉驻足望了望，又走进月洞门，发现内有乾坤，草木虽然没有好好修剪，但是颇具意趣，一桥通往外头，一屋隐于黄昏，别具风情。

辛千玉道："这个小花园倒有点意思，是我的话就会买这里。"

CFO 笑道："这儿是庄园主人偶尔会住或者用来会客的地方，所以打理得比较好。"

CFO 将二人带到自己留宿的客舍，开了窗，请二人坐下，嫌弃地说："这儿真的太破旧了，你看窗棂都掉漆了……"

辛千玉却说："旧有旧的风味，有些奢侈品还故意做旧来卖呢。"

辛千玉透过掉漆的窗棂看向刚刚经过的小花园，能见到花叶姿态妙趣横生，便说："从这儿看那个花园也好看！"

CFO 说："是吗？我从前都没留意。"

辛千玉左顾右盼，说："这个花园是真好，从哪个角度看都很美！"

欣赏完花园，辛千玉这才问起 CFO："你在玉琢管财务的时候有发现什么异常情况吗？"

"有。"CFO 说，"不过，每个企业都会有些财务上的猫腻，这样说起来，也不算异常情况了。"

"有什么猫腻？"辛千玉问道。

CFO 笑了："你既当过总裁又当过董事，难道不知道？"

辛千玉笑道："你也知道我在这方面不如您专业啊！"

CFO 无比受用，也笑道："他们内部人在财务方面有很多不好的习惯，所以我当 CFO 才让他们那么抵触。不过，账目到我手上的时候是平的，也没有太大的问题，我交给审计后，审计那边也通过了。不过，我走了之后，以前老爷子很信任的财务又上岗了，我猜测他们很可能会故态复萌。"

辛千玉点头，说："依你所见，他们可能会有什么不好的习惯？"

"还能有什么？"CFO 说，"就是偷税漏税呗！"

辛千玉说："这个要怎么查呢？"

CFO 道："拿到内部的账目就行了。"

"内部的账目啊……"

"对，就是他们自己的账，而不是上市公司公开的账目。"

"这个太难了吧！"辛千玉说。

CFO 说："你不是辛家人吗，肯定有办法的。"

辛千玉笑道："你见过自家人打自家人吗？"

CFO 说："我做这行，每天都能见到。"

辛千玉心念数转，说："我倒是想到一个人可以帮我。"

宿衷问："是您母亲？"

"她？她可不行。"辛千玉摇摇头，"别说老爷子现在对她很防备，就是从前她也不怎么上班，根本接触不到这么机密的东西。"

宿衷点头。

CFO说："那你打算找谁？"

辛千玉说："我的好表姐，辛斯穆。她在集团管理事务多年，她父亲又经常帮老爷子做些见不得光的事，加之她是个细心聪明的人，我们想要的东西她一定能拿到。"

CFO大惊："辛斯穆？她会帮你？她和你不是敌人吗？"

"她不是。"辛千玉叹了一口气，"或许我们曾经存在竞争关系，但我们从来不是敌人。"辛千玉俏皮一笑，又说，"更别提她亲爸现在还捏在我手上呢。"

辛舅父在老爷子的授意下去造谣诽谤辛千玉，被辛千玉起诉，现在正焦头烂额呢。辛斯穆曾找辛千玉求情，希望辛千玉和辛舅父和解。其实，辛千玉也没想过要告倒辛舅父，这对他而言其实好处不大。辛千玉要的就是一个能够拿捏对方的把柄而已。

辛千玉打电话约辛斯穆见面，并未在电话里说明目的。

如果说老爷子教会了他什么，大概就是行事谨慎。

他可不会留下话柄，尽管他含糊其词，但辛斯穆很快理解了他的意思。

实际上，辛斯穆并非老爷子的忠犬，她对辛千玉的提议很感兴趣，并且欣然赴约。

辛千玉和辛斯穆约在私人会所见面，而且是前后脚来、前后脚走，订的还不是同一个包间，跟特务接头一样低调。

辛千玉和辛斯穆做好交接后便回家了。

彼时，宿衷正在书房练字，看到辛千玉进屋，他便将毛笔搁下，拿起宣纸吹了吹，问道："你觉得我的字写得怎么样？"

辛千玉看见字迹，十分惊讶："你的进步也太快了吧！"

宿衷说："因为我很聪明。"

"……"辛千玉真是无语，大概只有宿衷这样的人才会一脸淡漠地说出夸赞自己的话。

宿衷的学习能力确实很强，而且有功底，努力加天赋，很快就写得有模有样。

辛千玉笑道："你再练下去，可以靠卖范先生的仿品吃饭了。"

宿衷一脸严肃："这是违法的。"

辛千玉"噗"地笑了，摇摇头，说："这几天我在外头跑，你就一直在家练字？没干别的？"

"有。"宿衷道，"但我不知当说不当说。"

辛千玉很疑惑："有什么不当说的？"

宿衷答："因为惊喜不能提前说。"

"……"辛千玉无奈一笑，"你现在已经说了。"

宿衷沉吟半晌，说："好像是。"

辛千玉道："那你索性全说了吧。"

宿衷老实答道："花园。"

"花园？"辛千玉眉毛一挑，"什么花园？"

宿衷说："庄园的花园。之前那家公司嫌贵不买了，所以我买了下来。"

"……"辛千玉瞪大眼睛，"你买了？"

宿衷点头："我买了。"

宿衷从抽屉里拿出交易合同和房契、地契，递给了辛千玉。

辛千玉惶然接过："这……你不是说买花园吗？怎么把庄园都买了？"

宿衷答："他们说花园不单卖。"

"……"

居然还捆绑销售？

辛千玉默默地看着宿衷。

宿衷疑惑地问："你为什么用看傻子的眼神看我？"

辛老爷子在公司里品茶，忽然听到一阵慌乱的脚步声。

老爷子抬眸，看到一脸焦急的秘书，后者慌乱地说："老爷子，税务局……"

听到"税务局"三个字，老爷子的眼神就变了，但他到底是经历过大风大浪的人，很快稳住了情绪。

很快，#税务局约谈玉琢董事长##玉琢逃税 10 亿# 就上了热门话题，这自然少不了辛千玉的推波助澜。

玉琢股价也因此一落千丈。

老爷子离开税务局的时候面沉如水。

秘书一边用手帕擦汗，一边对老爷子说："这……这怎么办……"

老爷子冷声说："税务局居然有我们集团的账目，一定是出了内鬼！"

"啊？怎么会……"秘书震惊了。

"能接触到账目的就那么几个人，查查就知道了。"老爷子脸色阴沉，"我也想知道是谁这么不知死活。"

内鬼查起来很容易。

老爷子没费什么力气就查到辛斯穆接触过账目。他很难相信这个乖孙女居然会做出这样的事情，便决定给她一个辩解的机会，纡尊降贵地打电话给她，叫她来本宅一趟。

辛斯穆却淡淡地说："我抽不开身。如果您想见我的话，可以来会所。"

老爷子何曾听过辛斯穆用这样的语气和自己说话，一时间血压又上来了，疑心也升到极点，内鬼真的是她？！

"呵，你在忙什么？"老爷子冷声道。

"我在和小玉打牌。"辛斯穆笑道，"您要一起吗？"

听到"小玉"两个字，老爷子的火气立刻就上来了："果然是你！"

辛斯穆说："那边叫我了，我先不说了。"

说完，辛斯穆就把电话挂了，气得老爷子一佛出世、二佛升天。

他重重敲了两下拐杖，又打通了辛舅父的电话，一开口就是质问的口气："你养的好女儿！"

辛舅父答："是挺好的，我们现在在打牌呢，您要不要一起？"

老爷子当即气得想叫救护车。

秘书迷惑不解："他们怎么会……"

这时候，辛千玉发来一条信息："老爷子，三缺一，来不来？"他还附上一个定位地址。

老爷子气得脸色发青，嘴上说着不去，但身体还是很诚实，让秘书开车带他去了那家私人会所。

老爷子和秘书按照信息到了包间，推开门就看到了辛舅父、辛斯穆、辛千玉和一个服务员在打牌。

看到老爷子来了，三位姓辛的后辈都没有站起来。

辛千玉手里扣着一张牌，笑道："老爷子来了！"

接着，辛千玉对服务员说："还不起来？让老爷子坐。"

服务员连忙起身，请老爷子入座。

老爷子冷哼一声，便坐了那个位置，目光冷冷地扫过眼前的三个后辈，露出假笑："怎么，一起打牌呢？"

"是啊。"辛千玉说，"不过，我们打着玩的，不赌钱的，免得又有人拍照黑我。"

说完，辛千玉便笑起来，辛舅父也尴尬地赔笑。

老爷子也笑道："你们倒是好，从前水火不容，现在都能坐一起打牌了。"

辛千玉道："对啊！老爷子常说的嘛，一家人最要紧的就是和和气气。我们都很听话，自然要团结。"

老爷子被刺了这一句，十分不自在，语气也冷了下来："你说的一家人团结，就是自己人害自己人？把玉琢的账目拿出去，伤害的还不是家族的利益吗？"

辛千玉笑了："我不知道老爷子在说什么，什么账目啊？玉琢是上市企业，账目不都是公开的吗？"

老爷子咬紧后槽牙，冷冷笑道："好，你们该不会以为这就能打倒我吧？"

辛斯穆还是那副优雅的样子，还替老爷子斟茶，说："我们没有这样的意思，老爷子不要生气，喝杯茶消消火。"

老爷子怒视辛斯穆："集团 67% 的股权都在我手上，你站在他那边能拿到什么好处？"

辛斯穆对老爷子也是隐忍已久，闻言笑道："集团 67% 的股权都在您手上，我在您身边能拿到什么好处？"

老爷子一时语塞，半晌才说："我的以后还不是你的？"

辛斯穆道："您应该也和小玉说过一样的话吧？"

"……"老爷子恼羞成怒，"你们以为这样就能挟制我？别做梦了！不过是逃税罢了，我把税补上，一样没事！"

说完，老爷子拂袖而去，留下一个狂怒而沧桑的背影。

秘书紧跟着老爷子，一时没了主意，便问："董事长，现在该怎么办？"

老爷子冷冷道："还能怎么办？先补缴，不然你想坐牢？"

"哦，是的，是的……"

偷税漏税的事情可大可小，一般来说，只要及时补缴并缴纳罚款，还是能免于牢狱之灾的。

现在，税务局掌握了非常翔实的证据，老爷子无法抵赖，只能补缴了。

秘书道："罚款数额很大，集团的现金流估计……"

老爷子叹了口气，说："为了公司着想，免不得动用我的棺材本了。"

秘书知道，老爷子所谓的棺材本真的是很大一本，如果说一般老人家的棺材本够用来买棺材，那么辛老爷子的棺材本就够用来建造金字塔。

老爷子在瑞士银行存了很大一笔钱，到底有多少钱，连秘书也不清楚。

老爷子从海外账户调款进来，迅速补缴了税款。

因为老爷子及时补缴了税款并缴纳了罚款，所以玉琢集团只是受到了行政处罚。

尽管如此，老爷子还是脱了一层皮。

他咽不下这口气，自然要撒出去。

辛千玉现在已经不算玉琢的人了，老爷子一时奈何不了他，便将矛头指向辛舅父和辛斯穆。他雷厉风行，将二人逐出集团以及信托基金。

辛斯穆一早就料到老爷子会这么做，所以情绪很稳定，只是要求老爷子按照法律赔偿她："用人单位提出解除劳动关系，是需要支付经济补偿金或赔偿金的。"

辛斯穆是集团总裁，收入极高，按照这个标准赔偿，也是很大一笔钱了。

老爷子咬牙切齿道："你拿了这笔钱，以后就别回来了！"

辛斯穆微笑道："不是我拿钱，是您赔钱。这笔钱其实我也不是非要不可，只是法律规定如此。"

"……"老爷子从没想到文静贤淑的辛斯穆也有这么逆反的时候，虽然气得要死，但又无可奈何。

他重面子，不想因为这种事情又闹得上新闻，被诟病苛待子孙。

老爷子又指着辛舅父道："你是我的儿子，多年来我待你如何？辛千玉尊敬过你一天吗？你跟着他能得到什么好处？"

辛舅父被老爷子欺压已久，确实无法像辛斯穆那样硬气，缩头缩脑地说："可是……爸，你对我也就那样啊……"

老爷子气得快晕过去了。

辛舅父之前被老爷子指使去抹黑辛千玉，结果出了事，老爷子往后一缩，将辛舅父推出来挡枪，已经让辛舅父非常寒心了，更别说老爷子对辛舅父一向不是很尊重，辛舅父不可能没一点怨气。

之前，辛舅父无权无势，只能靠老爷子赏口饭吃，所以才那么听话。

现在，辛舅父有了依仗，当然就不一样了。

老爷子见硬的不行，又来软的，放缓声调说："辛千玉以前是怎么对你们的，你们都忘了吗？他只是利用你们啊！等榨干了你们的利用价值，他就会把你们一脚踢开！"

"可是……"辛舅父咽了咽口水，不敢说后半句。老爷子对他们不也是这样吗？辛千玉给的钱起码能实实在在到他手里，老爷子开的都是空头支票，什么"我的以后就是你的"，简直就是吊一块萝卜在他面前嘛。

辛千玉不但撤诉，还给了辛舅父一笔钱，辛舅父现在当然就向着他了。

老爷子看着曾经在自己身边孝敬的子子孙孙一个个都离开了，气得捶胸顿足，怒道："世风日下！现在的人都不重孝道、目无尊长！"

就在这时候，秘书敲门进来说："老爷子，辛千玉来了。"

老爷子瞥了辛斯穆和辛舅父一眼，端好架子，说："让他等着。"

老爷子不知道辛千玉是什么来意，估计来者不善，便打算晾着辛千玉，让他等上一个多小时，好压一下他的气焰。

秘书焦急地说："他说，您不马上见他，他就向银监会举报您。"

"……"老爷子猛地站起来，一咬牙，"让他进来！"

辛千玉走了进来，看了一眼站在旁侧的辛斯穆父女，笑道："你们也在啊，还真巧。"

辛舅父尴尬一笑，辛斯穆则自然得多："我算着你也差不多该来了。"

听到辛斯穆这么说，辛老爷子脸色大变："你们串通好了？！"

"别这么说。"辛千玉随意地在沙发上坐下，跷起二郎腿，"我只是来提醒您一件事。"

"什么事？"辛老爷子冷声说。

辛千玉拿出手机，给老爷子发了一条信息："您看。"

老爷子皱眉，拿起手机，见辛千玉发来了一份银行转账记录，是账号 A 转到账号 B，再转到账号 C，最后转到了玉琢的账户上。

老爷子手心出汗，表情却淡淡的："你是什么意思？"

"虽然转了好几手，但是还能查到，您拿来补缴税款的钱是从瑞士银行一个账户上来的。"辛千玉说。

"那又如何？"老爷子冷声道，"个人在瑞士银行开账户是合法的。"

"当然。"辛千玉道，"账户本身是合法的，但敛财的手段就不一定了。"

"你说什么？"老爷子厉声说，不复往日的镇定从容。

"我说什么？"辛千玉定定地看着老爷子，"我说，当年玉琢股价下跌，您马上趁低吸纳，是不是有这回事？"

"怎么？这也犯法？"老爷子反问。

辛千玉笑道："这当然不犯法，但是您利用内幕消息来进行交易就是违法的。"

"什么内幕消息？我不知道。"老爷子更心虚了。

辛千玉说："您先让辛舅父发文爆料我和宿衷决裂，利用这个内幕消息来趁低吸纳，这就是犯法的。"

老爷子嘴硬地说："我没有！"

辛千玉扭头望向辛舅父："您有吗？"

辛舅父立即点头："有啊，有啊，我可以做证。"

老爷子气得眼珠子都要瞪出来了："你血口喷人！"

辛舅父不吭声了，自觉地往辛千玉身边站了站。

老爷子心里郁闷，但面上保持镇定："单靠他的片面之词能够说明什么？"

"确实不能，然而，您的瑞士银行账户关联了一个证券账户。"辛千玉说，"这个证券账户多次在信息敏感期内进行操作，获利超过 10 亿，再加上舅父这个人证，算不算人证物证俱在？"

老爷子脸色涨红。

辛千玉索性将这些证据的截图全部通过手机发给老爷子，老爷子手里的手机一直振动，他的肌肉也跟着颤抖，恐惧袭上他的心头，他立即变得软弱："小玉，你该不会想要送外公去坐牢吧？"

只是这一声"小玉"无法激起辛千玉的孺慕之情。

辛千玉笑道："当然不会了，外公，我们是一家人嘛。我说什么来着，一家人最紧要的就是和气，和气才能生财嘛。"

老爷子恍惚地看着辛千玉，哆嗦着嘴唇："你……你想要什么？"

辛千玉道："您那67%的股权可是不义之财啊，我受累替您收着吧。"

"……"老爷子瞪大眼睛，眼中布满血丝，"你……你！"

"放心，我可不会像您这么绝情，我是不会将您踢出信托的。"辛千玉抄着手说，"从今以后，您还是能够定期支取零花钱，养老不成问题。"

老爷子哆嗦着嘴唇，指着辛千玉："你……你这是要逼死我？！"

"我没这个意思。我也不逼您，您自己选。"辛千玉站起来，竖起两根手指，"两个选项：一，我把这些证据移交证监会，您在牢里养老；二，我们当无事发生，您每个月拿50万退休金，在您最喜欢的本宅养老。"

辛千玉摆摆手："我先走了，给您一天时间，自己考虑吧。"

老爷子颓然地跌坐在沙发上，看着辛千玉大摇大摆地离开了董事长办公室。

老爷子指着辛斯穆："辛千玉当家，你……你能得到什么好处？"

辛斯穆淡然说："他说过了，他不喜欢当玉琢的掌门人，所以他保留30%的股权，剩下的全部交给我。此外，他只控股，不参与管理，并让我代持他的股份，我可以当玉琢掌门人。从此，我在集团不需要看任何人的脸色。"

老爷子瞪大眼睛："你信他？"

"我信他多过信您。"辛斯穆淡笑着回答。

辛千玉处理完玉琢集团的事情后便给宿衷发信息："搞定了。"

宿衷回复："我知道你可以。"

辛千玉笑答："没有你也办不成。"

宿衷回复："你现在有空吗？"

辛千玉答："有空。"

宿衷回复："去楼顶。"

辛千玉将手机放进口袋，款步上了楼顶，见到一辆直升机从天而降。

"搞这玩意，"辛千玉一边笑着一边骂，"浪费钱。"

直升机停下，宿衷却不在直升机内。

直升机载着辛千玉很快就飞到了庄园上空。

在辛千玉处理玉琢集团的事情时，宿衷也没闲着，一直在改造庄园，让整个庄园焕然一新。

从半空中看去，庄园里姹紫嫣红，庄园外还开凿了一条人工溪流，环绕着整个庄园，在日光下波光粼粼，十分动人。

辛千玉下了直升机，见宿衷一身正装等候。

在这方小天地里，辛千玉和宿衷举着水晶酒杯，庆祝他们来之不易的重逢与成功。